W0206700

DE MAAGD
MARINO

Yves Petry

Het jaar van de man (roman, 1999)
Gods eigen muziek (roman, 2001)
De laatste woorden van Leo Wekeman (roman, 2003)
De achterblijver (roman, 2006)

De Bezige Bij

Yves Petry

DE MAAGD MARINO

roman

2011
De Bezige Bij
Amsterdam

Deze roman kwam tot stand mede dankzij een subsidie van het Nederlands Letterenfonds en het Vlaams Fonds voor de Letteren.

Copyright © 2010 Yves Petry
Eerste druk september 2010
Tweede druk september 2010
Derde druk maart 2011
Vierde druk mei 2011
Vijfde druk mei 2011
Zesde druk mei 2011
Omslagontwerp Esther van Gameren
Omslagbeeld Wieteke de Lange
Foto auteur Michiel Hendryckx
Vormgeving binnenwerk Aard Bakker
Druk Bariet, Ruinen
ISBN 978 90 234 5444 1
NUR 301

'Lebt man denn, wenn andere leben?'

J.W. von Goethe

1

De deur gaat open, en het is voor Marino geen verrassing dat de man die op het toneel verschijnt alleen maar een onderbroek aanheeft. Dat hebben ze zo afgesproken. Verrassender is de uitdrukking op het gezicht van de man. De half gesloten ogen wijzen op een zekere staat van verdoving. Zijn passen zijn ietwat onzeker. Maar de strak gespannen kaakspieren drukken een intense vastberadenheid uit. De kin is lichtjes geheven, de lippen steken uitdagend naar voren. Hij lijkt op een kruising van een zombie en een martelaar, op een slaapwandelaar glinsterend van strijdlust. Hoogstwaarschijnlijk is dat een effect van de drugs die hij heeft ingenomen.

De gordijnen in de woonkamer zijn zorgvuldig gesloten. Er is geen glimp van buiten meer op te vangen. In een hoek van de kamer verspreidt een staande lamp onder een bleke, grofkatoenen kap een niet al te helder licht. Het zou bijna gezellig kunnen zijn, als de ruimte verder niet leeg was, op een eettafel met twee stoelen en een sofa na.

Op een van die stoelen zit Marino. Waar hij vooraf al bang voor was, overvalt hem ineens als een vaststaand feit:

het moment is niet goed gekozen. Niet omdat het nog te vroeg is, niet omdat het reeds te laat is, niet omdat een ander tijdstip beter zou zijn geweest, maar omdat het verkeerd is zelf een tijdstip te kiezen.

Nu kan hij niet meer terug. Hij staat op en volgt de man die zwijgend met zijn rug tegen een muur gaat staan. Links en rechts van hem, op een armlengte afstand, bevinden zich de twee metalen ringen die daar enkele dagen geleden zijn aangebracht. Met de twee stukken touw die op de tafel klaarlagen, knoopt Marino de polsen van de man vast aan de ringen.

Ook wat hem verder te doen staat, hebben ze vooraf besproken.

Over het gezicht van de man ligt een nogal dromerige uitdrukking, om zijn lippen hangt zelfs iets wat zweemt naar spot, alsof hij Marino's verlegenheid grappig vindt. Marino haalt een reep stof die hij uit een oude jurk heeft geknipt uit zijn broekzak en blinddoekt er de man mee, die dat zonder het minste verzet ondergaat.

Marino laat een hand over de borstkas van de man glijden. De andere hand zwerft over de dijen en het geslacht. Hij kent dit lichaam. Hij heeft het al vaker gevoeld. Toen hadden ze seks met elkaar. Deze keer zullen ze verder gaan dan seks.

Het is niet de bedoeling dat Marino zich als de minnaar van dit lichaam gedraagt, maar als de beul. Of zelfs als iets dat nog minder menselijk, nog onpersoonlijker is: een fatale ziekte, een puur fysiek accident. Maar hoe geloofwaardig is het dat een fatale ziekte precies volgens afspraak toeslaat?

Marino trekt de onderbroek naar beneden, en laat hem tot op de enkels glijden. Hij zet enkele stappen achteruit, en dan gebeurt er iets onverwachts: meer dan de gestrekte armen of de gekluisterde polsen is het deze onderbroek rond de enkels die hem als een beeld van totale overgave treft.

Rond de mond van de man hangt nog steeds die vage, mysterieuze glimlach. Misschien ligt het aan de vervoering die hem door de drugs wordt ingegeven. Wie weet is het voor een deel ook een uitdrukking van angst. Maar Marino moet niet in de eerste plaats proberen de gedachten van de man te doorgronden. Hij moet zich vooral concentreren op zijn eigen rol.

Hij stapt weer naar voren. Het lichaam van de man, tweeenveertig jaar, verkeert in een uitstekende conditie. Als Marino er niet was geweest, zou de dood er mogelijk nog vele jaren over hebben gedaan om het in te halen. Alleen het bonken in de borstkas is sneller en feller dan normaal. Marino's hartslag begint er zelf ook door te versnellen.

'Is dat alles?' klinkt het plots op een verbijsterend wakkere toon die Marino totaal niet had verwacht uit de mond van deze slaapwandelaar.

'Vooruit, Marino. Doe iets,' zegt de man. Het lijkt wel of hij moet lachen. Zijn uitdagende woorden weergalmen in de vrijwel lege ruimte en gaan volkomen tegen de gemaakte afspraak in. Er was afgesproken dat de man en Marino elkaars naam tijdens de voorstelling moesten vergeten, of tenminste niet zouden uitspreken. Een sfeer van anonimiteit, al was die dan kunstmatig, leek absoluut noodzakelijk om de opvoering te laten slagen.

Nu begint de man zelfs te grinniken, alsof hij ondanks zijn blinddoek de blos op het voorhoofd, de verblufte en verontwaardigde uitdrukking op Marino's gezicht kan zien.

'Tegen wie heb je het?' bijt Marino hem toe, waarop de man zijn grijns laat varen. Maar een vage krul blijft om zijn lippen hangen.

Marino laat zonder iets te zeggen de man achter en loopt naar de keuken. Uit een messenrek trekt hij het mes dat vanavond een belangrijke rol moet spelen. De rechthoekige driehoek van het lemmet is ongeveer twintig centimeter lang en vijf centimer breed aan de basis. Hij heeft het voor zover hij zich herinneren kan, nooit eerder gebruikt. Hij opent een lade, haalt er een rol tape uit en knipt er een strook af. Nu de afspraak is geschonden, is hij zelf plots vastbesloten om haar strikt na te komen.

Wanneer hij weer in de woonkamer is, legt hij het mes op tafel en loopt daarna naar de man. Die lijkt in afwezig gemijmer verzonken.

'Geen namen, begrepen?' fluistert Marino hem in het oor en hij drukt de strook sterk klevende tape op zijn mond. De man lijkt enigszins verrast, maar laat geen enkel geluid horen dat als een teken van protest moet worden opgevat.

Marino pakt het mes. Het is alsof de glans en de gladheid van het staal in zijn hand, op hem overgaan. Nu is hij net zo anoniem als dit mes. Ook het geënsceneerde karakter van de handeling hindert ineens niet meer. Het mes zelf is werkelijk genoeg. Het voelt zelfs werkelijker aan dan hij had voorzien.

Hij houdt het koude, stalen blad tegen de maag van de man. Deze trekt in een reflex zijn buik in, en ontspant zich vervolgens weer. Maar helemaal ontspannen lijkt hij toch niet te zijn. Nu zowel ogen als mond zijn afgedekt, is het nog moeilijker geworden om zijn precieze toestand te peilen.

De kamer is oorverdovend stil. Het bloed suist Marino in de oren. Hij vraagt zich af of een muziekje op de achtergrond niet beter was geweest. Terwijl hij nog aan het bedenken is dat de man noch hij muziekliefhebber is en ze daarom geen flauw idee hadden welke muziek ze hadden moeten opzetten, hebben zijn handen het werk al gedaan. Het mes was zwaar en scherp, het vlees was week, het ging vanzelf. Hij heeft amper hoeven kijken hoe zijn handen te werk gingen, die nu door een warme, kleverige vloed worden overspoeld.

Later zal dit worden uitgelegd, ook door Marino zelf, als een daad van ultieme zelfverminking, uitgevoerd met andermans handen. Maar op dit moment is het iets anders. Zo is het dat de man zijn leven wil beëindigen: als een ontmande. Dat is het gebaar van trots en wereldverachting dat niemand hem zal nadoen.

Marino doet enkele passen achterwaarts en staart naar het lekkende stompje, de bespatte vloer, de ribbelige straaltjes die langs de dijen lopen, de onderbroek rond de enkels, al helemaal doordrenkt. Een vreemd zoete geur begint de ruimte vullen. Ook dat is een allesbehalve aangename verrassing.

De man heeft nog geen kik gegeven. Het is of hij werkelijk geen pijn voelt. Zijn penis was het laatste stukje vlees dat hem nog aan de wereld bond, had hij beweerd. Het was aan Marino om deze streng door te knippen. Nu leeft de man niet meer en tegelijk is hij nog niet dood. Hij lijkt helemaal in zichzelf opgesloten. Mogelijk rolt de lijn van zijn leven zich nu op tot een spiraal, tot de fantastische gelijktijdigheid van alle beelden waaruit dit leven heeft bestaan. Of wie weet aan wat voor visioenen hij de kracht ontleent om zich boven de pijn te plaatsen. De man blijft zo volkomen roerloos staan dat Marino zich zelfs een beetje buitengesloten begint te voelen. Even flitst het idee door zijn hoofd om de man nog meer pijn te doen.

Maar dan begint het gezicht van de man te verkrampen en rukt hij aan de ringen waaraan hij is vastgeklonken. Hij laat zich een paar centimeter door zijn knieën zakken en spant de spieren van zijn bebloede dijen als een gewichtheffer in actie. Hij geeft plots de indruk nog amper op zijn benen te kunnen staan.

Marino legt het mes en de penis op de tafel. Wat moet hij nu doen? Het gekronkel van de man maakt hem zenuwachtig. Wanneer hij ook nog heftig begint te snuiven en kermend de tape voor zijn mond probeert weg te blazen, raakt Marino in een lichte staat van paniek.

Mogelijk wil de man hem iets zeggen. Marino is wel nieuwsgierig naar wat dat kan zijn, maar hij is bang dat de man het uiteindelijk alleen maar op een schreeuwen gaat zetten.

'Als het pijn doet, houden we ermee op,' articuleert hij luid en nadrukkelijk, maar met bevende stem. Dat was tenslotte de afspraak. Hij trekt de strook tape van de lippen af. De man hijgt zwaar. Zijn gezicht is rood aangelopen en baadt intussen in het zweet. Over zijn voorhoofd loopt een vork van aders die Marino nooit eerder bij hem heeft gezien. Hij ruikt wild en zuur.

'Maak me los... Marino... Maak me los,' prevelt hij. Even staat Marino op het punt de tape weer voor zijn lippen te spannen, maar dan besluit hij te doen wat de man hem vraagt. Wie weet zal het allemaal veel sneller zijn afgelopen dan ze hadden verwacht.

Hij maakt de lussen rond de polsen los.

'Een stoel... Breng een stoel...' fluistert de man, leunend tegen de muur. Rond zijn voeten heeft zich al een flinke plas gevormd.

Het was jouw idee, denkt Marino terwijl hij een stoel gaat halen. Zijn handen trillen. Net wanneer hij zich wil omdraaien met de stoel in zijn hand, hoort hij de klap van de man die op zijn zij is gevallen. De blinddoek hangt nu om zijn hals. De ogen zijn toegeknepen. Met zijn onderbroek nog rond de enkels begint hij door zijn eigen bloed te kronkelen. Hij kreunt en snikt. Hij houdt de handen over zijn kruis gevouwen. Er valt niet aan te twijfelen: dit is alleen nog pijn. Wat voor mentale kracht de man ook uit zichzelf bezat en wat voor bijkomende kracht hij aan de drugs ook hoopte te ontlenen – dit lichaam drukt niets anders meer uit dan de kolossale overmacht van de pijn, de onontkoombare greep van haar brandende meridianen.

Marino zet de stoel neer. Hij loopt weer naar de tafel om het mes te pakken. Daarna knielt hij naast de man en probeert zich door de weerzin en de schrik heen voor te stellen hoe hij dit moet aanpakken. Op zoveel stuiptrekkende ellende is hij niet voorbereid. Hij had gedacht dat de doodsstrijd van de man waardiger zou verlopen.

Plots aarzelt hij niet langer, maakt van een toevallige beweging van de man gebruik om diens hoofd naar achteren te trekken en snijdt in één zwierige haal de hals door. Het mes is scherp, het vlees is week. De kracht waarmee Marino toeslaat, wordt prompt beantwoord door de spuitkracht van de slagader. De man beweegt al niet meer. Een golf bloed verovert de halve woonkamervloer.

Uren later zit Marino nog steeds op de stoel die hij voor de man was gaan halen. Een dodenwake waarvan hem vooral zijn steeds terugkerende verbazing zal bijblijven over de enorme impact van het bloed. Eenzelfde hoeveelheid water zou lang niet zo'n catastrofale indruk hebben gemaakt. Een ultiem zelfportret waarin de man zijn definitieve instorting heeft uitgebeeld en beleefd, in alle mogelijke schakeringen van rood en bruin. Hoe petieterig, vergeleken daarmee, oogt het stukje penis op de tafel. Het bloedspoortje dat eruit is weggelekt, wekt in Marino's dromerige waarneming de indruk dat het op eigen kracht voortkruipt, weg van de chaos waaraan het is ontsproten.

Het dolle gerucht dat Marino die penis zou hebben gebakken en opgegeten, moet hier nadrukkelijk worden ontkracht. In wat voor ziek brein die fantasie ook mag zijn opgekomen, het was alleszins niet dat van Marino. Hij heeft het ding later gewoon bij de rest in het graf gelegd, zoals trouwens door de forensische experts is bevestigd.

In de tuin van Marino hebben hij en de man enkele dagen eerder een smalle, niet al te diepe greppel gegraven. Marino herinnert zich dat de man, ondanks zijn vastberaden opgewektheid, een plotse inzinking had gekregen, en zeker niet alleen omdat de pezige wirwar van boomwortels het graven zo bemoeilijkte. Op een gegeven moment had hij het karwei aan Marino moeten overlaten. De aanblik van zijn eigen graf deed een misselijkmakende paniek in hem opkomen die hij pas na een lange douchebeurt vol hydromassage en zelfvertroeteling weer van zich af had kunnen zetten.

Marino weet nu in elk geval waar hij met het lijk heen moet. Het wordt trouwens stilaan tijd om in beweging te komen, als hij tegen de ochtend alle sporen van het gebeurde wil hebben uitgewist.

Voor hij het lichaam kan gaan begraven, moet er volgens afspraak nog één ding gebeuren. Het was Marino's idee, maar nu hij op het punt staat het mes in de billen van het lijk te zetten, ziet hij er de noodzaak niet van in. Dit is helaas niet het juiste tijdstip, dit is alleen maar het afgesproken tijdstip. Maar misschien zal hij later opnieuw ontdekken waarom hij dit ooit heeft willen doen. Het gaat hem gelukkig niet al te moeilijk af. Hij heeft intussen enige ervaring opgedaan met het gewicht en de scherpte van het mes en met de weke textuur van het vlees. Hij hoeft er niet veel bij na te denken. De handeling wekt geen bijzondere weerstand op die moet worden overwonnen.

Zo. Het is goed dat Marino dit eindelijk heeft opgeschreven. Een pretje was het niet. Hier en daar is een detail weggelaten dat al te smerig was om onder woorden te brengen. Er diende een bepaalde afstand in acht te worden genomen. Maar ondanks deze onvermijdelijke graad van abstractie en beknoptheid is dit de meest correcte weergave van wat er die avond is gebeurd. Ze wijkt op een aantal punten af van de versie die met het oog op Marino's rechtszaak is bedacht. Maar er is niemand die dat weet, behalve Marino en ik.

Het heeft maanden geduurd om Marino zover te krijgen dit verhaal op te schrijven. Maandenlang heeft hij zich aan een andere versie vastgeklampt, heeft hij oprecht zijn best gedaan om te geloven in het verhaal dat zijn rechters milder moest stemmen. Al die tijd moest ik me beperken tot een boos maar machteloos, klankloos hameren van protest in het vacuüm van de dood. Maar deze woorden zijn voor mij als verse lucht. Ze geven me het gevoel dat ik weer adem.

Ik geef meteen toe dat dat niet meer dan een gevoel is. Het zou overdreven zijn te zeggen dat ik leef. Tenslotte heb ik geen eigen lichaam meer. Maar ik heb opnieuw een stem. Helemaal dood zou ik mezelf niet noemen. Ik heb ontzettend veel zin om te spreken. En in het lichaam van Marino heb ik opnieuw een luisteraar gevonden. Meer nog dan een luisteraar. Een medeplichtige, net als toen ik wel nog een eigen lichaam had.

2

Boven de wastafel in Marino's cel hangt een spiegel die je van de muur kunt rukken als je daarvoor in de stemming bent, op de grond smijten als je daartoe de behoefte voelt, maar je kunt hem niet breken. Hij is namelijk van plastic. Je zou jezelf of een ander niet kunnen beschadigen met de scherven ervan. Het gevangeniswezen heeft een vooruitziende blik. Marino is overigens helemaal niet in een destructieve bui. Hij is alleen een beetje zorgelijk gestemd.

Tot voor kort was vrijwel iedereen het erover eens dat Marino Mund, zevenendertig jaar, jonger leek dan hij was. Maar zijn huidige situatie begint duidelijk sporen na te laten. Bij een bepaalde lichtinval krijgt zijn gezicht een korrelig karakter dat het vroeger niet had. Je ziet de naden zitten in wat ooit een gladde eenheid was. Dat bleke, gekreukte voorkomen is grotendeels te wijten aan het regime waaraan hij tegenwoordig is onderworpen, het gebrek aan lichaamsbeweging en buitenlucht en daglicht, aan de weinig uitgebalanceerde kost die hij hier krijgt voorgeschoteld. Gelukkig is er nog steeds die vochtige glans in zijn grijsblauwe ogen, fris en levendig als een maartse lucht.

Zijn blik kan nog twinkelen als die van een kind, als van iemand die voor de eerste keer leeft en niet, zoals velen van zijn leeftijdgenoten, voor de tienduizendste keer.

De mond puilt naar voren in een breed stel vlezige maar verrassend zachte, glimmende lippen, kinderlippen op mannenmaat. Ze steken naakt af tegen het donkere, doornige waas waardoor ze omringd worden en dat ook over zijn wangen ligt, al scheert hij zich dagelijks. Aan voorhoofd en slapen trekt de haarlijn zich terug. Maar zijn baardgroei is zo sterk dat je meent de keratine te horen knisperen.

Over het postuur moet ik eerlijkheidshalve iets minder positief zijn. Nog steeds zo slank als een jongeman en breedgeschouderd van nature, dat wel. Hij beschikt over een paar indrukwekkend lange slingerarmen. Eén meter vierennegentig hoog is hij, maar alleen wanneer hij kaarsrecht staat, wat hij zelden doet. Hij komt immers niet zo vaak iemand tegen op die hoogte. Daardoor is er een kromming in zijn ruggengraat geslopen. O, het is zeker geen bochel, het is eigenlijk niet veel meer dan een flauwe curve. Maar het suggereert een niet-aflatende gedienstigheid, een bijna onderdanige belangstelling voor de wensen en het gefluister dat van beneden komt. Dat oogt broos en ouwelijk, en is bovendien nog misleidend ook. Want als iemand hem iets zou kunnen verwijten, dan is het nu juist zijn diepgaande gebrek aan belangstelling, zijn onwil of onvermogen om de mensen te begrijpen zoals ze zelf begrepen hadden willen worden.

Ik bedoel niet dat er goede redenen zijn om de mensen te begrijpen zoals ze dat zelf graag hebben. Dat zou Marino tenslotte alleen maar medeplichtig aan hun zelfbedrog maken. En daarvoor kunnen ze overal aan medeplichtigen geraken, daar hebben ze hem niet voor nodig. Bovendien is hij míjn medeplichtige al, en ik wil hem niet kwijtspelen aan een ander.

Maanden heb ik hem moeten missen, mijn Marino. Maanden waarin hij zijn best deed om een zo gunstig mogelijke indruk te wekken bij een achterdochtig publiek. Dat was natuurlijk niets voor hem. Dat er ineens werd ingezoomd op een weinig mededeelzame natuur als Marino, een zwijgzame bewoner van schemerige achtergronden, dat hij werd gesommeerd op de voorgrond te treden en zich te verantwoorden, moest wel tot een hoop nerveuze prietpraat leiden. Hoe kon het ook anders? Hij was het niet gewend om ik te zeggen. Maar laten we, nu hij en ik weer onder ons zijn en de publieke belangstelling is verflauwd, de zaken eens herbekijken. Ik ben niet van plan elk verzinsel te weerleggen. Maar het zou mooi zijn om iets van de intieme verbintenis die we hebben gekend, nieuw leven in te blazen, al zal dat leven ditmaal uitsluitend uit woorden kunnen bestaan.

Dat betekent trouwens niet dat ik Marino nu ga dwingen om ik te zeggen. Laat mij dat maar doen. Ik ben een geboren ik-zegger. Hij is dat slechts onder dwang. Waar hij zijn rol moet vervullen in ons verhaal, daar mag hij dat doen in de derde persoon, daar zal ik hij zeggen, daar kan hij hij schrijven. Ik dicteer, hij noteert.

Deze taakverdeling schijnt Marino wel te bevallen. Hij moet er in elk geval om glimlachen. Dat brengt me op een opvallend element dat ik in de eerdere beschrijving van zijn gezicht achterwege heb gelaten. Als Marino glimlacht, komt er een indrukwekkend gebit tevoorschijn, een fors, smetteloos toonbeeld van dentale geometrie. Alleen heeft de tektoniek van het tandvlees in de loop der jaren tot enige spleetvorming geleid, wat vooral in het oog springt tussen de twee voorste kanjers in de bovenkaak.

Ondanks zijn penibele situatie kan Marino deze glimlach nog steeds opbrengen. Hij doet dat niet voor de spiegel, hij doet dat niet waar ik hem zou kunnen zien. Maar ik kan me hem nog herinneren. En soms kan ik hem van binnenuit voelen. Hij is niet alleen op vriendelijkheid gebouwd, deze brede witte muur van een glimlach.

3

Over Marino's moeder is heel wat gezegd. Er is tijdens het proces uitgebreid gesproken over de dominerende rol die ze in zijn leven heeft gespeeld. Daarin moest een deel van de verklaring worden gezocht voor het bizarre spoor waarlangs hij na haar dood, twee jaar geleden, is afgedwaald. Marino heeft ook zelf herhaaldelijk verklaringen in die zin afgelegd, daartoe aangespoord door zijn advocate. Het moest wijzen op zijn wereldvreemde aard, op de infantiliserende kramp die hem had verhinderd uit te groeien tot wat zou kunnen doorgaan voor een normale man. Dat pleitte hem natuurlijk nog niet vrij. Maar zijn advocate trachtte de jury ervan te overtuigen dat hem bij het bepalen van de straf niet de kans mocht worden ontnomen alsnog een zekere staat van volwassenheid te bereiken. Dat hij, ondanks zijn leeftijd, daartoe nooit een faire kans had gekregen.

In haar plaats zou ik wellicht hetzelfde hebben geprobeerd. Het was een voor de hand liggende zet. Ik heb er ook begrip voor dat Marino, in het vooruitzicht van vele jaren opsluiting, zijn moeder liet afschilderen als een vrouw die in haar meedogenloze controledrift de schaar had gezet in zijn groeipotentieel, en wel op alle vlakken waarop een gezonde burger zichzelf graag als een succesvol nummer beschouwt: sociaal en seksueel, professioneel en relationeel. Zijn boze moeder had hem ingesnoerd en gekortwiekt tot een bonsaimannetje, gepot in de teelaarde van haar puur egocentrische plannetjes. Nooit had hij de kans gekregen om te wortelen in de bodem van een zelfstandig bestaan. De moeder van het monster bleek zelf een wangedrocht van zelfzucht. Allerlei feitelijke elementen moesten deze stelling staven. Bijvoorbeeld het feit dat hij toen ze stierf nog bij haar inwoonde en als verkoper werkzaam was in een winkel die op háár naam stond; of dat hij bij haar overlijden nog maagd was en niet eens een eigen bankrekening had.

Wat moest er van dat bonsaimannetje worden, eenmaal overgelaten aan zijn lot? Haar plotse dood, zijn plotse vrijheid, hield geen bevrijding in. Nu hij niet langer werd bijgesnoeid, ontsproten de grilligste loten aan zijn bonsaigeest. Verwildering was een haast onvermijdelijk gevolg. Hij bleef achter met de hulpeloosheid en het wilde verdriet van een tienjarige, maar zonder diens aanpassingsvermogen en toekomstkansen, want hij was al vijfendertig.

Tot zover de nogal eenzijdige lezing waarmee zijn advocate op de jury inpraatte. De simpele of zelfs simplistische logica, waarvan de geldigheid werd ondersteund door een psychiatrisch rapport, sloeg in zekere mate aan. Als het niet de volledige waarheid was, dan was het tenminste een aansprekend verhaal.

Het zou weinig gepast zijn, dat besef ik heel goed, om geringschattend te spreken over het pleidooi van Marino's advocate. Hij heeft het zonder twijfel aan haar overtuigingskracht te danken dat hij er nog met een relatief lichte straf is afgekomen. Verder heeft ze ervoor gezorgd dat hij een gunstig regime geniet. Hij heeft een cel voor zichzelf, hij wordt in z'n eentje gelucht, hij hoeft niet samen met zijn medegevangenen aan tafel of onder de douche. Hij is geen crimineel als de anderen, hij is geen ordinaire moordenaar. Hij is in feite helemaal geen moordenaar. Hij is weliswaar veroordeeld voor moord, maar dat is onterecht. Uit de verklaring die ik op voorhand had opgesteld en bij mijn volle verstand ondertekend, bleek duidelijk dat ik me geheel vrijwillig had onderworpen aan de behandeling met dodelijke afloop waarvoor hij zich moest verantwoorden. Ik ben het dan ook eens met de beslissing om in beroep te gaan tegen de uitspraak van de jury, hoe mild de strafbepaling ook is uitgevallen.

Nee, ongetwijfeld, die advocate van hem is een vrouw waar hij wat aan heeft, heel zeker. Doelgericht, bekwaam, kordaat als het erop aankomt, en betrouwbaar. Ik begrijp heel goed dat hij haar bezoekjes ervaart als een verfrissende onderbreking van een nogal eentonig isolement. Veel aanspraak heeft hij niet aan de achterdochtige cipiers die hem, duidelijk tegen hun zin, als een bevoorrecht geval moeten behandelen. Ze brengen hem zijn maaltijd, ze begeleiden hem naar de binnenplaats, maar hij voelt voortdurend hun verongelijktheid, hun stilzwijgend protest tegen de privileges die hem zijn toegekend. Dat bonsaimannetje mag dan zieker zijn dan de anderen, daarom is hij nog geen haar beter of interessanter, zo denken ze erover. En dat laat zo'n bewaker graag merken terwijl hij, zwaaiend met zijn bovenmaatse biceps, pesterig traag achter Marino aan sloft op weg naar de binnenplaats. Als het aan hen lag, rotte hij weg achter slot en grendel. Hij ziet er te onschuldig uit voor een menseneter, te braaf, te gezond, te onbezwaard. Ze wantrouwen de twinkeling in de ogen van deze pervert. Zijn paardengebit is hun te gaaf en te wit. Kijk maar uit, vriend, ze zouden je graag een misstap zien begaan. En ze zouden er weinig bezwaar tegen hebben als iemand besloot dat ongeschonden snoetje van je een beetje bij te timmeren, het een beetje authentieke gevangeniservaring te laten opdoen.

Marino's advocate schijnt tenminste tot op zekere hoogte te beseffen met wat voor delicate materie ze te maken heeft. Zelf ziet ze er ook uit als delicate materie. Ze wekt zonder meer een hoogst gesofisticeerde indruk in die hoekige mantelpakjes van haar die een fraai stel benen blootgeven. Dertig jaar. Lang, blond, golvend haar, een weelde aan goud en veerkracht die ontsproten lijkt aan de fantasie van reclamejongens. Maar dit is verbluffende realiteit, net als de smetteloze regelmaat van haar gezicht, de Scandinavische jukbeenderen, de helderblauwe ogen, omkranst door zwarte wimpers, lang en spits als spinnenpoten. Wie in haar blikveld komt, gaat onwillekeurig zijn best doen om een wakkere indruk te geven. Ze heeft van haar natuurlijke gaven altijd goed gebruik weten te maken. Haar snelheid van begrip en zelfstandigheid van geest, de welgevormdheid van haar taal en haar figuur, hebben haar de nodige steun en connecties bezorgd om af te rekenen met de weerstand die deze kwaliteiten al evenzeer oproepen. Ze geldt als een van de beloftes van de balie, een rijzende ster. Een blauwogige komeet vol pit en glans.

Soms doet ze me denken aan een bepaalde bestsellerschrijfster uit het voorbije decennium. Ja, ik zie haar fotogenieke hoofdje zo voor me op de affiches prijken achter de etalageruiten van de alomtegenwoordige boekhandelketen. Op het achterplat van haar boeken staat datzelfde gezicht afgedrukt. Het toont een vrouw die overduidelijk weet wat liefde is en heus nog andere vloeistoffen dan alleen maar inkt kan doen vloeien. Maar dat betekent niet dat ze als de eerste de beste lellebel achter het raam hangt te lonken. Ze glimlacht bijvoorbeeld niet. Ze kijkt zelfs heel ernstig. Haar poëtisch-beschouwelijke blik moet ervoor zorgen dat het publiek haar het bezit van een bovengemiddeld geestesvermogen zal toekennen. Deze hersenen weten wat! Het leven, de liefde, het vrouw-zijn en de mannen die daarin betrokken waren, hebben haar stof tot overpeinzing geleverd, en de fotograaf heeft haar betrapt terwijl ze nog volop bezig was deze stof te verteren. Macho's zullen bij deze complexe schoonheid vergeefs solliciteren naar een intieme betrekking. Of anders zullen het juist uitsluitend macho's zijn die bij haar een kans maken. Alleen wie haar weet wijs te maken dat hij door niets dan drift en instinct en oerhormoon wordt gedreven, zal de radar van haar denkvermogen kunnen verschalken. Ook dat is mogelijk. Men weet het gewoon niet. Men zou daadwerkelijk haar boek moeten lezen om haar intieme drijfveren te leren kennen. En dan nog. Ze ziet er in elk geval uit als iemand die het recht heeft om boeken te schrijven en uit te geven, meer dan een ander.

Toegegeven, ik heb in het verleden al vaker te horen gekregen dat ik, wanneer ik het innerlijk of uiterlijk van een vrouw probeer te karakteriseren, makkelijk verval in meligheid of overdrijving. Dat ik het nooit gezegd krijg zoals het werkelijk is, dat ik er altijd iets te veel of te weinig van maak, dat ik vrouwen alleen maar vertekend voorstel, ze gewoonweg niet kan of wil begrijpen. Mogelijk klonk ook het voorgaande vergezocht of overdreven. Want er is tenslotte niet veel reden om Eveline Tits te vergelijken met een bestsellerschrijfster. Vaklectuur en dossierinhoud mag ze dan met hopen verstouwen, verder laat haar agenda haar geen tijd over om commerciële bellettrie te lezen, laat staan te schrijven.

Juist vanwege deze drukke agenda verbaast me de frequentie van haar bezoeken. Ze komt bijna wekelijks langs, ook wanneer zich geen bijzondere juridische ontwikkelingen in Marino's zaak hebben voorgedaan. Zij is zo ongeveer het enige bezoek dat zich nog bij hem meldt, en haar komst is voor hem altijd een belevenis. Aan een tafeltje tegenover elkaar gezeten, in een kamertje apart, overbelicht door de betraliede buislampen aan het plafond, worden ze door de bewaker met zijn tweeën achtergelaten. Eveline lijkt zich volkomen veilig te voelen wanneer ze alleen met de kannibaal in deze krappe ruimte zit. Er valt geen spoortje van ongemak of verhoogde waakzaamheid uit haar houding af te lezen. Ze weet immers dat hij zijn tanden niet in vrouwenvlees zal zetten, en ze is ervan overtuigd dat zich in het leven van Marino Mund nooit weer zo'n nacht van gruwel zal afspelen als die waarvan ze alle onthutsende details kent of meent te kennen.

'Jij bent Hannibal The Canibal toch niet,' grapt ze, en Marino lacht de spleet tussen zijn bovenste snijtanden bloot. Hij vindt het prettig naar een gezicht te kijken dat verwachtingen uitstraalt die op hem betrekking hebben en die, al doorgrondt hij ze niet, uitsluitend door sympathie lijken te zijn ingegeven. Deze vrouw heeft het beste met hem voor, wat dat ook mag inhouden. Ze stelt belang in zijn toekomst. Waarom eigenlijk? Wat dat betreft maakt Marino het zich niet moeilijk. Het ligt niet in zijn natuur om zich grondig te verdiepen in haar motieven. Hij koestert zich in haar aandacht als in een vriendelijk zonnetje zonder waarom.

Vriendinnen heeft Marino nooit gehad, en de enige vrouw die hij van nabij heeft gekend, was zijn moeder, wier gezicht niet zo jong was en ook lang niet zo vriendelijk. De toekomst die zijn moeder ooit in hem zag, was geen toekomst die ze hem hartelijk toewenste of belangstellend wilde volgen. Het was een toekomst die ze hem had voorgeschreven, half zakelijk, half geïrriteerd, als een recept tegen wat ze als zijn ziekelijke inertie beschouwde.

Ja, oppervlakkig beschouwd kon Marino's moeder een zeer bazige indruk wekken. En de verdediging heeft op het proces, zoals gezegd, die oppervlakkige indruk ten volle uitgebuit. In werkelijkheid was het voor een groot deel Marino's eigen bezitsdrang die de verhouding bepaalde en niet omgekeerd. Leek het erop dat zij hem met moederlijke inhaligheid achternazat, in feite was hij degene die haar met kinderlijke volgzaamheid achtervolgde. Haar plannen met hem waren geen pogingen om hem aan haar te binden. Haar knorrigheid was erop gericht hem te spenen. Dat hij tot aan haar dood bij haar heeft ingewoond, deed hij niet als haar uitgebuite voortbrengsel, maar als de vrucht die zich niet van haar stam wilde laten vallen.

Er zijn dingen die Eveline Tits weet, en er zijn nog veel meer dingen die ze niet weet. Maar ondanks alles wat Marino verzwijgt, is er op basis van wat hij heeft verteld, een schijn van vertrouwelijkheid gegroeid die hij nooit eerder, mezelf even buiten beschouwing gelaten, met een ander heeft beleefd.

In de kale spreekkamer waar ze elkaar ontmoeten heerst vaak een welhaast flirterige ambiance van lotsverbondenheid, alsof zijn toestand van onvrijheid gedeeltelijk ook de hare is, alsof haar staat van vrije zelfbeschikking spoedig ook de zijne zal zijn. Dat is een verademing voor Marino, die zich sinds zijn arrestatie voornamelijk als een dier in een kooi heeft gevoeld.

In haar bijzijn verandert hij in een man die plannen maakt voor de toekomst en hoopvol uitkijkt naar het leven dat buiten de gevangenismuren op hem wacht. Hij sluit dan zelfs de mogelijkheid niet helemaal uit om ooit nog eens als een normale man een relatie met iemand te hebben.

Het is me een raadsel wat een wakkere jongedame als Eveline Tits ertoe brengt om een dergelijke luchtspiegeling voor een realistisch vooruitzicht te houden – of op zijn minst voor te wenden dat te doen.

Ik zou het nog bijna werkelijk jammer gaan vinden dat zij geen bestsellerschrijfster is, anders had ze misschien een boek geschreven waaruit de geïnteresseerde lezer had kunnen leren wat haar wekelijks naar de gevangenis voert om als geboeid de ijle praatjes van Marino Mund aan te horen, om naar zijn mond te staren en zich te wentelen in zijn schoorvoetende charme. *Gegrepen door een menseneter, Aan de lippen van de kannibaal, Het maagdelijke monster,* om enkele mogelijke titels te noemen waarvan ze ongetwijfeld hele magazijnen verkocht zou krijgen, als dat haar opzet was geweest.

Mijn meest vriendelijke hypothese is dat deze dertigjarige, vooralsnog kinderloze vrouw wordt vertederd door het kind in Marino's grijsblauwe blik, door het maartse, prille wezen dat ze onder zijn baardgroei vermoedt. Het kind en de man, het kind in de man, vormt naar verluidt voor sommige vrouwen op een bepaalde leeftijd een prikkelende combinatie. Zou de man die het kind in zichzelf heeft gekoesterd en bewaard, later ook geen zorgzame vader kunnen zijn voor het kind dat zij hem baart?

Ik wil uiteraard niet aanmatigend klinken. Ik wil ook niet raar of melig of overdreven klinken. Ik hoop oprecht geen afbreuk te hebben gedaan aan de complexiteit van haar gevoelsleven. Maar ik ga me evenmin nog verder uitputten in speculaties aangaande de innerlijke drijfveren van Eveline Tits.

4

Het is juli. Vroeger heette dat een zomermaand te zijn. Er werden ijsjes gegeten, men zocht het strand op, of een openluchtzwembad. Men beoefende op grote schaal een algemeen aanvaard nietsdoen. Vakantie! Intussen deed de natuur haar werk, gonzend en knisperend rijpten haar vruchten in de zon.

Tegenwoordig rijpt er niets meer in de julizon. Alles waar een huid rond zit, alles met nog een druppel water in het lijf slaat ervoor op de vlucht. Men zoekt een heenkomen in kelders, in koelkamers, in klimaatbunkers. Het daglicht is een slagveld van dodelijke golflengtes dat waar mogelijk wordt gemeden. Alleen de jongens met veel pigment of weinig verstand wagen zich nog vrijwillig aan de zonbeschenen kant van de straat. Voor de meeste anderen is juli de donkerste maand van het jaar, en ook de duurste. Het kost meer energie om het in juli koel te houden dan om het in januari warm te krijgen. Een helse adem van luchtspiegelingen en roet en ozon trilt boven het hete asfalt. Op het platteland kijkt de zon heerszuchtig neer op een savanne van gebakken aarde. In de stad bewondert ze haar diamant van wit vuur in de spiegelramen van de torengevels. Zij zal ons eens laten zien wat kernfusie is, zij zal ons laten voelen wat het is een ster te zijn. Terwijl we lijdzaam haar demonstratie ondergaan, duldt ze geen andere activiteiten naast de hare. Dit is geen zomer meer, dit is geen vakantie, dit is pure stagnatie. Geen voorbijgaande hittegolf, maar een onwrikbaar regime van solaire zelfverheffing en keiharde thermische repressie.

Karrenvrachten vol uitgedroogde mensenresten worden afgevoerd uit bejaardenflats. Al die verwaarloosde oudjes die alleen nog met hun lijklucht de aandacht hebben weten te trekken; al die vereenzaamde gevallen die statistisch gesproken nog in leven hadden moeten zijn.

Ook in de gevangenis heerst een wijdverbreide lethargie. Het is muisstil. Iedereen ligt in zijn cel in een reptielachtige toestand van roerloosheid te wachten tot het nacht wordt, tot het gaat onweren, tot er een ijstijd aanbreekt.

Marino hoeft zich over zijn oudjes gelukkig geen zorgen te maken. Zijn vader heeft zelfs nooit een oudje kunnen worden, hij stierf toen Marino nog maar twaalf was. De man werd vroegtijdig uitgeschakeld door een hartaanval zonder in zijn zoon een blijvend gevoel van liefde te hebben achtergelaten. Weinig wees er trouwens op dat zoiets ooit in zijn bedoeling had gelegen. Er is nooit veel wisselwerking tussen vader en zoon geweest.

Vaak droeg de man ook binnenshuis een zonnebril, wat hem het uiterlijk van een bepaald type filmgangster gaf. Niet van een maffiapeetvader of een andere charismatische geweldpleger, maar van een humeurige, louche scharrelaar in de marge van de legaliteit, nerveus en snel geïrriteerd, een weinig sympathieke bijfiguur die naar Marino's gevoel veel te vaak in beeld kwam. Kort van stuk, gedrongen van postuur. Een bolle buik, vette handjes en een latinosnorretje onder zijn stompneus. De man verdroeg het daglicht niet goed en hij verdroeg geluid al even slecht. Hij leefde constant op het randje van een migraine, en af en toe bevond hij zich in het oog ervan. Dan was absolute stilte geboden. Als directeur van een klein bankfiliaal in de Brusselse binnenstad moest hij tijdens de kantooruren het geluid dat zijn ondergeschikten en zijn klanten voortbrachten, lijdzaam ondergaan. Maar in zijn eigen huis duldde hij de onvermijdelijke geluiden amper en gold er een strikt verbod op overbodige geluiden. Ja, één ding moet men deze vader nageven: hij heeft zijn kind geleerd wat zwijgen is. Daarvoor hoefde hij niet eens tegen de jongen uit te varen, Marino zorgde er uit zichzelf wel voor onder de gehoordrempel te blijven. Het was hem op een of andere manier onheuglijk jong ingepeperd dat bijna alles wat hij zei of deed, zijn vader misselijkmakende aura's kon bezorgen, of hem een vlijmscherpe doornenkroon van onverdiend leed tegen de slapen drukte. Het kind probeerde uit alle macht te vermijden dat de vader met een getergd gebaar zijn bril afnam om hem een blik vol priemende verwensing toe te werpen. Voor een deel meenden de psychiaters hieraan het zuinige, bedeesde woordgebruik van de latere Marino te kunnen toeschrijven.

Als quasi chronische migrainelijder drukte de man zich, geheel in overeenstemming met de behoeftes van zijn constitutie, meestal uit in een spaarzaam en afwerend gemompel. En als het niet strikt noodzakelijk was, drukte hij zich liever helemaal niet uit. Als Marino terugdenkt aan de stem van zijn vader, kan hij zich geen klank of timbre meer voor de geest halen. Hij herinnert zich alleen nog het bedrukte gevoel dat deze stem in hem achterliet, de geurvlaggen die ze in zijn leefwereld aanbracht en die de boodschap vormden: Wat doe jij hier eigenlijk? Dit is mijn terrein.

Natuurlijk heeft de verdediging bij het proces niet nagelaten om het voortijdige verscheiden van de vader aan te wijzen als een factor die een ongunstig effect had op de ontwikkeling van het kind. Nu was er niemand die een tegenwicht vormde tegen het moederlijke dwangbewind, niemand die hem leerde zich te verzetten tegen haar manipulatieve karakter.

Evengoed is het waar dat Marino al zeer spoedig na zijn vaders dood het bevrijdende effect van de vaderloosheid begon te appreciëren en allerminst werd geplaagd door gevoelens van gemis. Hij was in die tijd nog niet volledig op de hoogte van sommige elementaire feiten. Hij wist dat een baby bij de geboorte uit de buik van de moeder werd gehaald, waaruit onmiskenbaar bleek dat hij vlees van haar vlees was. Dat vormde de basis van een onverbrekelijke verbintenis. Dat er ook tussen vader en kind een fysieke band bestond, kon of wilde hij zich niet voorstellen. Als het kind nog in de moeder zit, steekt de moeder veel van zichzelf in het kind, dat was hem bekend. Maar wanneer zit het kind ooit in de vader, en wat steekt de vader ooit in het kind? Hij weigerde, en was ook nog niet in staat om zich van het begrip 'zaad' een concreet beeld te vormen. Liever hield hij het vaderschap voor een instelling die uitsluitend op plicht en conventie was gebaseerd, en op de eigenaardige, willekeurige keuze die zijn moeder ooit had gemaakt, lang geleden, lang voor hij bestond en het haar zou hebben kunnen afraden, om haar lot te verbinden aan dat van de man die later zijn vader zou heten te zijn.

Wat een verlichting was het dan ook toen de man stierf, en daarmee de emotionele last van Marino's schouders viel om aan een puur arbitraire vaderfiguur veel meer belang te moeten hechten dan deze, alles welbeschouwd, toekwam. Eindelijk verlost van een aanwezigheid die met zijn hoofdpijnen het appartement tot in alle hoeken vulde. Dat hinderlijke mannetje dat de overige gezinsleden bijna dagelijks liet vastlopen in het fileleed op de ringwegen van zijn zenuwstelsel.

Eens dit vreemde lichaam de deur uit was gedragen, kon onze kleine Oedipus zich ongestoord concentreren op de twee lichamen die voor zijn bestaan een noodzakelijke en voldoende voorwaarde leken te vormen, dat van hemzelf en dat van zijn moeder, die destijds in de bloei van haar leven een grote, gevulde, blonde vrouw was.

Toen hij niet lang na zijn vaders overlijden op school seksuele voorlichting kreeg, kwam de inhoud daarvan hem aanvankelijk behoorlijk schunnig voor, en zelfs niet helemaal geloofwaardig. Maar eenmaal deze informatie, van speelpleingerucht bevorderd tot examenstof, was verwerkt, bleek er al met al niet veel te veranderen aan de nieuw ontstane verhoudingen. Dat zijn vader zijn biologisch unieke en onverwisselbare verwekker was, bleef voor Marino een uitwendige waarheid, een abstractie waardoor hij zich emotioneel niet gebonden voelde. Het was zeker niet iets waardoor hij zijn zelfgevoel zou laten bepalen.

Na de dood van Marino's vader beleefden hij en zijn moeder een mooie tijd. Het kind werd levendig en spraakzaam als nooit tevoren. Ook de moeder toonde zich veel ontvankelijker voor de levensvreugde van haar spruit dan ze tijdens haar donkere huwelijksjaren had kunnen doen. Het was of ze elkaar nu pas leerden kennen en de kennismaking verliep zeer bevredigend, voor beide partijen naar het Marino toescheen. Hij ontwikkelde een gevoel dat hij nooit eerder had gekend, moeilijk verklaarbaar maar daarom niet minder aangenaam: hij was trots op zijn mama. Wijlen de vader was maar zelden onderwerp van gesprek.

Maar toen zijn moeder enige tijd later voorzichtige pogingen ondernam om een nieuwe man in huis te halen, en haar kind geleidelijk aan probeerde te laten wennen aan de mogelijkheid van een stiefvader, was het gauw uit met de idylle.

Het was best een aardige man die zijn moeder had leren kennen. Hij was een kleine tien jaar ouder dan zij, zo rond de vijftig. Aan de echtscheiding die hij achter de rug had, had hij een zekere wijsheid overgehouden. Hij toonde zich een bezadigde, geduldige, bescheiden en montere bezoeker. Bovendien was hij voor de twee kinderen uit zijn voorbije huwelijk, late tieners intussen, nog steeds een betrokken en attente vader, dus ook op opvoedkundig vlak beloofde hij een nuttige aanwinst te kunnen zijn. De moeder en haar vriend vonden het jammer voor Marino dat deze kinderen al te oud waren om nog veel belangstelling voor hem te willen opbrengen. Wat Marino zelf jammer vond, was iets geheel anders.

Wanneer was aangekondigd dat de man hen op zondagmiddag met de wagen zou komen oppikken voor een of ander uitje, verscheen hij steevast op het afgesproken tijdstip. En dat was niet in overeenstemming met Marino's wens.

Liever had hij gezien dat het noodlot de indringer op de heenweg had opgewacht in de gedaante van een spookrijder. Of dat het zich als een robuuste eik aan de buitenrand van een verraderlijke bocht had opgesteld. Of waarom manifesteerde het zich niet als een driedubbele en desnoods onverklaarbare salto die de wagen samen met zijn bestuurder zou hebben herleid tot een prakje rest en schroot? vroeg Marino zich af terwijl hij met zichtbare maar door de anderen veronachtzaamde tegenzin op de achterbank van de auto klauterde. Het rook er altijd naar aftershave en vaak ook naar een nog scherpere uitwaseming, iets zuurs of molmachtigs waarvan Marino de herkomst situeerde in de harige subregionen van de joviale man achter het stuur. Marino's grimas van walg werd genegeerd, evenals het feit dat hij zijn neus gedurende het grootste deel van de rit demonstratief met zijn vingers hield dichtgeknepen, al was hij eigenlijk veel te oud voor zulk kinderachtig gedrag. Daar reden ze dan, op weg naar een pretpark, een dierentuin of een ander recreatieoord, als een klein gezin dat knus had kunnen zijn als het jongste lid ervan een beetje had willen meewerken. Alleen mocht die medewerking niet op al te strenge toon worden afgedwongen. Het kind moest immers worden ontzien, zo werd gefluisterd, het kind was het verlies van zijn teerbeminde vader immers nog niet helemaal te boven gekomen. Aan die dramatische tegenslag, zo vroeg al in zijn leven, moest de overgevoeligheid van het kind worden toegeschreven, zijn prikkelbaarheid, zijn stille woede, die eigenlijk een vermomd verdriet was.

Het kind sprak hen niet tegen. Het kind zei helemaal niets, geen stom woord.

Het was trouwens in die periode dat Marino in zeer korte tijd uitdijde tot een weinig innemende dikzak. Op zijn dertiende mat hij nog altijd slechts één meter veertig en woog hij ruim zestig kilo. Men probeerde hem aan te zetten tot wat meer lichaamsbeweging, maar vergeefs. Marino had een obsessieve belangstelling opgevat voor allerhande computerspelletjes en zat zich elke dag urenlang voor het scherm uit te leven in de simulatie van bezigheden als het opzettelijk toedienen van slagen en verwondingen al dan niet met de dood tot gevolg, diefstal met geweld, roofmoord, zware inbreuken tegen de wapenwet, heling, bendevorming, foltering, verminking en afpersing. Alleen verkrachting behoorde in deze virtuele wereld niet tot de spelmogelijkheden. Maar dan nog was het spectrum aan gewelddadigheden meeslepend genoeg. Bovendien was het in zijn onwerkelijkheid zo weinig verzadigend dat Marino er nooit genoeg van kreeg en zich krijsend verzette tegen elke poging om hem uit zijn roes van pixels te halen. De moeder, niet opgewassen tegen Marino's vijandige reactie, greep nauwelijks in en liet hem zitten waar hij zat, opgesloten in zijn cocon van speklagen, onverschillig voor zijn eigen wanstaltigheid, ongevoelig voor haar zwakke uitingen van protest. Pas tegen slapenstijd liet Marino zich van het scherm naar de slaapkamer sturen, waar hem de tastbare sensatie van koele lakens wachtte, en het duister onder de oogleden met zijn nabeelden en lichtflitsen, zijn autobanen van stippels en strepen, het stationaire gonzen van de breinmassa.

Op een dag kwam Marino thuis van school en betrapte zijn moeder en haar vriend in de living op de sofa, geheel gekleed en nog vele stadia van de oerscène verwijderd, maar wel verwikkeld in een innige verstrengeling waaruit ze zich met onhandige haast probeerden los te maken. Marino begreep dat zwijgen alleen niet zou volstaan om van deze man af te raken. Hij rende in een onberedeneerde impuls de trap op naar zijn slaapkamer, wierp zich op het bed, en begon luid en aanhoudend te grienen tot zijn moeder hem kwam vragen wat er scheelde. Hij huilde dat hij zich ziek voelde, en met deze spontane ingeving ving een zes maanden durende ziektegeschiedenis aan, waarin alle symptomen die hij produceerde een verontrustend levensechte indruk maakten. Blijkbaar had Marino toch iets van zijn vader opgestoken. Het lukte hem de duizeligheid, de misselijkheid, de lage licht- en geluidstolerantie van de geboren migrainelijder zo treffend te imiteren dat ook de dokter erin trapte en hem zeer regelmatig vrijstelling van schoolbezoek voorschreef. Nu zag het er dus naar uit dat dikke Marino, die tot hiertoe sociaal noch intellectueel van veel initiatief blijk had gegeven, ook nog eens een leerachterstand zou oplopen ten gevolge van zijn problematische gezondheid. Kortom, zijn overtuigende toneelspel leverde hem definitief de positie op van een zorgenkind dat intensieve aandacht vereiste. Hij gaf zich in die mate over aan zijn rol dat hij zich soms werkelijk niet lekker voelde. Hij bracht zelfs de wilskracht op om de verleiding die computerspelletjes op hem uitoefenden te weerstaan. Vaak gingen er dagen voorbij zonder dat hij voor het computerscherm had gezeten, wat zijn geloofwaardigheid als patiënt boven elke twijfel verhief. In ruil daarvoor moest hij regelmatig een vreselijke verveling doorstaan, namiddagen lang aan bed gekluisterd in een verduisterde kamer, lijdend aan pijnen waarvan hij wist dat hij ze niet werkelijk leed.

Maar zijn koppigheid leidde uiteindelijk wel tot resultaten. Of het nu kwam doordat de moeder haar beperkte krachten niet wilde verdelen over vriend en kind, of doordat de man zijn enthousiasme verloor in het vooruitzicht voor echtgenoot en stiefvader te moeten spelen in een sfeer die helemaal werd bepaald door de kuren van een weerzinwekkend jong dat niet eens het zijne was – de frequentie van zijn bezoeken begon in elk geval af te nemen. Op een dag kon Marino vaststellen dat hij de verwenste aanwezigheid nu al twee weken niet meer had hoeven verduren. Natuurlijk ging hij zijn moeder niet vragen naar de man. Hij wilde diens naam niet noemen en was al blij genoeg dat deze niet meer in hun conversaties opdook. Hij hoopte in stilte dat met het niet noemen van de naam uiteindelijk ook de drager ervan zou oplossen in het niets. En zo ging er nog een maand voorbij waarin Marino zich voorzichtigheidshalve ziek hield, tot duidelijk was dat de man voorgoed van het toneel was verdwenen.

Dat de gezondheid van het kind er plots wonderbaarlijk op vooruitging en de migraineaanvallen ineens geheel achterwege bleven, leek de moeder niet argwanend te stemmen. Ook scheen het haar niet bijzonder te bedroeven dat de relatie met haar vriend was afgesprongen. Ze heeft daarover nooit enige uitleg gegeven, en nooit heeft Marino om enige uitleg gevraagd. Maar hij is er vrij zeker van dat deze afloop vooral moet worden toegeschreven aan zijn eigen acteerprestatie, al heeft hij dat zijn leven lang voor zich gehouden. Ik was de eerste aan wie hij naar eigen zeggen dat kindergeheimpje van hem heeft durven opbiechten.

'Waarom eigenlijk?' vroeg ik hem. 'Zo erg is het toch ook weer niet.'

'Het klinkt zo opschepperig.'

'Dat valt wel mee, hoor.'

'Klinkt het niet of ik het enorm belangrijk vind?'

'Een beetje, misschien. Maar dan niet zozeer doordat je het vertelt, maar eerder doordat je het *nu pas* vertelt. Doordat je er zo lang over hebt gezwegen.'

'Ik was dus misschien beter blijven zwijgen.'

'Om je gerust te stellen, ik wil wel de eerste zijn die het weet en het toch niet belangrijker vindt dan jij dat zelf wil.'

'Dat is aardig van je.'

'Graag gedaan.'

'Hoe raar.'

'Wat?'

'Ik weet al niet meer waarom ik het je zo nodig moest vertellen.'

5

Het werk heeft enkele dagen stilgelegen. Dat zal voor een deel aan de hitte te wijten zijn. De mentale processen verlopen traag tegenwoordig, de hersenen hoeden zich ervoor om oververhit te geraken. Maar het kwam natuurlijk voornamelijk doordat Marino me niet aan het woord liet. Miss Titty was namelijk weer op bezoek geweest. De engel! De schat! Ze had geen kleren aan. Alleen een ragfijn, gebloemd katoenen jurkje, en daaronder volgens mij niet meer dan een minimum aan textiel. Voor een deel zal ook dat wel aan de hitte hebben gelegen. Ja goed, ze heeft een gave, honingbruine perzikhuid, wie zal het ontkennen. Interessante kuiten ook. En dan is er nog de melodie van haar stem... Maar zijn dat redenen om ons door een onbestemde geluksverwachting te laten afleiden? Door een vaag en vals soort hoop? Ik weet niet wat het is. Het is iets waar Marino vroeger totaal geen last van had. En het is bepaald niet bevorderlijk voor de concentratie. Het heeft ongetwijfeld met de gevangenis te maken, met het brakke sfeertje dat hier de ruimte vult, onpersoonlijk en inert. Een lucht van onnut zweet en roestend testosteron die pas wijkt wanneer Eveline Tits als een soort bloesemkoningin aan komt zeilen, gehuld in een cosmetische nevel van geurcombinaties waaraan Marino vroeger geen aandacht zou hebben geschonken, maar die hem tegenwoordig treft als de geur van het lieve leven zelf. Als je niet beter wist, zou je bijna denken dat hij verliefd op haar is... Welnee. Laat me niet lachen. Hij is hooguit gecharmeerd door het feit dat hij haar zo makkelijk weet te charmeren...

Ik begin te vrezen dat ik in deze aantekeningen meer plaats voor haar zal moeten inruimen dan mijn bedoeling was. Ze maakt nu eenmaal deel uit van Marino's huidige omstandigheden. Als we het af en toe over die omstandigheden willen hebben, moeten we haar wel ter sprake brengen. Maar het wordt steeds duidelijker dat ze absoluut geen gunstig effect heeft op de voortgang van onze aantekeningen.

'Met jou kan het nog alle kanten op,' zegt ze.

'Dat gevoel heb ik ook,' beaamt Marino.

'Dat is minder vanzelfsprekend dan je denkt, voor een man van jouw leeftijd.'

'Ik zou niet weten wat dat is.'

Ze glimlacht, kennelijk geamuseerd, maar waardoor? Ik wou dat ik het wist.

Zoals steeds heeft ze enkele dossierstukken op het tafeltje tussen hen in gelegd. Zoals vaak liggen die zakelijke documenten er onaangeroerd bij, als alibipapier waarboven een mondeling en minder zakelijk gedachteverkeer plaatsvindt, van mens tot mens.

'Je ziet er ook niet uit als een man van je leeftijd,' zegt ze.

Hij neemt grijnzend in ontvangst wat klaarblijkelijk als een compliment is bedoeld. Zij, anders, zij ziet er wel uit als een vrouw van haar leeftijd, wat op je dertigste natuurlijk nog geweldig meevalt. Maar op sommige dagen lijkt ze ouder. Dan merk je dat er iets vreet aan haar natuurlijke schoonheid. Dat ook háár leven, ondanks de magnitude van haar fysieke présence, ondanks haar voorsprong in de ratrace, dat zelfs haar leven niet geheel vrij van zorgen is. Misschien werkt ze te hard, misschien heeft ze slaapproblemen. Via Marino kom ik daarover niet veel te weten. Hij wil haar geen indiscrete vragen stellen. Hij stelt niet de vragen die ík zou hebben gesteld.

'Ik heb al die tijd als in een droom geleefd,' hoor ik hem beweren. 'Maar ik denk dat ik wakker aan het worden ben en dat het leven voor mij nu echt gaat beginnen. Ik voel me er in ieder geval helemaal klaar voor. Ik heb het gevoel dat mijn ogen eindelijk zijn opengegaan.'

'Wat je vaak hebt bij mannen van een zekere leeftijd, is dat ze hopen jong te blijven door te voelen, te denken en te spreken als iemand van twintig. Als ze over muziek praten, dan praten ze over de nummers die ze als twintigjarige leerden kennen. Als ze over vrouwen praten, hebben ze het meer over de ingebeelde vrouwen van toen dan over de vrouwen met wie ze tegenwoordig omgaan. Ze doen alsof ze nog altijd hetzelfde verlangen als destijds, alsof er niks is veranderd en ze zichzelf zijn trouw gebleven. Maar is dat jong zijn? Altijd dezelfde blijven die je ooit bent geweest? Altijd maar krampachtig doen alsof je dezelfde bent gebleven? Dat maakt je toch juist oud. Jeugd, dat impliceert groei. En groei, is dat niet altijd anders worden dan je bent?'

Ze klinkt als een oudere zus die ten overstaan van een jonger broertje haar hart lucht over de teleurstellingen die de grote jongens haar hebben bezorgd. Ze klinkt alsof ze zeggen wil: Pas maar op dat jij later niet zo'n pummel wordt, zo eentje die zijn geestelijke stilstand voor jongensachtigheid houdt.

Het gaat blijkbaar om iets wat haar behoorlijk dwarszit, het is in elk geval een punt waarop ze in uiteenlopende bewoordingen regelmatig terugkomt. O, ik heb wel een idee van wat ze bedoelt. Mij moeten ze niet komen vertellen waartoe een man zoal zijn toevlucht neemt als de tijd van groei voorbij is. Als worden alleen nog verworden betekent. Dan wil hij behouden wat hij nog niet kwijt is, en probeert hij te verbergen hoeveel hij reeds heeft verloren. Op een bepaald moment is jeugd geen realiteit meer, vanaf een bepaald moment wordt het een komedie. Je vervelt niet langer elk jaar, je zit voorgoed vast aan een verjarend vel. Ik kan het weten. Ik ben een ervaren man op het gebied van karakterverval en gevoelserosie, breinsloop en lustverlies. Maar niemand vraagt mij wat. Wanneer Eveline met Marino praat, richt ze zich niet tot mij. Dan ziet ze alleen een Marino die haar begripvol en aandachtig aankijkt, zoals hij jaren geleden geleerd heeft te doen wanneer hij in de woorden van een ander een subjectieve toon, een individuele frequentie heeft herkend. Toch kan ze zich volgens mij maar beter geen illusies maken. Echt contact is zijn bedoeling niet. Hij probeert gewoon een goede indruk op haar te maken, zodat ze haar belangstelling voor hem niet verliest. Maar als je het mij vraagt, is zijn belangstelling voor haar belangstelling niet zo eerlijk. Zo verwacht hij bijvoorbeeld niet dat in hun conversatie iets van waarachtige betekenis aan het licht zou komen. Het enige dat hij van haar belangstelling verlangt, is dat die blijft duren, zelfs al levert ze niets zinrijks op.

‘Ik hoop dat ik je niet verveel...’

‘Welnee, integendeel...’

Als dit getortel zich nu zou beperken tot de duur van haar bezoekjes, had ik er nog begrip voor kunnen opbrengen. Het zou me tot op zekere hoogte misschien zelfs hebben geamuseerd. Het probleem is dat het soms wel drie nachten kan duren eer ik na een bezoek van haar weer toegang krijg tot Marino. Drie nachten! Zo schieten we natuurlijk niet op. Drie nachten waarin hij zich niet wil bezighouden met dingen waarover hij niet met Eveline kan spreken. En er is veel waarover hij niet met Eveline kan spreken. Hij wil alles achter zich laten wat hem in de gevangenis heeft doen belanden: de complicaties van zijn eenzaamheid, het zogenaamd troebele, onaangepaste gedachteleven van weleer. Hij wil alleen nog toekomstgericht denken.

Wanneer het nabeeld van haar aanwezigheid eindelijk is uitgewerkt, en de fata morgana van normaliteit opgelost, mag ik weer aan het woord. En dan nog moet ik hem eerst iets over Eveline laten noteren. Omdat hij zelf niet echt goed weet wat hij ervan moet denken, mag ik zeggen wat ik ervan denk, dat wel. Hij is het niet echt met me eens maar schrijft wel op wat ik dicteer. Pas als hij de toon beu is waarop ik over haar praat, vraagt hij me om van onderwerp te veranderen. En dat doe ik dan. Dat doe ik graag. Ik hou zelf eerlijk gezegd ook niet zo van dat sarcastische toontje.

6

Op zijn achttiende woog Marino ruim zeventig kilo, maar hij was tegelijk ook uitgegroeid tot een jongeman van één meter vierennegentig. Jammer van die neiging van hem om zijn brede schouders te laten hangen, jammer van die serviele boog in zijn bovenrug, anders zou hij er zelfs rijzig hebben uitgezien. Maar voor zijn moeder was het een opluchting, een kleine reden tot trots zelfs. Uit die tulpenbol van pubervet was dan toch een lange stengel opgeschoten, ook al stond die er wat scheef bij. Van gezicht was het trouwens best een knappe jongen geworden.

Zijn indolentie bleef echter een bron van zorgen. De bloemkelk zelf leek zich niet te willen ontvouwen. Want Marino's belangstelling voor computergames mocht dan intussen haar obsessieve karakter enigszins hebben verloren, het bleef onduidelijk welke andere interesses hij in de plaats daarvan zou kunnen hebben opgevat. De zoon begaf zich elke dag van huis naar school en van school naar huis, en er waren geen ontluikende gevoeligheden die hem van dit patroon deden afwijken. Geursporen die de jeugd doorgaans het hoofd op hol doen slaan, hadden op hem blijkbaar geen uitwerking. Zelfs zijn lakens bleven zo proper als die van een kind. Hij hielp zijn moeder in het huishouden en scheen geen verdere sociale behoeftes te kennen. Evenmin toonde hij tekenen van een of andere aanleg die erom schreeuwde te worden ontwikkeld. Hij volstond ermee te eten, te drinken en te slapen – te leven als een gelijkmoedige, tumorvrije bejaarde die allang blij was dat hij deze elementaire functies kon uitoefenen zonder dat het pijn deed. Als een boeddhist die niets anders van het aards bestaan verlangde dan dat hij niet hoefde te lijden.

Hoe kreeg je zo'n jongen ooit de deur uit? vroeg zijn moeder zich af. Waarom kwam er nooit een vriendje of vriendinnetje langs om hem op te halen? Welke studie moest hij gaan doen nu de middelbare school erop zat? Ze kon dit geslachtsrijpe kuiken toch niet voor eeuwig achter zich aan hebben lopen.

Dat Marino uiteindelijk informatica aan een technische hogeschool is gaan studeren, was geheel en al op aansturen van zijn moeder. Zij achtte deze opleiding, die hooguit een gemiddelde intelligentie en niet de minste persoonlijke flair vereiste, geknipt voor een zoon die kennelijk geen aangeboren, aangeleerde of aangewende voorkeuren bezat.

Informatica was de toekomst, beweerde ze. Er zijn wel dommere dingen gezegd. Ze bezat zelf bepaald niet veel kennis van zaken, maar ze sprak toch de overtuiging uit dat het zogenoemde digiversum een land van belofte was, het Amerika van de eenentwintigste eeuw, een China boordevol carrièremogelijkheden. Ze had begrepen dat de mensheid niet bijster veel plezier meer beleefde aan de traagheid en de gebreken van de organische wereld. Er vond een massale exodus plaats naar het rijk van de elektronische virtualiteit.

De geesten van de toekomst waren zich gaan verzamelen in een sfeer die helemaal naar hun eigen veelvormige behoeftes was ingericht. Marino's moeder zei niet te weten welk bezwaar men daartegen zou kunnen aanvoeren. En als ze jonger was geweest, was ze zeker ook mee ingescheept naar dat opwindende universum van wensvervullingen, voegde ze er in haar eigen bewoordingen aan toe.

'Vroeger probeerde je me altijd achter de computer weg te halen,' was Marino's reactie.

'Toen, ja. Omdat je er zo dik van werd, van al dat stilzitten,' verklaarde ze.

'En nu ik niet dik meer ben...'

'Nu je niet dik meer bent, vind ik het een goed idee dat je verder leert in wat je interesseert. Maar uiteindelijk moet je zelf kiezen. Het is jóuw leven.'

Zíjn leven!

Marino kon niets beters bedenken en stemde in met het voorstel van zijn moeder. Het was geen keuze die hem werkelijk begeesterde, maar hij putte enige motivatie uit het feit dat het háár keuze was. De stof waarin hij zich ging verdiepen, bestond uit inzicht dat ze niet bezat maar graag had bezeten, uit kennis die ze niet beheerste maar graag had beheerst. Dat was in elk geval een voorstelling van zaken die een gehoorzame ijver in hem opriep.

Bovendien was de aard van de studiematerie voor Marino verkwikkelijk eenduidig. De elektronische circuits waarvan hij de werking bestudeerde, produceerden niet de dubbelzinnige output die hem bij andere systemen, zoals het moedersysteem, wel eens in verwarring bracht. Informatietechnologie was geen zaak van humeuren en hormonen. Hij hoefde niets te begrijpen wat niet te begrijpen viel. Klaarwakkere algoritmes leverden op elke heldere vraag een helder antwoord. Dat gaf Marino's denken enige richting. Het leek of zijn geest plots van een voortbewegingsmechanisme werd voorzien.

'Ik wist wel dat het iets voor jou was,' reageerde zijn moeder opgetogen toen hij, die zich tot dusverre met veel moeite hooguit als een iets minder dan middelmatige leerling had gemanifesteerd, ineens met opbeurende studieresultaten naar huis kwam. Hij woonde nog altijd bij haar in, en zou dat ook in de toekomst blijven doen, ondanks haar herhaaldelijk aandringen om ergens een kamer te huren. Nee, in sociaal en psychologisch opzicht zat er nog altijd weinig ontwikkeling in de jongeman. Maar verder, dat moest gezegd, presteerde hij naar behoren, en uiteindelijk studeerde hij zelfs af als een van de betere nerds van zijn jaar.

Hieruit mag, terloops gezegd, niet de indruk ontstaan dat Marino er regelrecht achterlijk uitzag. Zijn haar lag niet vettig tegen zijn schedel geplakt. Zijn hemd was niet tot helemaal bovenaan dichtgeknoopt. Evenmin droeg hij een bril met bokaalglazen. Wel was hij wat kledij betrof totaal ongevoelig voor modes en subculturen, en uitsluitend gericht op praktisch gemak en op de weersomstandigheden. De dikgezoolde, comfortabele schoenen, de kaki broeken en pulls, de vormeloze jassen met hun overdaad aan ritsen en zakken – het ademde allemaal inderdaad een intense saaiheid.

Ook tijdens de diverse sollicitatiegesprekken waarvoor hij vervolgens werd uitgenodigd, zal hij geen bijster opwindende indruk hebben gemaakt. Maar dat was ook zijn bedoeling niet. Dat hij nu plots onder druk werd gezet om ten overstaan van onbekenden zichzelf te verkopen, vond hij allerminst stimulerend. Hij zag niet in wat hij tegenover deze lui te bewijzen had. Het was toch niet om hén te plezieren dat hij informatica had gestudeerd?

'Goed dan. Vertel eens, eh... Marino. Wat beschouw jijzelf als je voornaamste kwaliteiten?'

'Kwaliteiten... Dat is een sterk woord... Ik zou niet... Veel bijzonders is het niet... Je doet wat je kunt natuurlijk... Of bedoelt u iets anders?'

'Ik bedoel de kwaliteiten die je geschikt maken voor deze job. De redenen waarom je op onze vacature hebt gereageerd.'

Zonder er veel woorden aan te besteden gaf Marino eerlijk toe dat zijn redenen om te solliciteren weinig te maken hadden met zijn kwaliteiten.

'Merkwaardig. En je zwakke punten? Vertel dan eens wat volgens jou je zwakke punten zijn?'

'Mijn zwakke punten... dat zijn... Volgens mij? Dat hangt van de omgeving af... denk ik... Van de sterke punten van de omgeving...'

'Zo... En hoe zit het met je teamgevoel, je zin voor samenwerking?'

'Dat kan ik... Dat is eigenlijk... Daarover heb ik nog nooit... Het hangt er natuurlijk van af... Samenwerking met wie?'

Zijn moeder liet hem duidelijk merken hoezeer deze onverwachte wending na zijn succesvolle studies haar teleurstelde, hetgeen op zijn beurt voor Marino dan weer een teleurstelling inhield. Als hij zich niet kon concentreren op wat die vreemde interviewers hem vroegen, dan kwam dat omdat hij zelf helemaal niets van hen verlangde. Zijn moeder was de persoon die moest aangeven hoe het met hem zou verder gaan. Marino ervoer het als een daad van ontrouw dat ze dat aan anderen meende te kunnen overlaten.

Het was naar aanleiding van deze kwestie dat er van zijn kant een zekere achterdocht in hun verhouding begon te sluipen, het kwetsende vermoeden dat zijn moeder van hem af probeerde te raken. Van haar kant rees er een onmiskenbare irritatie, veroorzaakt door het gevoel dat ze haar beste krachten had gegeven aan een geboorte die nergens in ging uitmonden. Dat het leven van haar kind de zinloosheid van haar eigen leven niet zou opheffen, maar slechts herhalen en bevestigen. Ook op haar leek het woord van een groot mysticus van toepassing: 'Blij ging ik zwanger van de wereld – een treurig kind heb ik gebaard.'

7

Het plan van de moeder om met het kapitaaltje dat de levensverzekering van de vader had opgeleverd, een winkel in computerbenodigdheden op te starten, drong de wederzijdse animositeit voor lange tijd naar de achtergrond. Misschien dat heel af en toe uit een korte en knetterende woordenwisseling een chronische onderhuidse spanning zou kunnen worden afgeleid. Maar over het algemeen leken moeder en zoon eensgezind betrokken bij het gemeenschappelijke project. Het leek erop dat ze samen rustig oud zouden worden. En het voelde zelfs niet eens aan als oud worden. De schokvrije, klokvaste regelmaat van zijn bestaan gaf Marino eerder het gevoel dat hij de tijd van zich had afgeschud. Hij besteedde vrijwel al zijn energie aan de winkel en het huishouden, voor de rest was hij een man zonder wat men zou kunnen noemen volwassen bezigheden of interesses. In deze welhaast kloosterlijke levenswandel leek hij zijn definitieve bestemming te hebben gevonden. Zo mocht het wat hem betrof nog eeuwen blijven duren. Afgezien van het leeftijdsverschil gingen hij en zijn moeder in de loop van een decennium steeds meer lijken op de wederhelften van een ouderwets echtpaar dat zich wijdt aan een routine die doorgaat tot de dood hen komt scheiden. Nog enkele decennia van onopvallende en onschuldige activiteit, en deze levens zouden voorbij zijn geweest, het ene wellicht iets eerder dan het andere, zonder dat iemand het in zijn hoofd had gehaald er verder nog veel woorden aan vuil te maken.

Maar de schijnbare eensgezindheid werd ernstig verstoord toen Marino's moeder hem op een dag, drie jaar voor haar plotse dood, meedeelde dat ze zich had aangesloten bij een lokale cel van Spiritus Semper, de internationaal opererende apostolische beweging die zich inspande om het vuur van de Heilige Geest weer te laten oplaaien uit de koude grijze as van onze hedendaagse geestelijke armoede. Niet met bomaanslagen of gekaapte vliegtuigen maar met 'vlammen van vreugde' wilden zij de wereld opnieuw een goddelijke kleur en geur geven. De lokale cel waar zijn moeder lid van was, bestond verder uit een tiental vrouwen van allemaal ongeveer haar leeftijd. De voorganger van dit gebedskransje was Paul Clemens, een priester die door de dames liefdevol Vader Clemens werd genoemd.

'Vader Clemens?!' riep Marino uit in een stuip van afschuw, en hij beende de keuken uit, de tuin in, waar hij zich in een afgelegen hoekje waar niemand hem kon zien, achter de taxushaag, op het gras liet vallen. Verder viel er die dag tussen hen geen woord.

'Váder Clemens?!' herhaalde Marino de volgende dag met dezelfde ongebruikelijke stemverheffing.

'Ja, Vader Clemens. En schreeuw niet zo. Straks horen de buren het.'

'De buren zullen hoe dan ook dingen gaan horen die ze

van ons niet gewend zijn,' snauwde Marino terwijl hij opnieuw wegliep en de deur achter zich dichtsmakte. Ditmaal stampvoette hij naar boven, één meter vierennegentig bonkende verbijstering.

Deelnemers aan de bijeenkomsten van Spiritus Semper lieten zich, dat was bekend, vaak gaan in onbeschroomd enthousiaste samenzang en gebed. Het was de gewoonte dat vergaderingen van een lokale cel beurtelings plaatsvonden bij een van de leden thuis, en Marino's moeder had aangekondigd dat het binnenkort haar beurt was om haar geloofsgenoten te ontvangen.

'Waarom niet in een kerk? Of in een catacombe? Waarom in ons huis, in een deftige buurt als die van ons, waar niemand op zoiets zit te wachten?' vroeg Marino de volgende ochtend aan de ontbijttafel, nu aanmerkelijk kalmer, of na een gezonde nachtrust op zijn minst in staat zich te beheersen.

'De buurt? Wat kan de buurt mij schelen? En trouwens, wat weten wij van de buurt? Of de buurt van ons? De meeste mensen hier vinden het leven in werkelijkheid veel leger en zinlozer dan ze ooit bereid zouden zijn om toe te geven.'

'En jij gaat die leegte invullen. Met wat? Met vlammen van vreugde?' probeerde hij neerbuigend te klinken.

'Met vlammen van vreugde,' beaamde ze kalm.

'Hier in huis?'

'Precies, ja. Dat is nu eenmaal de regel. Hoe zou je de Heilige Geest in je hart kunnen uitnodigen als hij niet eens in je eigen huis mag komen,' antwoordde ze zonder zelfs maar met de ogen te knipperen.

Even klonk het Marino in de oren alsof zijn moeder geen Nederlands meer sprak maar daadwerkelijk in tongen had gesproken, zo buitenissig was de strekking van haar woorden, zo weinig passend binnen het vierdimensionale continuüm van alledag. Het was niet minder weerzinwekkend dan wanneer ze zich plotseling in een boerka had vertoond. En behalve weerzin boezemde hem dat ook een vaag soort angst in. Het gaf haar een wat spookachtig karakter, alsof ze haar tastbaarheid begon te verliezen, alsof ze een vijfde dimensie was binnengegaan die buiten zijn zintuiglijk en psychisch bereik viel. Hij had haar bijna vastgepakt om zich van haar echtheid te vergewissen en haar aan haar echtheid te herinneren, maar dat soort dingen deed hij al jaren niet meer.

'Zo heb ik je nog nooit horen praten. Jij bent toch helemaal niet katholiek.'

'Ik? Jawel. Ik ben altijd katholiek geweest,' verklaarde ze stellig. 'Ik ben gedoopt.'

'Daar heeft anders niemand ooit wat van gemerkt. Je hebt mij niet eens laten dopen.'

'Nee, toen jij geboren werd, had ik niet veel gevoel voor dat soort zaken. En jouw vader moest er al helemaal niets van hebben. Die had een hekel aan alles wat met kerk of geloof te maken had. Daar hoefde hij niet eens bij na te denken. Dat was gewoon de tijdsgeest. Je kunt een kind toch niet katholiek opvoeden? Dus waarom het dan nog laten dopen? Zo dachten we er toen over... Maar ik weet bij nader inzien niet of ik nu nog een kind op de wereld zou willen zetten als ik het niet kon laten dopen.'

'Ik geloof mijn oren niet.'

'Stel me dan ook niet de hele tijd van die vragen.'

'Als je ongedoopte kind mag je me anders best even uitleggen waarom je me niet meer op de wereld zou willen zetten zonder me te laten dopen. Wat is het dan dat ik mis?'

'Daar begin ik niet eens aan. Dat kun jij toch niet begrijpen. Als ik nu opnieuw katholiek ben, dan is dat helemaal voor mezelf en hoef ik dat aan niemand te verantwoorden.'

'En vanwaar ken je die mensen dan? Of mag ik dat ook al niet vragen?'

'Een tijdje geleden belde Vader Clemens hier aan. Dat is wat hij doet. Hij belt aan bij de mensen en kijkt in hun ziel. Op een dag stond hij hier voor de deur. Ik doe open, ik laat hem binnen, we hebben wat gepraat. En van het een komt het ander. Als je het echt wil weten: Vader Clemens kent de eenzaamheid van de mensen. Hij gaat van deur tot deur. Hij ziet dingen. En het is dankzij hem dat wij die eenzaamheid nu ook kennen. Het is aan een dapper iemand als Vader Clemens te danken dat wij nu van elkaar weten hoe eenzaam we zijn.'

'En daarvoor wist je dat niet?'

'Van mezelf wel, maar niet van de anderen. Het lucht op te weten dat je niet de enige bent. Het is bevrijdend.'

'Normaal laat je nooit iemand binnen.'

'Je zou hem moeten zíen. Hij heeft iets, hoe moet ik het zeggen, ja, iets wat deuren opent. Niet alleen letterlijk, ook figuurlijk. Terwijl we met elkaar aan het praten waren, voelde ik dat er iets openging, hier...' en ze wees tot Marino's verbijstering naar de plek tussen haar oude borsten waar een denkbeeldige opening zou zijn gemaakt. Het was echt niets voor zijn moeder om zo onverbloemd te praten over wat blijkbaar ingrijpende gevoelens waren, en nog minder om dergelijke gevoelens ook nog eens lichamelijk te situeren. Het was bijna net zo beklemmend als wanneer ze zich had uitgekleed om hem iets te tonen dat hij nooit eerder had gezien. Ook in haar toon was iets zangerigs geslopen, een opgewekte melodie, een meisjesachtige opgewondenheid die hij van haar niet kende. Was dat misschien een gevolg van die zogezegde vreugde waarvan de zogenaamde vlammen aan haar gemoed likten? Het gaf aan haar stem een zweem van vreemdheid, van onherkenbaarheid zelfs, die Marino ronduit griezelig vond.

'En wat ga jij straks doen?' vroeg ze op de ochtend van de zondag waarop haar zusters in de Geest zich onder leiding van Vader Clemens in haar huiskamer zouden verzamelen.

'Je denkt toch niet dat ik die vertoning ga bijwonen,' antwoordde hij.

'Nee, dat zou me eerlijk gezegd verbazen. Maar wat ga je dan wel doen?'

'Als ik het goed begrijp, vraag je me om me te verstoppen in mijn eigen huis.'

'Niemand zegt dat je hier moet blijven.'

En zo kwam het dat Marino voortaan één keer in de drie maanden op zondagmiddag de deur uit moest als hij een ontmoeting met de ijveraars van Spiritus Semper uit de weg wilde gaan. En dat wilde hij. Zijn zwijgende blikken van intense afkeuring trotserend schikte zijn moeder de limonadeglazen op het dienblad en vulde de schalen met de koekjes die hij nota bene de vorige dag zelf uit de supermarkt had meegebracht. Tegen de tijd dat het bezoek dreigde te arriveren, maakte hij zich uit de voeten en reed naar zonder veel overtuiging uitgekozen bestemmingen, waar hij nooit iets deed, nooit iets zag, nooit iets hoorde wat van belang was of hem om een of andere reden bijbleef.

Nooit heeft hij kennisgemaakt met de vrouwen met wie

zijn moeder haar hogere vreugde deelde, en de man die dit alles van een spirituele basis heette te voorzien, heeft hij maar één keer van een afstandje gezien, enkele weken na het overlijden van zijn moeder, toen Paul Clemens een condoleancebezoek had willen brengen aan de verweesde zoon.

Maar al kende hij hun gezichten niet, hun stemmen had hij wel eens gehoord. Want een paar keer besloot Marino om zich van het aangekondigde bezoek zo weinig mogelijk aan te trekken, en bleef hij gewoon thuis. Dan sleet hij het tweetal uren dat de vergadering in de huiskamer duurde, in de tuin, in het hoekje waar niemand hem zien kon, achter de taxushaag. Daar ving hij, als er bij redelijk weer een raam openstond, flarden op van hun gebed en gezang. Het waren liederen waarin Marino vaag iets kerkelijks herkende: kinderlijk goedkope melodieën gebracht op een statig, hymnisch ritme. Meer vroomheid dan muziek. Hij kon de stem van zijn moeder niet onderscheiden in het fragiele oudewijvengekweel dat hem kwam aangewaaid. Maar wat zich in dat klankboeket wel duidelijk aftekende, was de sonore, gedragen en geheel toonvaste bariton van de priester, als een erectie van krachtig vlees en vurig bloed tussen een vuistvol verlepte margrieten, al is dat nu niet het soort vergelijking dat destijds in Marino's hoofd zou zijn opgekomen, ziekelijk kuis als hij was.

Stoorde het die Clemens dan helemaal niet dat zijn vriendinnen zo vals zongen terwijl hij zelf duidelijk was gezegend met een veel beter ontwikkeld zangorgaan? Werd de geest die zijn schaapjes met zoveel wanklank probeerden te evoceren, er niet juist door verjaagd? Marino was niet van plan het hem te vragen. Niet één keer is hij deze mensen gaan begroeten. Hij kon geen betere manier verzinnen om blijk te geven van zijn volstrekte minachting dan door zich manifest niet te vertonen, terwijl hij in de tuin, binnen gehoorsafstand maar buiten hun gezichtsbereik, lag te wachten tot ze weer zouden verdwijnen. Later zou evenwel uitkomen dat zijn moeder haar gasten niet op de hoogte bracht van het feit dat haar zoon bij deze gelegenheden verstoppertje speelde.

'Durf je hun dat soms niet vertellen?' vroeg Marino toen verontwaardigd. 'Ben je bang dat ze erachter komen hoe belachelijk ik hen vind?'

'Bang? Nee,' verzekerde zijn moeder hem. 'We beseffen heel goed dat veel mensen ons belachelijk vinden. Dat nemen we er graag bij. 't Is eigenlijk net als bij een verliefdheid wanneer je nog piepjong bent. Je trekt je niets aan van wat anderen denken. Maar worden jonge mensen tegenwoordig nog echt verliefd?'

'Dat weet ik niet, dat interesseert me niet,' antwoordde hij afgemeten.

'Nee, inderdaad. Dat weet jij niet. Dat interesseert jou niet.'

'Jij beseft niet wat voor een gemakkelijk iemand ik ben,' zei hij toen, en hij begreep zelf niet goed waarom. Ook zijn moeder leek er een beetje door verrast.

'En jij beseft niet dat ik jouw moeder ben,' antwoordde ze, pas na minstens een volle minuut stilte.

'Hoe kom je daarbij? Ik doe de godganse dag bijna niets anders dan beseffen dat jij mijn moeder bent! Is dat die Clemens die je zoiets aanpraat?'

'Vader Clemens heeft me helemaal niets aangepraat. Alles wat ik voel, heeft altijd in me geleefd. Het sluimerde, het lag te wachten... als een zaadje, bij wijze van spreken, in het zand van de woestijn. En er was maar een vingerknip nodig, een regendruppel, om het wakker te maken. Maar laten we erover ophouden. Wat heeft het voor zin? We praten maar uiteindelijk praten we niet.'

Haar groeiende ongenaakbaarheid in deze kwestie vatte Marino niet op als een bewijs van mentale kracht. Hij zag in haar alsmaar beknoptere of onverschilligere replieken eerder een teken van achteruitgang. Geleidelijk aan begon hem trouwens ook een toenemende stijfheid in haar bewegingen op te vallen. Inzake kapsel en kledij liet ze zich steeds vaker gaan in een nonchalance die ze zich vroeger nooit zou hebben veroorloofd. Soms vreesde hij zelfs een nare lucht te hebben geroken die hij niet nader durfde te definiëren. Ze begon, vond Marino, een steeds brozere indruk te maken. Dat schreef hij niet toe aan haar leeftijd, maar aan de nefaste invloed van haar regenmaker.

Nu heb ik Marino zeker niet leren kennen als een man van grote woorden. Je zou hem niet snel op een sterke bewering kunnen betrappen. Zelden of nooit laat hij zich verleiden tot een nadrukkelijk oordeel over andere mensen. Een partijdige mening eigengereid opblazen tot de objectieve waarheid, het is zijn gewoonte niet. Dat heeft minder te maken met een gevoel voor fatsoen dan met een spontane scepsis ten aanzien van de zin van taal. Eigenlijk is scepsis niet de juiste term. Het is geen inzicht dat op filosofische reflectie is gebaseerd, geen houding die hij zich bewust heeft aangemeten – op grond van levenservaring, uit snobisme of uit cynisme. Het gaat om een aangeboren en onaangetast soort werkelijkheidszin dat aan de woorden voorafgaat in plaats van zich erdoor te laten leiden.

Natuurlijk ziet hij het praktische nut van taal wel in. Mag

ik de melk? Waar heb je de schaar gelegd? Het is kwart voor tien. Ook het x-y-z van de wetenschap dwingt zijn respect af. Ook zij bewijst immers dagelijks haar praktisch nut. En als het waar is dat elk kennen zich moet kunnen laten gelden als een kunnen, dan is wetenschap zelfs de enige echte vorm van kennis waarover we beschikken. Maar taal als persoonlijk uitdrukkingsmiddel? Als medium van individuele bezieling? Marino is er niet van onder de indruk. Het getater van de gemiddelde tv-proleet of opiniepleger beroert hem net zomin als de ijlkoortsen van de poëzie of de stilistische pracht van een roman. De zogenaamde waarheden van het individu zijn uiteindelijk toch alleen maar bluf. Taal: een bedrieglijk, tijdrovend abracadabra uit de era van de sprekende aap, een tijdperk waarin hij zich nooit helemaal op zijn gemak heeft gevoeld. Het waarmerk van het werkelijke is voor Marino de stilte. Zwijgen is instemmen met de natuur der dingen. Wie spreekt, spreekt de natuur der dingen bijna altijd tegen. Taal? Niet meer dan een spook van klank, een dolende echo tussen de bergwanden van het reële.

Tijdens die vier maanden die onze relatie heeft geduurd, introduceerde ik een aantal nieuwigheden in Marino's bestaan, waarvan seks en moord naderhand de meest opheffmakende werden. Maar ook van wijn en woorden liet ik hem meer proeven dan hij tot dan toe gewend was. Hij bleek een meisjesachtig zwakke drinker te zijn. Al na twee of drie glazen maakte zijn natuurlijke logofobie plaats voor een zekere verbale ontremming. Soms was dat amusant, soms vervelend. Maar je kreeg in elk geval dingen te horen die je van hem niet zou verwachten. Als het gesprek over de regenmaker ging, bijvoorbeeld, begon het riool van de taal spontaan in hem te borrelen en te kolken, en liep hij binnen de kortste keren over van de meest drieste onzin. Zo hield hij grimmig vol dat Paul Clemens beschouwd moest worden als de eigenlijke doodsoorzaak van zijn moeder. Als ze nog over haar volle vermogens had beschikt, zou zo'n kleine beroerte haar niet fataal zijn geworden. Dan waren haar hersenen elastisch genoeg geweest om een beperkt afsterven te boven te komen. Nu had de valse religiositeit van die Clemens haar brein ingesponnen in een cocon van woordenkraam. Daardoor was het uitgedroogd tot een broze structuur die als gevolg van het kleinste tikje al was bezweken.

Het was een waandenkbeeld waaruit veeleer kwade wil dan zin voor feitelijke precisie sprak, en het was eigenlijk niets voor Marino om zich aan zo'n idee vast te klampen. Maar het viel hem, zeker als hij wat gedronken had, niet uit het hoofd te praten.

'Ze was kerngezond tot ze die man leerde kennen,' verzekerde Marino me. 'Geen dag ziek geweest. Altijd verzorgd tot in de puntjes.'

Het geheim van een levenslang huwelijk, heb ik me laten vertellen, zou er onder andere in bestaan dat je dwars door alle vertekeningen heen die de tijd aanbrengt in de figuur van de partner – het verzwaren en verbleken, het verzakken en verzuren – toch in staat blijft je het oorspronkelijke beeld voor te stellen dat je ooit liefde en trouw hebt beloofd. Zo gaf ook Marino me de indruk hard zijn best te doen om zijn moeder, tot in haar nagedachtenis toe, te blijven zien als de robuuste vrouw die rond haar veertigste weduwe was geworden.

Op een dag, enkele weken na het overlijden van zijn moeder, werd er aangebeld. Marino lag in haar bed, en naast zich had hij een jurk neergevlijd die hij uit haar kleerkast had gehaald. Hoe volslagen evident en tegelijk totaal onbevattelijk was het dat zij deze jurk nooit meer zou vullen en hier nooit meer zou slapen. Voortaan was zij nog maar een schim in de gangen van zijn herinnering. Die herinneringen waren toen nog innig vervlochten met het patroon van zijn dagelijkse bestaan. Wanneer hij thuis even op de sofa was gaan liggen om te rusten, of wanneer hij in de winkel stond en er geen klant was om te bedienen – elke keer dat het ritme van de routine ook maar even vertraagde – doken de herinneringen op, net zo helder en levensecht als het zonlicht ooit was geweest. Hij kon haar stem klaar en duidelijk horen. Haar manier van bewegen, de lijnen van haar mimiek kwamen hem vlijmscherp voor de geest. Regelmatig betrapte hij zich er zelfs op deze fysieke trekjes onwillekeurig te imiteren, iets wat hij naar zijn weten nooit had gedaan toen ze nog leefde.

Hij gaf werktuigelijk gehoor aan het belsignaal door op te staan en bij het raam van zijn eigen slaapkamer te gaan kijken wie zich meldde. Voor de hekpoort die het pad naar de voordeur afsloot, stond een figuur die, bespied zonder dat te beseffen, wel een volle minuut lang volkomen roerloos bleef wachten.

Op een zeer onkarakteristieke toon van minachting, met een voor hem ongewone zin voor uiterlijkheden, beschreef Marino me deze man als een schriel, grijs mannetje van ergens in de vijftig. Een rafelige vlag van vettige haarslierten was van oor tot oor over het schedeldak geplakt. Dikke brillenglazen, goedkoop montuur. Een gezicht – zetel van de ziel – zo muf als een uitgewoonde hondenmand. De middaggloed drukte een lichtschuwe grimas in de schilferige, perkamenten huid. Afgedragen, slecht zittend pak. De Romeinse boord slaagde er in Marino's ogen niet in aan dit sleetse geheel alsnog een zekere waardigheid te verlenen, integendeel.

Na verloop van tijd bewoog de man zijn linkerarm en belde een tweede keer aan. Nog altijd niets vermoedend van de monsterende blik die zijn voorkomen aandachtig registreerde, bleef hij opnieuw stokstijf afwachten of er voor hem zou worden opengedaan. Ten slotte, op niet al te jonge benen meer, droop hij af.

Marino had zich op basis van de welluidende bariton die hij op bepaalde zondagmiddagen had gehoord, een heel ander postuur voorgesteld. Dat van een bedrieger weliswaar, maar dan eentje van het goedgeluimde soort, blinkend en schallend van zelfvoldaan geloof in de weldaden die hij zijn medemens bewees. Deze figuur daarentegen leek verteerd door gebrek en zelfverwaarlozing, door psychische marginaliteit. Eigenlijk was het wel passend dat iemand die zich met geestelijk afval in leven hield, ook uiterlijk iets weghad van een schooier, zoals je die in de straten van de binnenstad stiekem of minder stiekem de vuilnisbakken op hun inhoud kunt zien inspecteren. Je hebt ze in allerlei soorten. Er is het pezige, opvliegende type dat achter de bitse streep van zijn lippen, tussen de ruïnes van zijn gebit, een mengsel van alcohol en vergane trots laat gisten. Er is het kruiperige type dat met veel vertoon van zelfbeklag een aalmoes probeert los te peuteren. Er is de chronische brabbelaar, eeuwig in onderhandeling met zijn onvermoeibare hersenschimmen. Dit leek het verstilde type, straatarm maar redelijk proper, dat met gebogen hoofd boete deed voor zijn mislukking en overbodigheid.

'Daarbij keek hij of hij al dagen niets eetbaars meer had gevonden.'

'Je overdrijft,' lachte ik, 'zo erg kan het niet geweest zijn. Straks ga je nog beweren dat hij stonk.'

'Dat zou ik zeker niet uitsluiten. Ik ben in elk geval blij dat ik de man nooit heb zíen zingen. Alleen die stem. Je vraagt je af hoe zo iemand aan zo'n stem komt.'

Marino's afkeer werd, zoals hij een keer toegaf, mee ingegeven door een pijnlijk en bij vlagen zelfs schuldbeladen vermoeden van hoe eenzaam zijn moeder zich wel niet moest hebben gevoeld om bij zo'n morsige ouwe sok gezelschap te hebben gezocht, en om te geloven dat ze daarin ook daadwerkelijk houvast had gevonden. De glimp die hij van de priester had opgevangen, maakte hem bewust van de vele lacunes in het beeld dat hij van zijn moeder had. Waarmee had ze bijvoorbeeld haar dagen gevuld terwijl Marino in de winkel werkte? Jarenlang ging ze elke dag opvallend deftig gekleed en bijna wekelijks had ze een afspraak met haar kapster gehad. Maar voor wie of wat was dit verzorgde voorkomen bedoeld geweest? Marino, zo realiseerde hij zich, had het haar nooit gevraagd. Maar dat lag niet aan onverschilligheid van zijn kant. Het kwam juist doordat hij haar bestaan zo ernstig nam. Want hij was ervan overtuigd dat zij in de grond, niet anders dan hijzelf, helemaal geen werkelijke redenen voor haar doen en laten had. Vragen zouden alleen maar antwoorden opleveren die tot nieuwe vragen leidden: een kettingreactie van verzinsels, een woekering van overtuigingen en motieven en schijnlogica die volgens Marino afbreuk zou doen aan de stille innigheid van hun relatie. Vreemd genoeg had die zogenaamde Vader Clemens zich van buitenaf in het dagelijks bestaan van zijn moeder naar binnen weten te wringen door juist wel allerlei vragen te stellen, vragen waarop ze zelfs graag was ingegaan.

8

Het raampje van de cel waarin Marino zijn dagen en nachten moet slijten, kijkt uit op een blinde bakstenen muur. Veel visuele verstrooiing biedt het dus niet. Je kunt de lucht niet eens zien, maar hij durft niet te klagen omdat hij bang is dan in een cel te worden gestopt die hij met anderen moet delen. Tweemaal daags wordt hij in zijn eentje gelucht, de eerste keer om tien uur 's morgens en later nog eens in de namiddag, op een variabel tijdstip. Waarom variabel? Mocht er al iemand bestaan die het weet, Marino is wel zo voorzichtig om er niet naar te vragen. Hij probeert zo onopvallend mogelijk van zijn privileges te genieten. Een verveeld nijlpaard in een donkerblauw bewakingsuniform, niet altijd hetzelfde, begeleidt hem naar een rechthoekig binnenkoertje waarboven de hemel aan drie zijden wordt afgelijnd door de contouren van enkele neogotische gebouwen en aan de zuidwestelijke zijde door een hoge muur die met een spiraal van prikkeldraad is bezet. Af en toe, afhankelijk van het tijdstip in de vooravond waarop hij wordt uitgelaten en van het jaargetijde waarin we ons bevinden, kan Marino zich in een smalle reep rechtstreeks zonlicht koesteren.

Maar zoals gezegd, hij kan beter niet klagen. Nog een geluk dat hij hier alleen mag zijn. Dat heeft Eveline Tits voor elkaar gekregen in nauwe samenspraak met een bevriend psychiater. Heel goed bevriend, lijkt me zo. Maar in plaats van platweg aan het roddelen te slaan zouden we beter volmondig erkennen dat we haar onze eeuwigdurende dankbaarheid verschuldigd zijn. Ik moet er niet aan denken wat er allemaal had kunnen gebeuren als Marino de piemelvreter was blootgesteld aan de bemoeienissen van het verruwde volkje dat hier door een bar lot bijeen is gedreven. Er zou voor dit verhaal ongetwijfeld maar weinig energie zijn overgebleven.

Vroeger ging de bewaker op de buitentrap zitten en verdeelde zijn aandacht tussen het tijdschrift dat hij vaak rusteloos doorbladerde alsof hij niet kon lezen, en een Marino die zich nauwelijks durfde te verroeren. Maar sinds enige tijd gaat de brave man meestal gewoon een kop koffie drinken terwijl Marino een twintigtal minuten aan zichzelf overgelaten heen en weer loopt over het kale koertje, waarin hij een even kwellende als zoete afspiegeling bespeurt van de verlangde vrijheid. Soms raak ik bijna net zo ontroerd als hij door wat zijn karige rantsoen aan panorama te bieden heeft. De voorbije maanden was dat hoofdzakelijk een eentonige woestijnlucht waarvan de variatie alleen bestaat uit het feit dat hij 's morgens nog een redelijk frisse kleur heeft en tegen de avond bleek en bestoft is geworden. Maar nu hij de oerevidente hemel nog maar zelden te zien krijgt, richt Marino, die overigens altijd al een bijzonder oog voor atmosferische verschijnselen heeft gehad, er zijn blik op met een gretigheid die men zich in de vrije buitenwereld waarschijnlijk maar moeilijk kan voorstellen. Neem nu bijvoorbeeld zo'n doodgewone overdagse maan. Voor Marino is dat al een bijzondere verschijning. Hij geeft de indruk op dezelfde hoogte als de wolken te zweven en uit dezelfde damp te zijn gevormd. Wat 's nachts zijn donkere vlekken zijn, zijn Zee van Stilte, zijn Zee van Rust, is nu gevuld met een hemelsblauwe schijn. Hoe is het mogelijk dat dit alles er ooit nog altijd zal zijn, maar ik niet meer om het te zien? denkt hij, waarbij de banaliteit van deze vraag ruimschoots wordt overtroffen door de intensiteit waarmee ze zich aandient.

Nu en dan moet hij denken aan de doden die hij heeft gekend. Ook zij zullen nooit meer een Zee van Rust, een Zee van Stilte zien. Of ze die überhaupt ooit hebben gezien, weet hij niet. Maar hij kan zich voorstellen hoe verrukt ze waren geweest als ze, al was het maar via een heel smal kiertje, nog eens een glimp hadden kunnen opvangen van de blauwe lucht.

Op een keer dreef er een enorme wolk over, een nachtblauw gevaarte met een laaiende nimbus dat een indrukwekkend duistere schaduw voor zich uit schoof. Uit de woelige lobben van het beest klonken allerlei vage dreigementen. In de plots ingetreden kilte stak een manshoge stofhoos op, wervelde ritselend in het rond om daarna tegen een muur weer langzaam in elkaar te zakken. Marino trok onwillekeurig zijn hoofd tussen zijn schouders. Een voorgevoel van elektrisch en akoestisch geweld vertakte zich door zijn zenuwstelsel – precies hetzelfde soort beklemming, bedacht hij, dat ook uitging van zijn bewaker van die dag, een bijzonder kortademig en onaanspreekbaar type. Marino schrok zich haast halfdood, niet omdat de wolk losbarstte, maar wel omdat de man vanuit de deuropening onverwacht een nijdig 'Hei!' over de binnenplaats liet knallen, alsof hij Marino's gedachte had kunnen horen. Daarna gaf hij met een driftige vinger naar zijn polshorloge wijzend aan dat het tijd was om naar binnen te gaan...

De openluchtsensatie van vandaag was evenwel niet meteorologisch maar biologisch van aard. Een tiental halsbandparkieten kwam schreeuwend aangevlogen en roetsjte cirkelend boven het smalle ravijn van Marino's gevangenschap. Duizelingwekkend was de snelheid waarmee ze tussen de steile wanden hun scherpe bocht maakten. Hun rauwe krassen kaatste door de ruimte. Ze draaiden nog een rondje, alsof ze naar een plekje zochten om te landen. Maar hier stonden geen bomen, hier stond niets wat een aantrekkelijke halte voor deze vogels had kunnen zijn. Daarom schoten ze, militair synchroon, met een ruk omhoog en verdwenen achter het dak van het gebouw. Ze lieten Marino bijna in tranen achter. O nee, dat lag niet aan hun plagerige vertoon van vrijheid. Het lag aan iets anders. Ik weet waaraan. Marino weet het ook. Strikt genomen hebben we helemaal geen woorden nodig om elkaar in dezen te begrijpen. Toch lijkt het me interessant om dit wederzijdse begrip wat nader uit te diepen. En tot mijn plezier blijk ik te kunnen rekenen op een zeer coöperatief ingestelde Marino. Bereidwillig zit hij aan het tafeltje in zijn cel, achter de computer waarover hij mag beschikken en die, hoewel van een zwaar verouderd model, geheel voldoet aan onze behoeftes.

Het huis waar Marino en zijn moeder gewoond hebben, staat in een chiquere villawijk ten zuidoosten van Brussel, grenzend aan het Zoniënwoud. Het is een van de kleinere en oudste huizen uit de buurt en maakt een slecht onderhouden indruk. Het perceel wordt van de rustige straat gescheiden door een laag, bemost en brokkelig muurtje uit baksteen. Een daarin verankerd smeedijzeren hek, waarvan de roestige spijlen uitlopen in speerbladen, maakt deze afsluiting compleet. De buitenmuren van het huis, in een ver verleden pistache geverfd, gaan nu grotendeels schuil achter ruige klimoppartijen. De tuin waardoor het langs zijn vier zijden wordt omgeven, bevindt zich naar de smaak van enkelen in een charmante natuurstaat, volgens de meeste buren echter in een vergevorderd stadium van verwaarlozing. De moeder schijnt het zo te hebben gewild. Alleen aan de achterzijde van het huis onderhield Marino op haar aanwijzen een gazon van ongeveer vijf bij tien meter. Jaarlijks snoeide hij een taxushaag die een stukje van dit gazon afscheidde van de rest. Verder werd de beplanting aan zichzelf overgelaten, wat resulteerde in een wildgroei van vlier- en braamstruiken, van esdoorns, dwergsparren en een paar verdorde fruitbomen, overwoekerd door een netwerk van klimstengels en wurgranken. Uit deze chaos rijzen enkele beuken en kastanjes op waarvan de zaailingen, waar ze maar de kans krijgen, zich een weg naar het licht proberen te banen. Mogelijk wilde de moeder zich met deze ondoordringbare wirwar van de buitenwereld afschermen, om redenen waar Marino nooit naar heeft gevraagd en die nu niet meer vallen te achterhalen. Ze had deze woning via haar overleden man van haar schoonouders geërfd, en had er kort na zijn dood haar intrek in genomen. De grond waarop dit huis staat zou intussen zonder twijfel kunnen worden verkocht voor het tienvoudige van wat het bouwsel zelf nog waard is.

Geliefd, of zelfs maar gewaardeerd, zijn moeder en zoon

hier nooit geweest. Dat lag niet zozeer aan de ongewone samenstelling van dit koppel, of aan het verval waaraan ze hun eigendom prijsgaven. Het lag vooral aan de in zichzelf gekeerde, weinig aanspreekbare aard van de zoon en het ronduit hooghartige gedrag van de moeder. Zelfs beoordeeld naar de normen van deze wijk, waarvan de bewoners overeenkomstig de comfortabele afstand tussen elkaars voordeur ook in de omgang heel afstandelijk waren, gedroeg Marino's moeder zich als een belachelijk verwaand mens – stukken arroganter in elk geval dan het relatief bescheiden kaliber van haar villa of auto kon rechtvaardigen. Ze heeft in de meer dan twee decennia dat ze hier heeft gewoond zo goed als geen woord gewisseld met haar overwegend Frans- of anderstalige buren. Zo hardnekkig meed ze ieders blikken, zo handig wist ze te vermijden dat haar eigen blik door iemand zou worden opgevangen, dat het leek of ze zich midden in het bos waande, kilometers verwijderd van de bewoonde wereld en van enige levende ziel. De zoon scheen haar in deze komedie niet helemaal te willen volgen. Bij hem kon er in elk geval zo nu en dan een nauwelijks merkbaar knikje af, of zelfs een gemompelde groet, een schuchtere glimlach om zijn sensuele lippen.

Maar echt contact, of tenminste wat in deze buurt doorging voor normaal contact, was met hem al evenmin mogelijk. Aan de andere kant beschouwen ze het hier tegenwoordig nog als een geluk bij een ongeluk dat ze nooit veel te maken hebben gehad met Marino en in alle eerlijkheid kunnen zeggen hem in het geheel niet te hebben gekend. Dat maakt het makkelijker om zich van deze pathologische carnivoor te distantiëren. Enige geruststelling kunnen sommige nerveuze bewoners wel gebruiken, nu ze geplaagd worden door een wantrouwen dat ze vroeger niet kenden. Dat is natuurlijk een in hoge mate ongegrond wantrouwen, net zo ziekelijk als de ziekelijke geschiedenis waardoor het in het leven is geroepen, dat beseffen ze zelf ook wel. Maar hoe overdreven en ongewenst ook, toch laat de volgende vraag zich niet zomaar uit het hoofd zetten: als een fenomeen als Marino Mund in een wijk als de hunne heeft kunnen opduiken, wat kun je dan nog met zekerheid uitsluiten? Elke voorgevel lijkt de mogelijkheid te suggereren van om het even welke denkbare of, erger nog, ondenkbare toestand. Zwarte ramen waarachter niets te zien is, krijgen juist dáárdoor iets onheilspellends. Zelfs de bomen, overblijfselen van het voormalige stuk bos waarin deze wijk is neergezet, zijn niet helemaal dezelfde meer. Kaarsrechte beuken, waarvan de massieve kruinen her en der boven de daken uittorenen, lijken op stille getuigen die naar binnen kunnen kijken in slaapkamers en badkamers en medeplichtig zwijgen over de verbijsterende rituelen die daar worden opgevoerd. Bij winderig weer lijkt hun ruisen een heftig fluisteren dat iets te verbergen heeft.

Laat ik voorbijgaan aan de reden waarom Marino's moeder zich zo ontwijkend opstelde ten opzichte van haar buren. Misschien was er zelfs geen reden. Misschien was het gewoon een richting die ze toevallig was ingeslagen, en waaraan ze na verloop van tijd niets meer kon veranderen – uit luiheid, uit traagheid, uit een gebrek aan verbeelding. Niettemin heeft de verdediging niet nagelaten de houding van de moeder aan te voeren als een zoveelste aanwijzing voor haar gestoorde, tirannieke karakter, in de greep waarvan de kindse zoon alleen maar kon uitgroeien tot een wereldvreemde eenzaat.

Over Spiritus Semper daarentegen is op het proces niet veel verteld. Marino heeft het er met zijn advocate ook niet erg uitgebreid over gehad. Eveline Tits vond het een nogal hachelijke kwestie. Natuurlijk kon ook de enggeestige bigotterie van de moeder makkelijk worden uitgelegd als iets wat typerend was voor haar karakter. Maar het risico was verre van denkbeeldig dat haar plotse omarming van het geloof in de ogen van sommigen juist een indruk van respectabele diepgang zou wekken, van deemoed en vatbaarheid voor de hogere zin der dingen, wat dan weer helemaal niet zou passen in het beeld dat Eveline van deze vrouw wilde schetsen. Religie was nog steeds niet de wereld uit. Religie was, zo vreesde Eveline, zelfs aan een obscure comeback begonnen. Volgens haar vormde het tegenwoordig een onvoorspelbaar terrein dat de geesten verdeelde. Je kon het in de rechtszaal als thema beter mijden. Je wist immers niet goed hoe de mensen erop zouden reageren. In voor het overige perfect normaal aanspreekbare burgers haalde het soms de meest irreële opvattingen en sentimenten naar boven, zei ze tegen Marino op een toontje van gelijkgezindheid, waarbij ze even uit het oog scheen te verliezen dat haar cliënt toch ook niet bepaald een toonbeeld van alledaagse nuchterheid was.

De dag waarop de moeder totaal onverwacht overleed, kwam twee jaar geleden en was uitgerekend een pinksterzondag.

Voor de leden van Spiritus Semper gold dat uiteraard als een hoogdag, en het leek wel of ze de wind aan hun kant hadden: ook in meteorologisch opzicht was het een goddelijke dag. Een kurkdroog briesje uit zuidoostelijke richting voerde een kristallijnen lucht aan waar het licht zijn stralen onbelemmerd doorheen schoot. Het licht schoot raak. Elk onderdeel van de zichtbare wereld, elk twijgje, elk blaadje, elk draadje, tekende zich uiterst precies af tegen zijn achtergrond: een strak, verzadigd, in het zenit naar lavendel neigend hemelsblauw. De gevorkte gloed van een straalvliegtuig bewoog in een hoge baan over het zinderende scherm zonder condensstrepen achter zich aan te trekken. Binnen hun scherpe contouren schitterden de kleuren met ongewone intensiteit. Het vermiljoen van de papavers leek te bloeien met de kracht van duizend lentes. De oude rode beuk achteraan in de tuin rees op als een reuzenlichaam van compacte schaduw, zachtjes wiegend in een doorzichtig glittervel van zilveren schubben.

Marino lag in het hoekje waar niemand hem kon zien, half in de schaduw van de taxushaag, op een deken die hij op het gazon had uitgespreid, de armen onder het hoofd gevouwen. Hij lag liever op de grond dan op een tuinstoel. Het schommelen en kraken van een tuinstoel wees al te nadrukkelijk op zijn volwassen gewicht. Maar met niets dan de onuitputtelijke draagkracht van de aarde onder zijn rug voelde hij zich licht als een pluimpje.

Soms leidde een lucht als die van vandaag tot een moment van kalme vervoering waarin, zoals dat wel eens achteloos wordt genoemd, 'de wereld lijkt stil te staan'. Maar niets is minder waar. Het is de toeschouwer die stilstaat. Hoewel zintuiglijk nog steeds op de omgeving betrokken raakt hij ingekapseld in een trance van roerloosheid. Het eigenaardige gevoel daalt over hem neer dat hij een geïsoleerd hier en nu is binnengeglipt dat zich als een singulier punt heeft losgemaakt uit het stelsel van ruimte en tijd.

Vreemd genoeg is het juist in deze onwaarschijnlijke toestand, gevat in deze harsdruppel van gestold droomleven, dat tijd en ruimte hem werkelijker lijken dan ooit. De verhouding tussen tijd en ruimte levert beweging op, en alles lijkt op dit moment te bewegen als nooit tevoren. Nu pas ervaart de dagdromer in zijn afgezonderd hoekje achter de taxushaag, wiegend op een bedje van zelfgeproduceerde alfagolven, hoe de wereld beweegt in al zijn geledingen, op elke bestaande schaal. Niet alleen het insect dat in snorrende vaart voorbijscheert of de onbegrijpelijke werveling van een vlucht gierzwaluwen, niet alleen de wind die in een boomkruin woelt, of de kalme, gezonde afwisseling van systole en diastole, maar nog tragere ritmes worden voelbaar: de draaiing van de aarde, haar bocht rond de zon, de onvoorstelbaar weidse armslag van de melkweg. En ook ultrasnelle ritmes klinken in zijn ervaring door, de continue wedergeboorte van het lichaam, de frequenties van zijn celchemie, het toerental van de moleculaire machinerie...

Ik haast me hieraan toe te voegen dat ik degene ben, en niet Marino, die de hoogtepunten waartoe zijn stille talent hem soms voert, probeert te benaderen met deze armzalige overdrijvingen. Ik heb me inderdaad wat laten gaan. Ik ben nu eenmaal Marino niet. Hijzelf heeft het nooit op die manier omschreven. Nooit, op een uitzonderlijke keer na, heeft hij aan dergelijke concrete gevoelens een abstracte inhoud proberen te geven. Hebben ze trouwens wel een inhoud? Zijn het niet juist gevoelens die van alle abstractie, van alle betekenis zijn gezuiverd? Is het leven, inclusief al zijn mogelijke interpretaties, uiteindelijk iets anders dan louter sensatie? Ooit zou ik die vraag beslist ontkennend hebben beantwoord. Er zijn tijden geweest waarin ik een sensatie zonder interpretatie niet echt van tel zou hebben gevonden. Tegenwoordig ben ik daar niet meer zo van overtuigd. Maar daarom kan ik het interpreteren nog niet laten.

Marino liet zich over zijn sensaties over het algemeen alleen maar in de meest bescheiden bewoordingen uit. Hij beeldde zich niet in dat ze voor een ander iets te betekenen konden hebben.

Toen ik hem eens vroeg waarom hij er dan zoveel belang aan hechtte, antwoordde hij dat ze hem af en toe het gevoel gaven dat hij echt bestond.

'Dan is het leven meer dan een droom, dan lijkt het net zo echt als een atoom. Dat het nergens toe dient, vind je op dat moment helemaal niet erg. Dat maakt dan juist de echtheid van je bestaan uit. De wereld zelf dient tenslotte ook nergens toe.'

Ik had een man van zesendertig jaar nog niet vaak horen zeggen dat hij slechts af en toe het gevoel had dat hij echt bestond en een werkelijk leven leidde. Wie weet had hij dat bijzondere gevoel gewoon te danken aan onschuldige aanvalletjes van slaapkwabepilepsie. Maar wat dan nog? Elke geestestoestand is een hersentoestand, onze nuchterste gedachten niet minder dan onze mystieke flitsen.

Marino werd natuurlijk niet geplaagd door de zorgen en de plichten en de dwangvoorstellingen die voortspruiten uit een doorsneeleven. Hij leidde een rustig, om niet te zeggen sullig en eenvormig bestaan in een uithoek van de maatschappelijke hoofdstroom. Dat stelde geen al te hoge eisen aan hem. Hij droeg geen afstompende verantwoordelijkheden. Hij sliep negen à tien uur per nacht. Zijn mentale vermogens overstegen ruimschoots de capaciteit die vereist was voor het soort leven dat hij leidde. Hij was, kortom, iemand met een overschot aan kracht en tijd. Mogelijk lag het ook daaraan dat hij soms door gevoelens van overbodigheid werd overweldigd. Voor een deel kon ik mezelf daarin wel herkennen. Ik behoorde immers, zoals ik later nog zal moeten verduidelijken, tot die ongelukkige klasse van geletterden die voor hun bekwaamheden en belezenheid geen enkel maatschappelijk relevant doel meer zagen. Mijn vorming ervoer ik als een misvorming, mijn ontwikkeling als een nutteloze overontwikkeling. Het gevoel van overbodigheid was me verre van onbekend. Alleen vond ik dat niet zo'n grandioos gevoel. Ik had er definitief mijn begeestering bij ingeschoten en hield er een kwaad geweten aan over.

In mijn meer depressieve buien ergerde het me dat Marino leek te suggereren gevoelens te kennen waarvoor geen woorden zouden zijn te vinden, terwijl ik vaak gebukt liep onder een last van woorden waarbij geen gevoelens meer pasten. Maar in mijn betere – of minder depressieve – buien zag ik er een vorm van geesteskracht in die ik nooit eerder bij een ander had aangetroffen, of die me bij een ander nog nooit was opgevallen.

Het ging niet om het veelgeprezen dolce far niente uit de weekendbijlage. Het was niet zomaar een vakantiegevoel. Het was iets anders. Het deed me soms denken aan de beschrijving van een of andere drugervaring. Maar dat was het evenmin. Het ging om iets wat hem van nature was gegeven maar wat hij niet naar believen kon oproepen. Hij kon er alleen maar tijd en ruimte voor vrijmaken in de hoop dat het zich zou manifesteren. Het was, kortom, een talent. De vraag bleef: waarvoor eigenlijk?

Wat had Marino in de aanbieding? Niets wat zijn medeburgers gewoon waren te beschouwen als het summum van begeerlijkheid of genot. Niets waarvoor een publiek zou kunnen bestaan. Niet eens zichzelf probeerde hij te verkopen. Als dat al een vorm van spiritualiteit mocht worden genoemd, dan zeker geen spiritualiteit waaruit direct werelds profijt viel te halen.

Anders leek het gesteld te zijn met de man die Marino op die bewuste pinksterzondag vanuit zijn positie achter de taxushaag hoorde voorgaan in gezang en gebed. Die had duidelijk wel iets in de aanbieding waarvoor een publiek scheen te bestaan. Geen al te groot publiek weliswaar, en het klonk ook niet erg fris meer. En ik zou me natuurlijk makkelijk vrolijk kunnen maken over het aftandse karakter van zowel het product dat hij aanbood als van de klanten die hij daarvoor vond. Maar dat juist zijn moeder zich in dat klantenbestand bevond, was iets wat Marino behoorlijk dwarszat.

Hij moest denken aan een televisiereportage gewijd aan Spiritus Semper, die hij enkele maanden daarvoor samen met zijn moeder had gezien. De beweging werd daarin voorgesteld als een springlevend, zich wereldwijd door alle maatschappelijke lagen en leeftijdsgrenzen heen borend cluster van adepten. Om de gewenste indruk van vitaliteit te maken werden hoofdzakelijk jongere mensen aan het woord gelaten. Op de achtergrond van de gefilmde bijeenkomsten zag je natuurlijk ook heel wat ouder volk, maar voor de camera waren het vooral jongeren die op enthousiaste toon getuigden van de liefde en de goedheid die ze in de schoot van de beweging ervoeren. Iets schunnigers meende Marino, die geen erg actieve televisiekijker was, al lang niet meer te hebben gezien. Vooral de momenten van samenzang of collectief gebed boezemden hem een uiterste weerzin in. Hoewel fysiek nog in leven, leken deze mensen hem figuren wier realiteitszin al volledig tot ontbinding was overgegaan. Walgelijk vond Marino hun geknuffel, de uitdrukkingen van blije vervoering, de geheven armen die wiegden als antennes waarmee ze geloofden contact te maken met het stichtende beginsel van hemel en aarde. Wat voor vrolijke of vervulde indruk ze ook probeerden te maken, in zijn ogen gaven ze alleen maar blijk van een door en door gecorrumpeerde gevoelseconomie, louter op bluf gebaseerd. Het waren mensen die meer waarheid uitgaven dan ze bezaten. Het was hun na-aperij die hem tegenstond, en hun kleinzielige overtuiging dat ze daarmee een opmerkelijke geestelijke prestatie leverden.

Een redelijk jonge, welbespraakte priester legde aan de kijker uit dat het op dergelijke bijeenkomsten ging om een intens samenzijn waarin eenieder zich persoonlijk geborgen voelde maar dat als geheel toch uitsteeg boven het persoonlijke niveau. Het ging met andere woorden om een intens en onpersoonlijk samenzijn. Je kon het, zei hij zelfs, tot op zekere hoogte vergelijken met een voetbalwedstrijd. Maar een intens en onpersoonlijk samenzijn, vond Marino, hoefde je toch niet speciaal te creëren. Daarvoor hoefde je niet eens samen te komen. Een intens en onpersoonlijk samenzijn, dat was toch de toestand waarin de levensvormen op deze planeet zich al sinds het oerbegin bevonden. Een intens en onpersoonlijk samenzijn, zo zou je eventueel ook de band kunnen noemen die hij met zijn moeder had. Wat had Spiritus Semper daaraan toe te voegen? Een voetbalwedstrijd, welja!

Een geladen stilte bouwde zich op tussen moeder en zoon.

Wellicht was het voor haar anders. Maar Marino vond de situatie niet minder onverdraaglijk dan wanneer moeder en zoon samen naar een pornofilm zouden hebben zitten kijken, waarbij het bovendien niet die laatste maar de eerste was die in een groeiende staat van opwinding verkeerde, te oordelen naar haar instemmende kreunen en knikken en haar lichtjes openstaande mond. Zo trots als ze altijd was geweest! Zijn flinke mama... Er was in haar een opening gemaakt, dat waren haar eigen woorden. En nu was het net of hij die opening kon horen: het smakeloze slurpgeluid waarmee ze het religieuze suikerwater tot zich nam. Wat hem betrof mocht die opening zo snel mogelijk weer dicht. Geslotenheid was altijd al de essentiële voorwaarde geweest voor hun samenleven, zonder welke ze hun levenslange verstrengeling nooit zouden hebben uitgehouden.

'Hoe belachelijk...' mompelde Marino, iets luider deze keer.

'Je hoeft er niet naar te kijken,' zei zijn moeder schouderophalend.

'En dat ga ik niet doen ook, nee!' riep Marino plots uit en hij sprong recht uit zijn stoel.

'Ach kind, doe niet zo dramatisch,' sprak ze verveeld.

'Zoiets belachelijks heb ik nog nooit gezien!'

'Dan heb je nog niet veel gezien.'

'God is dood,' zei hij. En daarna, na zijn keel te hebben geschraapt en op een toon die iets verontschuldigends leek in te houden, want hij hield niet van dat soort grote beweringen: 'Dat weet toch iedereen. Dat weet zelfs ik.'

'En als zelfs jij het weet, zal het wel kloppen ook. Maar wat ze er nooit bij vertellen, is dat God altijd al dood is geweest. Of in elk geval meer dood dan levend. God leeft alleen in het leven van zijn heiligen. En dat besef is nu juist de Geest die tot in alle eeuwigheid bij ons zal zijn,' antwoordde ze voor de vuist weg, wellicht in navolging van haar geestelijk leidsman.

Weer werd Marino getroffen door die onthutsende vreemdheid die er van haar uitging, alsof het niet zijn moeder was die daar zat, maar een imitatie, griezelig geslaagd tot in de miniemste bijzonderheden – op de inhoud van haar woorden na.

'Zo moet je toch niet tegen míj praten! Hoe is het mogelijk? Wat is er gebéurd?' Daarop beende hij maar weer eens woest de kamer uit, één meter vierennegentig daverende machteloosheid.

'Ja, ga je gang maar. En laat me verder gewoon met rust,' riep zijn moeder hem na. Al had dat boos en energiek genoeg geklonken, er viel toch ook een onmiskenbare vermoeidheid uit af te leiden. Het kwetste hem dat ze hem als de oorzaak daarvan scheen te willen aanwijzen.

Intussen, zo kon Marino vaststellen vanuit zijn hoekje achter de taxushaag, was er in het huis een stilte gevallen. Wellicht was de vergadering in diep gebed verzonken, allen gericht op iets wat ieder van hen afzonderlijk te boven ging. Nu waren ze eindelijk stil, ja, maar het was een valse stilte. Ze wilden immers dat deze stilte door de anderen werd gehoord, en hopelijk zelfs door de Grote Ander. Marino hoorde haar in elk geval. Hij hoorde haar zo klaar en duidelijk dat ze volledig die andere stilte overstemde die op een dag als deze, nu de omstandigheden in de tuin zo gunstig waren, binnen zijn bereik had kunnen liggen.

Ineens stortte een zwerm van enkele tientallen luidruchtige halsbandparkieten zich op de oude beuk achteraan in de tuin. Hun felgroene lijfjes deinden op en neer op de takken waaraan ze zich net hadden vastgeklampt. Kwetterend joegen ze elkaar achterna, doken weg onder het gebladerte, sprongen er elders weer uit tevoorschijn. De afleiding die hun levendigheid bood, kwam zeer gelegen. Het was niet de eerste keer dat hij hun drukte vanuit de verte opvatte als een beeld van geluk. Daar valt iets voor te zeggen. Een parkiet wiens parkietenbestaan tot aan de rand toe gevuld is met niets anders dan zijn parkietenaard, en die in de loop van zijn hele parkietenleven nooit een vermoeden heeft van dimensies waartoe zijn parkietennatuur hem geen onmiddellijke toegang geeft, verkeert die niet in een staat van volledigheid die je gelukkig zou mogen noemen? Kijkend vanuit zijn parkietenperspectief heeft een parkiet altijd gelijk. Een ander perspectief heeft hij niet. Met een parkiet die aan zichzelf zou beginnen te twijfelen, is het snel afgelopen. Zolang hij leeft, is hij een winnaar die geen flauw benul heeft van de verliezers. Zolang hij leeft, is hij onsterfelijk.

Misschien, dacht Marino, opgemonterd door het speelse gedrag van de vogels, moest hij die spiritussempristen beschouwen als een soort parkieten, als dieren die niet de mens wilden zijn die ze werkelijk waren, die liever het dier waren geweest dat ze niet konden zijn. Zij wilden dat het hele universum erop was afgestemd om van hen ultieme winnaars te maken. Zij verlangden naar de volheid, de volledigheid, de onsterfelijkheid van een dier. Je hoefde je daar misschien niet overmatig aan te ergeren. Je zou het ook komisch kunnen vinden. Misschien konden ze beter eens parkietenpakken aantrekken op hun bijeenkomsten, of zich verkleden als een dier naar eigen keuze. Wie weet wat voor diepe bevrediging ze daaruit zouden halen.

'Och, ze kunnen het gewoon niet helpen,' mompelde hij toegeeflijk.

En al vormen de zinnen die ik Marino hier laat schrijven een meer uitgebalanceerde versie van wat hij toen allemaal dacht, ze geven, daar kunnen we beiden voor instaan, vrij accuraat de strekking weer van de kalmerende conclusie waartoe hij was gekomen. Maar natuurlijk bleef voorzichtigheid geboden. Erg betrouwbaar kon een kalmte niet zijn als die op zoveel woorden was gebaseerd. Zwijgen, zwijgen duurde het langst...

Hoe laat was het intussen? Hij realiseerde zich plots dat het in huis nog altijd muisstil was. Hij vond dat ze deze keer wel heel lang onder water bleven. Hij spitste de oren en kreeg de indruk dat het niet langer hun collectieve stilte was, zoemend van spirituele pretentie, die hem kwam aangewaaid. Het leek hem een bescheidener, een ontspannener stilte. Had hij iets gemist? Was het gezelschap al vertrokken? Dat zou eigenaardig zijn. Zouden ze uitgerekend op een pinksterzondag hun viering van de Heilige Geest hebben ingekort?

Toen hoorde hij de voetstappen van zijn moeder in huis, en het rinkelen van de glazen die ze op het rek van de afwasmachine plaatste. Het was dus inderdaad een doodnormale, huiselijke eenpersoonsstilte zonder bijbetekenissen geweest die hij had gehoord. De bijeenkomst was blijkbaar al afgelopen. Wie weet kon het nu toch nog een mooie dag worden. Hij herinnerde zich dat zijn moeder die ochtend een beetje had opgezien tegen het bezoek van haar geloofsgenoten. Ze had slecht geslapen, zei ze. Ze voelde zich niet al te best. Was het misschien daarom dat ze er voortijdig mee waren opgehouden? Maar dan moest ze wel erg moe zijn.

Marino stond op uit het gras. Op dat moment schoot in een huivering van lucht en veren de hele zwerm halsbandparkieten gelijktijdig de boom uit, en vloog krijsend weg naar andere oorden van vermaak. Hij zou zijn moeder wat gaan helpen, besloot hij. Of beter nog, hij zou de boel verder zelf opruimen, zodat zij wat kon rusten. Als dat niet vriendelijk van hem was. Het was tenslotte ook weer niet geheel onoverkomelijk dat zij de behoefte had om zich gedurende een paar uren per week in te beelden zo gelukkig als een parkiet te kunnen zijn.

Hij keek in de keuken. Daar was ze niet. In de zitkamer, zag hij, al evenmin. Ook in de werkkamer vond hij haar niet. Hij zou haar kunnen roepen. Dat deed hij niet. Hij hield even op met zoeken en luisterde. Op het radarscherm verscheen alleen zijn eigen verbaasde eenpersoonsstilte, niet de hare. Hij ging naar boven en klopte op haar slaapkamerdeur. Hij drukte de klink voorzichtig naar beneden en stak zijn hoofd naar binnen. In de blauwige gordijnschemer lag zijn moeder met gesloten ogen ruggelings en heel vredig op het bed, boven op de sprei, de mond een beetje opengezakt, wat haar iets aandoenlijks gaf. 's Nachts snurkte ze vaak hoorbaar, maar nu was ze stil.

'Ben je klaar voor vandaag?' vroeg hij zachtjes. Hij liep naar haar toe. Zijn rechterknie gaf onverwacht een luide tik. Vreemd dat ze zelfs daar niet wakker van werd. Ze was meestal een nogal lichte slaapster. Hij schudde haar zachtjes bij de schouder en haar hoofd wiebelde heel ontspannen mee, zo volstrekt vrij van spanning als een levend hoofd op een levende nek nooit kon zijn. Hij schudde nog eens en haar hoofd rolde opzij. En toen gebeurde er iets heel merkwaardigs. Iets zo merkwaardigs dat ik betwijfel of Marino en ik het onder woorden zullen kunnen brengen.

Hij besefte ogenblikkelijk dat ze dood was. Dat besef drong eigenlijk moeiteloos tot hem door. Maar hij begreep niet meteen wat daar zo erg aan was. Achter zijn navel balde zich een kritische massa samen waarvan de explosieve chemie hem zo meteen aan flarden zou rijten. Maar eer het zover was, leek de tijd even opgeschort. Tot de huidige dag kan Marino niet zeggen of deze toestand tien seconden, tien minuten of nog langer duurde...

Hij zit op zijn knieën naast het bed. Hij heeft een hand op de hare gelegd, die nog warm en soepel genoeg is om hem niet af te schrikken. Zijn andere hand is enkele centimeters van haar been gestrand. Het bed is hetzelfde tweepersoonsbed dat in hun vorige woonst, toen de vader nog leefde, als echtelijk bed heeft gediend. Misschien is dit zelfs het bed waarin Marino is verwekt.

Uit de stijve koker van haar rok steken, in bruine nylonkousen gehuld, de benen waartussen hij is geboren. Ze heeft geen schoenen aan.

De dood van zijn moeder is een mogelijkheid die hij zich nooit concreet heeft willen voorstellen, al was het maar uit de bijgelovige vrees het onvermijdelijke op die manier voortijdig uit te lokken. Maar onderhuids is de angst voor deze mogelijkheid altijd aanwezig geweest, vooral de laatste jaren. En nu hoeft hij plots nergens meer bang voor te zijn. Dat lucht in zekere mate op. Het ergst denkbare is gebeurd zonder dat hij ervoor verantwoordelijk kan worden gesteld. Een blinde vlek in zijn verbeelding wordt plotsklaps door de feiten ingekleurd. Het is of zich geheel onverwacht en buiten zijn bedoelingen om de simpele oplossing heeft aangediend voor een oud en duister probleem.

Daar ligt ze, zwaar, dood en stil, puur materieel en absoluut ongenaakbaar. Naast haar zit hij, een flakkerend vlammetje dat de ongenaakbare materie van glans voorziet. Dit lijkt het beste wat moeder en zoon elkaar te bieden hadden. Dit is hun intense en onpersoonlijke samenzijn in al zijn zuiverheid. Zo ziet hun ware verhouding eruit, bevrijd van zinloze complicaties. Samen vormen ze een soort magisch geheel, iets als een wonderbeeld, een goddelijk voorwerp, een bezield stuk steen. Zo moest het altijd zijn. Zo zou het eeuwig moeten blijven duren. Is het werkelijk onmogelijk om tegelijkertijd levend en dood te zijn? Kunnen deze tegenstrijdige begrippen in de deeltjesversneller van de geest niet fuseren tot een ondeelbare realiteit, al is het dan misschien een realiteit die in een flits voorbij is, een piepklein zwart gaatje van hyperlogica dat alweer op het punt staat te verdampen nog voor het zich goed en wel heeft gevormd? Het is bijna om te lachen, zo vanzelfsprekend maar ook bizar, zo onmogelijk en toch zo echt, zo spontaan en volmaakt als het allemaal aanvoelt, en Marino moet er dan ook daadwerkelijk bijna om lachen, bijna...

Toen werd de tijdsban verbroken en kende de explosie, die in de diepte al begonnen was, haar min of meer conventionele verloop. In plaats van te lachen slaakte Marino een lage kreet van ergernis over deze onbeschaamde inbraak in zijn leven. Daarna overviel hem de ijskoude verbijstering over het volstrekt zielloze karakter van de inbreker. Vanuit zijn middenrif welden schokgolven op, eerder van frustratie dan van verdriet. Er kwam een schreeuw in een hoger register van vertwijfeling, gevolgd door een zweem van geloof in een onbekende god aan wie hij de bede richtte om de tijd, al was het maar enkele minuten, terug te draaien. Vervolgens ging hij over op een ongearticuleerd gejammer en gepiep dat dierlijk onbegrip simuleerde voor wat hij als mens allang begrepen had. Hij schudde haar bij de schouders alsof dat haar weer tot leven kon brengen. Hij legde zijn oor op haar borst en hoopte in het gejaagde kloppen van zijn eigen bloed dat van het hare te horen. Hoe lang was het geleden dat hij zijn hoofd nog eens tegen haar borst had gedrukt? Hoe klonk het hart in de borstholte van een ander?

Plots stormde hij in paniek naar beneden om de hulpdienst te bellen. In afwachting van de ambulance liep hij de trap op en neer, liep hij vanuit de schemerige slaapkamer naar buiten, en vanuit de zonovergoten tuin weer naar binnen. Hij rende rond als iemand wiens haar in brand stond. Tussendoor ging hij ergens op de grond liggen en stond na een paar seconden weer op, liet zich op een stoel vallen en sprong er onmiddellijk weer uit, knielde naast het bed neer en veerde meteen weer recht. Welke houding hij ook aannam, aldoor was er die kegel van pijn waarvan de loodzware basis op zijn middenrif drukte en de scherpe punt hem in de keel stak.

Alleen Marino en ik zijn op de hoogte van die merkwaardige seconden of minuten die aan het misbaar waren voorafgegaan. Het vervolg heeft Eveline Tits op het proces in geuren en kleuren beschreven. Iedereen begreep dat de dood van de moeder voor de zoon een persoonlijk Hiroshima inhield waarna hij ontveld, verschroeid, verweesd moest zien te overleven in een onherkenbare wereld.

Het is inderdaad een feit dat het na die zondagmiddag nog heel lang zou duren eer Marino weer eens mocht ervaren dat hij echt bestond en dat zijn leven werkelijk was.

9

Ik geloof dat ik er tot hiertoe vrij goed in ben geslaagd mezelf op de achtergrond te houden. Nu en dan ben ik wat nadrukkelijker naar voren gekomen om Marino uit zijn dromerige lethargie te halen en hem tot de orde te roepen. Het kan zijn dat ik daarbij niet altijd voldoende begrip heb opgebracht voor de moeilijke omstandigheden waarin hij moet werken: het eentonige gevangenisregime, zijn krappe cel, het naargeestige gebouw waarin behalve een broeierige massa criminelen ook de zomerhitte lijkt te zijn opgesloten. De belabberde, vettige troep waarmee hij zijn maag moet vullen en waarmee zijn maag soms tot diep in de nacht gevuld blíjft. De botheid van zijn cipiers, de kwellende onzekerheid over de uitkomst van het beroep dat tegen zijn veroordeling is aangetekend. Bovendien is tegenwoordig ook nog het water gerantsoeneerd en mag elke gedetineerde maar één keer per week een douche nemen. De gangen worden nog slechts om de twee weken gedweild, met een minimum aan sop. Het moreel van bewoners en bewakers heeft een dieptepunt bereikt. Wie door zijn neus wil ademen, zal er de geur bij moeten nemen van zoveel sokken, zoveel reten, zoveel oksels.

Ikzelf heb daar allemaal veel minder last van. Ik heb dus makkelijk praten, dat moet ik toegeven. Tenslotte ben ik niet meer dan een elektromagnetische siddering die door Marino's hersenlobben woelt op zoek naar de woorden die hopelijk recht zullen doen aan de ware aard van onze verhouding.

Ooit ben ik veel meer geweest, al viel daar tijdens Marino's proces maar weinig interessants over te vernemen. Mijn afscheidsbrief werd voorgelezen in de rechtszaal, kopieën ervan werden uitgedeeld onder de juryleden. Het was geen groot succes, dat moet ik toegeven. Ze hebben eens gezucht. Gekucht. Ze schoven heen en weer op hun stoel. Ze wreven zich de ogen uit. Ze begrepen in elk geval dat ik me in het volle bezit van mijn verstand had aangeboden, zelfs opgedrongen als het slachtoffer van het morbide gebeuren. Maar daarna begon de belangstelling voor Bruno Klaus te verflauwen. Om de zaak een beetje te bespoedigen kon men zich maar beter neerleggen bij de ondoorgrondelijkheid van zijn motieven. En waarschijnlijk werd de dood van een tweeënveertigjarige man zonder baan, zonder partner, zonder kinderen, zonder toekomst, en met geen andere familie meer in leven dan een demente moeder en een stokoude tante die hij al twintig jaar niet had gezien, ook niet echt ervaren als een wraakroepend verlies. Alle aandacht focuste zich op Marino Mund. In welke mate was hij toerekeningsvatbaar geweest? Bezat hij ook echt de intentie om te doden? Was hulp bij zelfmoord hetzelfde als moord?

Marino zelf heeft amper gebruikgemaakt van de meermaals geboden gelegenheden om opheldering te verschaffen over mijn drijfveer. Dat lag natuurlijk hoofdzakelijk aan de door Eveline Tits uitgestippelde strategie. Het moest er zoveel mogelijk op lijken dat ik de maniak was geweest wiens verwrongen logica onmogelijk viel te achterhalen, en Marino de naïeve, wereldvreemde dertiger die in deze waanzin ingesponnen raakte. Ook dat moest een zekere band van medemenselijkheid smeden tussen de beklaagde en de juryleden. Net zomin als zij konden bevatten welke hersenspinsels iemand tot kannibalisme vermochten aan te zetten, net zomin zou Marino zelf hun dat kunnen vertellen.

In de aanloop naar de rechtszaak, tijdens de rechtszaak, en ook in de maanden na het vonnis heeft vriend Marino min of meer oprecht in deze voorstelling van zaken geloofd. Hij deed daar in elk geval zijn uiterste best voor. Maar uiteindelijk heb ik hem er toch toe kunnen brengen een begin te maken met deze notities, waarin een en ander reeds is aangevuld en rechtgezet. En op dit punt van onze aanvulling en rechtzetting aanbeland, acht ik de tijd rijp om ook eens een woordje aan mezelf te wijden. Ik mag dan wel dood zijn, dat maakt me nog niet tot een schim die genoegen kan nemen met een smal kiertje dat uitzicht biedt op een blauwe hemel.

Als docent in het vak Hoogtepunten uit de Literatuur van de Twintigste Eeuw, verbonden aan de letterenfaculteit van de meest katholieke universiteit van het land, heb ik het bijna vijftien academiejaren lang volgehouden, tot ik me enkele maanden voor ik Marino leerde kennen, van de loonlijst heb laten schrappen. Ik geloof niet dat men zich tegenwoordig aan die faculteit bezighoudt met het vrolijk ophalen van herinneringen aan mijn voormalige docentschap. Hiërogliefen die daarnaar verwijzen, zullen intussen ongetwijfeld zijn weggebeiteld uit de bestanden. Conversaties waarin de naam Bruno Klaus desondanks opduikt, stokken veelzeggend alvorens dood te lopen in nietszeggendheid.

Nu moet ik er wel bij vertellen dat ik me reeds in de loop van mijn academische carrière geleidelijk aan totaal onmogelijk had gemaakt in onze vakgroep. In de beginjaren, toen ik aan mijn doctoraat werkte, beantwoordde ik nog grotendeels aan de verwachtingen. Ik ging zelfs door voor een veelbelovende kracht. Maar nadat ik eenmaal een zekere positie had bereikt, begon ik me vaak nogal eigenwijs te gedragen, als de onverzettelijke bezitter van een arrogant soort gelijk. Mikpunt van mijn minachting was in de eerste plaats de alsmaar om zich heen grijpende en van hogerhand aangewakkerde publiceerdrift. Volgens mij leidde die alleen maar tot een modderstroom van zogezegd wetenschappelijke artikelen waaronder het primaire werk, de literatuur zelf, fossiliseerde tot morsdood gebeente dat niet meer lopen, vliegen of springen kon. Ik had, zei ik, alle respect voor de geboren kamergeleerde die in zijn laboratorium fossielen met oneindig geduld uit elkaar peutert en ze naar zijn hoogst scrupuleuze inzicht weer in elkaar puzzelt. Maar ik vond dat er op onze afdeling nogal wat lui rondliepen die me helemaal niet in de wieg leken gelegd voor dergelijk analytisch monnikenwerk. Ze misten de toewijding van de ware geleerde en brachten het veelal niet verder dan wollige en modieuze zwaarwichtigheid zonder dat hun hele betoog ook maar één dwingende gedachte bevatte. Hun publicaties? Stuk voor stuk gewrochten die ontsnapt waren uit een verbale hel van rondcirkelende nonsens en waaraan je, als je de kapitale fout beging ze ernstig te nemen, een voorgoed getekende geest overhield.

'En wat moeten we volgens jou dan wel doen?' werd er soms ontstemd gereageerd op mijn neerbuigende scepsis.

O, niet veel, antwoordde ik luchtig. Vooral niet te veel. Het was nergens voor nodig om ons te verliezen in academische gewichtigheid. We waren toch allemaal ooit begonnen als goede, ontvankelijke, betoverde lezers. Waarom zouden we nu moeten eindigen als slechte, overspannen, dwangmatige schrijvers? Woorden speelden met mensen en mensen speelden met woorden. Literatuur was het terrein waarop dat spel soms een onwaarschijnlijk hoog niveau bereikte. Een magisch niveau. Was het niet al een hele prestatie als we onze gevoeligheid voor die magie konden bewaren? Was de literatuur daar niet het meest mee gebaat?

'Daarom zeg ik: weg met dat gespannen, overwerkte sfeertje. Weg met de deadlines en de plichtmatige kopij. Juist omdat we weten hoe fantastisch taal kan zijn, leveren we haar niet uit aan theoritis of routine. We lezen en zwijgen. Uit ontzag voor de mogelijkheden van het woord. En zo heel af en toe valt er je een zin toe die mag worden uitgesproken en neergeschreven. Na tien jaar hou je dan misschien een verrukkelijk boekje over dat de moeite van het lezen waard is. Literatuur moet uiteindelijk met literatuur beantwoord worden, niet?'

'En denk je dat ze ons daarvoor gaan betalen? Hoeven wij soms niet meer te werken omdat we een paar romans hebben gelezen?'

'Je werkt te hard. Laat de literatuur maar werken. Je weet toch waar het kwaad in de wereld vandaan komt? Pascal: van mensen die niet rustig in hun kamertje kunnen blijven zitten.'

Het is een keer voorgekomen dat een lieve vrouwelijke collega me welwillend bestempelde als een 'hopeloze romanticus'. Maar meestal droegen mijn interventies alleen maar bij aan mijn groeiende reputatie van lichtzinnigheid, arrogantie, leeghoofdigheid en academische onvruchtbaarheid. Ik heb niet de behoefte om altijd en overal iedereen tegen te spreken, maar leeghoofdig, vond ik, mocht ik toch niet worden genoemd.

Dat ik het na vijftien jaar nog altijd niet verder had geschopt dan tijdelijk aangesteld assistent, zal niemand echt hebben verbaasd. Ik publiceerde nauwelijks. Ik werd nergens geciteerd. En het zal ook wel niet bevorderlijk voor mijn carrière zijn geweest dat mijn houding me zure tegenstanders had bezorgd onder enkele hooggeleerde en hooggeplaatse knarren, van wie er eentje in zijn vrije tijd ook eens een romannetje had gepleegd: een maaksel van stramme overbelezenheid en bloedstolsel afkomstig uit andere aderen dan de zijne, waarmee hij om een of andere reden zelfs een vermaarde prijs had gewonnen. Ik was er op een mooie ochtend in begonnen, gierend van leedvermaak om wie zich door zo'n prijs liet beetnemen, tot ik het plots dichtklapte met een luide geeuw die in alle gangen van de afdeling te horen was. Ik kon er niets aan doen, het was sterker dan mezelf.

'Je zou toch eens moeten leren je zo nu en dan een beetje in te houden,' waarschuwde Rik Groot me een keer op vriendschappelijk bezorgde toon. 'Anders voorspel ik dat je problemen gaat krijgen.'

Deze specialist Latijnse letterkunde was in het niemandsland van onbegrip en achterdocht dat zich om mij heen verbreidde, een van de zeer weinige collega's met wie ik nog enigszins op vertrouwelijke voet stond. In wezen, zoals hij het uitdrukte, in wezen, waar dat ook mocht worden gesitueerd, was hij het met me eens. In wezen misschien wel, ja, maar in de praktijk zorgde hij er evengoed voor dat zijn publiceertempo de opgelegde norm haalde. Aan de andere kant was hij slim genoeg om blijk te geven van een relativeringsvermogen waaraan het de meesten van onze collega's ontbrak. We waren nu eenmaal met zoveel hersenen dat onzin onvermijdelijk was, verklaarde hij opgewekt.

Net als ik woonde hij alleen en had hij geen kinderen. Veel meer wist ik niet van zijn privéleven. Een boezemvriend kon ik hem niet noemen. Wel wist ik dat hij niet zozeer door zogenaamd wetenschappelijke ambitie werd gedreven als wel door puur ambtelijke: het was zijn heimelijke wens om eerst decaan van de letterenfaculteit te worden, en daarna, wie weet, ooit nog eens rector. Hij liep al in de vijftig en begon lichtjes gefrustreerd te raken. Hij was immers een figuur die, al was hij veel sluwer en diplomatischer dan ik, heel wat weerstand opriep. Dat had onder meer te maken met het feit dat hij in korte tijd was uitgegroeid tot een heuse televisiepersoonlijkheid. Ongeveer dagelijks liet hij in diverse praatprogramma's welbespraakt zijn licht schijnen over aangelegenheden die de media op dat moment voor urgent hielden. Dankzij zijn belezenheid en uitstekende geheugen doorzag hij maar al te goed dat veel van die zogezegde actualiteit uiteindelijk maar ouwe koek was. *Nil novi sub sole*, luidde het parool van Hendricus Magnus. Aan dat besef ontleende hij een badinerende afstandelijkheid ten aanzien van het besproken onderwerp die door het gros van de kijkers blijkbaar werd geapprecieerd, evenals door de televisiemakers. Een academicus met een publiek gezicht, daar had je er niet zoveel van. Eindelijk een intellectueel die het lef had om uit zijn ivoren toren af te dalen. Waarom die torens altijd uit ivoor zijn gemaakt, weet ik niet, maar ik moet eerlijk toegeven dat Riks interventies tot op zekere hoogte best genietbaar waren.

Een ander vast ingrediënt van zijn publieke imago was zijn vermeende katholicisme. Niet dat hij ooit blijk gaf van enige leerstelligheid of moralisme. Niet dat hij ooit zou verdedigen wat elk weldenkend mens verafschuwde: de benepenheid, het sentimentalisme, de intellectuele leegte van de Kerk en het slop van de totale talentloosheid waarin ze als gevolg daarvan was beland. En toch hield mijnheer vol dat hij katholiek was of, zoals hij een keertje preciseerde, op zijn minst een potentiële katholiek. In hoeverre die potentie ook was gerealiseerd, wist uiteindelijk alleen God, verklaarde hij met een glimlach die liet vermoeden dat dat al bij al eerder Gods zorg was dan de zijne.

Volgens mij was hij een soort meta-katholiek die niet zozeer in God geloofde als wel in de kracht van het godsgeloof, dat immers artistieke mirakelen als de Notre Dame, het Lam Gods, de Messiah of de Mattheuspassie had voortgebracht. Maar dat zijn katholieke loyauteit nu louter door esthetische genoegens werd gevoed, nee, dat wilde hij ook weer niet gezegd hebben. Er was meer aan de hand, het zat allemaal ingewikkelder in elkaar, klonk hij mysterieus, maar zonder de kijker volledige inzage te gunnen in het kluwen van persoonlijke motieven dat in zijn schedelpan een klompje restkatholicisme vormde.

Nog iets over raadselachtige Rik? O ja, hij was ook nooit te beroerd om in de stomste spelletjesprogramma's op te duiken, en dan koketteerde hij met weer een ander facet van zijn geslepen persoonlijkheid. Ouwe Rik in zijn element: de helft die boven de tafel uitstak – schalks, erudiet, intelligent en gevat – scheen voortdurend te willen suggereren dat de helft onder de tafellijn op hetzelfde moment bezig was met het uitbroeden van meer onbespreekbare scenario's. Op elke jongedame die zich binnen het bereik van de camera bevond, probeerde hij wanneer hij daar maar kans toe zag een seksuele toespeling uit, een dubbelzinnige kwinkslag die betrekking had op een of ander aspect van haar verschijning. Zijn leeftijd, zijn dwergbeentjes, zijn onfrisse puilogen maakten van hem nu niet bepaald een aantrekkelijke kandidaat. Soms reageerden de dames beleefd gevleid, soms totaal onverschillig. In dat laatste geval gingen Riks ogen nog droeviger en gretiger uit hun kassen puilen.

Ik kon me voorstellen hoe vaak en hartgrondig hij in zijn jongere jaren die ongelukkige familienaam van hem moest hebben vervloekt, die hem was toebedeeld door een lot met een wel heel goedkoop gevoel voor ironie. Soms, als hij onverwacht in je blikveld opdook, bezorgde zijn kortbenigheid je een vluchtige duizeling. Het was dan net of je iemand in een lachspiegel zag verschijnen, de onderhelft koddig ingekort, de bovenhelft grotesk gezwollen. Seksualiteit was wellicht het terrein waarop hij het gevoel had ondanks alles toch het formaat van een fysiek volgroeide man te bezitten. Vandaar zijn onuitputtelijke debiet aan flauwe pikanterieën. En dat mocht hem dan bij het televisiekijkende deel van de natie een populariteit bezorgen die een academicus maar zelden te beurt viel, op ons instituut van stekelige zwoegers was een meerderheid van mening dat zijn fratsen afbreuk deden aan de intellectuele waardigheid van het universitaire ambt. Tot rector zou hij wellicht nooit worden verkozen. Maar dat nam niet weg dat hij over een veel uitgebreider en loyaler netwerk van informanten kon beschikken dan ik, wat aan zijn waarschuwing een niet te negeren gewicht gaf.

'Ik kan er niets aan doen, het is sterker dan mezelf,' antwoordde ik quasi onverstoorbaar, quasi geamuseerd.

'Hoe lang zit je hier eigenlijk al?'

'Mmmm... laat eens kijken. Veertien jaar? Ja. Volgend semester begin ik aan mijn vijftiende jaar. Misschien geef ik dan wel een feestje voor de lieve collega's.'

'En heb je je nog nooit afgevraagd waarom jij hier nu al zo lang kan aanblijven? Met jouw, laten we eerlijk zijn, nu niet meteen indrukwekkende curriculum?' vroeg hij met een ernst die ik van hem niet gewend was en die me een beetje onzeker maakte. Want al meende ik alles wat ik zei, toch zat er in mijn houding ook iets gespeelds. Ze moest namelijk verbergen dat ik me in toenemende mate zorgen begon te maken over mijn toekomstige positie aan het instituut.

'Komaan Rik, dat weet toch iedereen,' deed ik lacherig. 'Omdat ik zo fantastisch lesgeef.'

'Misschien, misschien... Maar, en je moet dat niet als kritiek opvatten, eerder als goede raad, ik zou daar toch niet al te hard op blijven rekenen. Er zijn mensen die vragen stellen,' klonk hij doodserieus. 'Je moet niet altijd zo dwarsliggen. Seneca: *Volentem fata ducunt, nolentem trahunt...*'

Het klopte dat ik mijn ziel en zaligheid, voor zover ik die wijdde aan zaken van publiek belang, in het werkcollege stopte dat ik al die jaren heb gegeven. Hoogtepunten uit de

Literatuur van de Twintigste Eeuw was geen verplicht vak, maar de toeloop was bepaald vleiend te noemen. In sommige semesters schreven er zich wel meer dan honderd studenten voor in. En dat had zeker niet alleen te maken met de bekende achteloze mildheid waarmee ik hun huiswerkjes beoordeelde. Ik geloof dat ik er meer dan gemiddeld in slaagde om iets van de gelukzalige verhouding die ik als jongeman met sommige boeken heb gehad, over te brengen op mijn gehoor. Ik probeerde mijn verwachtingen te temperen over wat mijn studenten daarvan overhielden nadat ze de collegezaal hadden verlaten. Maar zolang de les duurde, had een bezielde leraar hun volle aandacht, en omgekeerd wakkerde hun aandacht mijn bezieling aan. Soms kreeg ik tijdens het lesgeven het gevoel te verdubbelen, en stond ik niet alleen vooraan in de zaal te doceren maar zat ik eveneens als een van mijn eigen studenten op de banken naar de docent te luisteren. En de diepe indruk die het betoog dan op mezelf als jeugdige toehoorder maakte, bezorgde me als spreker een vlaag van kippenvel, hetgeen de passage die ik op dat moment behandelde, meteen markeerde als een van de verrukkelijkste fragmenten uit de wereldliteratuur.

Ik sleutelde voortdurend aan mijn aantekeningen, ik besprak elk jaar weer nieuwe teksten en liet me in mijn keuze bijna eerder leiden als een acteur dan als een docent. Het was minder mijn bedoeling ze te vertellen wat er in al die boeken stond, 'waarover ze gingen', zoals dat heet, want dat konden ze zelf wel nalezen. Ik wilde ze vooral tonen, in levenden lijve aanschouwelijk maken, hoe een man dacht, sprak en bewoog die zich in de kracht van zijn jaren liet bezitten door de kracht van de literatuur. Geen gedoe met computerprojecties, geen neuzelend aflezen van notities, geen schema's op het schrijfbord. Ik gooide me er helemaal in, een sprekende aap die niet uitgepraat raakte over wat hij had gelezen. Zijn hele lichaam ondersteunde het ritme van zijn woorden, zijn handen beschreven in de lucht de arabesken van zijn vuur. Het was een soort hofmakerij, dat ga ik niet ontkennen. Ik vertolkte niet alleen een paar opvattingen, ik vertolkte een mensentype. Na elke les voelde ik me uitgeput maar intens bevredigd, en jarenlang koesterde ik de overtuiging dat ik ook in de ogen van mijn publiek een meeslepend nummer had gebracht. Soms hield ik het docentenlokaal waar ik achteraf een koffie dronk voor een kleedkamer voor artiesten, maar de aanwezigheid van een of andere collega hielp me dan meestal gauw uit de droom.

Mijn liefdesverklaringen waren natuurlijk uitsluitend gericht aan het adres van onbetwistbare eersterangsauteurs, en ook dat zal wel bijgedragen hebben aan het succes van mijn college. Ik probeerde in het geheel niet exhaustief te zijn, ik besprak slechts een selectie van wat ik noemde 'auteurs van de klare lijn'. Daartoe behoorden Musil, Kafka, Beckett, Nabokov, Roth, Amis, Sebald en nog een paar anderen. Tot de productie van eigen taalbodem die voor bespreking in aanmerking kwam, rekende ik een streepje Elsschot, een snuifje Reve, een scheutje Brouwers, een flinke portie Hermans en verder, in de laatste twee jaar van mijn docentschap, enkele theelepels van een recentere lichting auteurs, eenentwintigste-eeuwers reeds, maar nog geboren in de twintigste eeuw. Het waren allemaal romanschrijvers met heel uiteenlopende pennen, met heel uiteenlopende obsessies en metaforen, maar wat ze gemeen hadden was hun geloof in de kracht van de precieze formulering.

'Met precisie,' zo hield ik mijn gehoor in de inleiding al voor, 'bedoel ik helemaal niet de zogenaamd realistische overeenstemming met het leven "zoals het is". De precisie waar ik het over heb, is een hoogst artificiële precisie, die nagenoeg uitsluitend in de literatuur kan bestaan, al verlangt ze er natuurlijk naar om ook in het hoofd van de lezer te kunnen verder leven. Daartoe maakt ze welbeschouwd niet veel kans, maar dat is niet zo erg, deze hopeloosheid doet haar alleen maar nog feller schitteren en verhevigt haar pogingen om door de stompzinnigheid van het doorsneegelijk heen te breken. De manier waarop deze precisie afwijkt van ons normale woordgebruik is niet alleen inhoudelijk van aard. De inhoud varieert van auteur tot auteur en is wat mij betreft niet eens het belangrijkste. Belangrijker, en dat is wat alle nog te bespreken schrijvers gemeen hebben, is de maniakale aard van hun precisie.'

Ik wachtte even tot het laatste gekrabbel was stilgevallen en alle hersentjes verwachtingsvol zoemend op het vervolg waren afgestemd.

'Ons alledaagse spreken en denken wordt gekenmerkt door een gemoedelijke vaagheid die een groot vertrouwen weerspiegelt in de geldigheid van onze woorden. Maar de auteurs die wij gaan lezen, kennen dat vertrouwen niet. Voor hen is het woord een odyssee met een onzekere bestemming. Wantrouwen jegens de woorden is het begin van elk waarachtig schrijverschap. Een waarachtig auteur is iemand die zichzelf nog moet overtuigen van het verhelderende vermogen van de taal. En omdat hij geen eenzelvige psychoot is, maar een kerngezonde neuroot, wil hij niet alleen zichzelf maar ook ons, de lezers, daarvan overtuigen. Hij wil ons doen geloven dat we werkelijk iets zien in het licht van zijn woorden. Het is deze maniakale drang die we herkennen in de precisie van zijn stijl, een precisie die je ook zou kunnen karakteriseren als een overmaat aan detail.'

'Overmaat aan detail,' herhaalden de pennen ijverig.

'Het kan gaan om details van sensitieve, filosofische, spirituele of psychologische aard. Het kan gaan om de louter formele details van stijl en zegging. Meestal is het een combinatie van diverse soorten, afhankelijk van de individuele geaardheid van de auteur. Maar allemaal verwerpen ze de schraalheid van de modale taalbetrekkingen die wij met de wereld onderhouden. Allemaal breken ze met de zingzang van sentimenten en sjablonen die ons doet slaapwandelen. En daarmee pretenderen zij ons een werkelijkheid te schenken die werkelijker is dan de gangbare.'

Tot mijn plezier kon ik intussen hier en daar een vraagteken boven de banken zien opstijgen.

'Dat heeft natuurlijk iets gewaagds,' ging ik luchtig verder. 'Het publiek is niet zomaar bereid om van werkelijkheid te veranderen. Ware literatuur is een krokodillenmuil die ons onverhoeds grijpt. Of je bent bereid tot een metamorfose en geeft je eraan over, of je verzet je met hand en tand. Dat laatste is trouwens zo moeilijk of heldhaftig niet. Tenslotte gaat het om een muil die zich laat dichtklappen als een boek. Ik denk dat uit deze inleiding wel kan blijken welke keuze ik zelf heb gemaakt. En ik hoop dat deze cursus jullie kan helpen bij het maken van een eigen keuze.'

Aan het eind van mijn uiteenzetting beeldde ik me graag in boven mijn gehoor een stil tumult van uitroeptekens waar te nemen. Ik hoopte deze jonge mensen, al was het maar tijdelijk, het gevoel te hebben bezorgd dat de houding die je tegenover literatuur aannam geen louter poëticale luxekwestie was maar een essentiële aangelegenheid. Zeg me wat je leest, zeg me hoe je leest, en ik zal je zeggen wie je bent.

10

In het laatste jaar van mijn docentschap raakte, zonder dat daarvoor een concrete aanleiding viel aan te wijzen, mijn bevlogenheid aangetast en in heel korte tijd schoot er niks meer van over. Het begon met twijfels aangaande mijn optredens in de collegezaal, die ik hoe langer hoe meer als iets gekunstelds begon te ervaren. Wanneer ik verdubbelde en mezelf vanuit de banken bezig zag, werd ik soms door een gevoel van gêne bevangen dat ik daarvoor nooit had gekend. Precies dezelfde woorden die me vroeger in een soort gloed deden ontsteken, vond ik ineens beschamend vals klinken. Hoor die ouwe sok eens doen, dacht ik dan, hoor hem eens doen. Doet net of hij ons moet leren lezen. Denkt zeker dat zijn smaak de enige is die telt. Schijnt echt te geloven dat wij zonder zijn opvattinkjes zouden wegzinken in het stomste onbenul. Hoort zichzelf veel te graag praten. Probeert zich alleen maar interessanter te maken dan hij is. Probeert zich zelfs interessanter te maken dan de boeken waarover hij het heeft...

En dit arrogante betwetertje, dat helemaal aan mijn eigen verbeelding was ontsproten, scheen zich in een groeiend gezelschap van gelijkgezinden te bevinden. Ik meende namelijk ook uit de houding van mijn reële publiek toenemende scepsis en verveling te kunnen aflezen. Wat ooit een verzameling jonge mensen leek die ik in de ban van mijn betoog hield, veranderde in een losse, wanordelijke vertoning van glazige blikken, verstrooide tics, dagdromerij, stiekeme conversaties.

Op een keer, midden in mijn uiteenzetting, liet de wankele zin ervan me volslagen in de steek, en begreep of geloofde ik geen woord meer van wat ik zonet had beweerd. Als gevolg daarvan kon ik ook het register van mijn stem niet langer uitstaan en viel ik stil. De spraak, de menselijke spraak, dat delicate samenspel van tong, lippen en longen, van gebeente, verhemelte, strottenhoofd en huig, hij bracht louter klank voort, meer niet. Ik schudde mijn hoofd, deed een poging om het woord te hernemen en hoorde opnieuw alleen maar lege loze klank. Ik staarde mijn publiek in zwijgende verbijstering aan, zij staarden verbijsterd terug. Op sommige gezichten begon zich een zekere verlegenheid af te tekenen, op andere een geamuseerd-afwachtend trekje. Wat wilden ze? Nog meer klank? Er zat, vond ik, in hun stilte overweldigend veel meer betekenis dan in mijn klank. Ik mompelde iets ter verontschuldiging, verklaarde de les voor afgelopen en haastte me de zaal uit. Om niet nog eens op die manier af te gaan, klampte ik me van dan af vast aan mijn aantekeningen, als de allersaaiste piet van het docentenkorps. Hopelijk zouden de zinnen die ik ooit als betekenisvol aan het papier had toevertrouwd, in de oren van mijn studenten nog steeds belangwekkend klinken wanneer ik ze hun in de collegezaal voorlas, ook al kon ik er zelf intussen de noodzaak niet meer van inzien.

Volgens Rik, die ik over mijn verwoestende twijfels op een zeker ogenblik in vertrouwen had genomen, lag het aan het feit dat ik me al veel te lang veel te intens voor de studenten, en uitsluitend voor hen, had ingezet.

'Je doet net of je een van hen bent,' zei hij. 'Maar ben je daar intussen niet een tikkeltje te ervaren voor geworden? Je zou onderhand toch moeten weten wat ze waard zijn. Het is over het algemeen een luie, verwende generatie. Ze praten en denken als tiencelligen, om het beleefd uit te drukken. Je verwacht gewoon te veel van ze. Ga maar eens op het internet kijken. Je gelooft je ogen niet. Pretentie en ambitie hebben ze te over, daar niet van. Ze slaan zichzelf bijzonder hoog aan. En ze geloven dat hun gevoel van eigenwaarde meteen ook garant staat voor de waarde van hun prestaties. Het zijn nog maar kinderen. De tijd zal het ze wel leren. En indien niet, dan blijven het maar kinderen. Daar ga je toch niet veel aan kunnen veranderen, hoor, Bruno. Het is een publiek, meer niet. Waarom span je je niet eens wat in voor je gelijken? Waarom zoek je niet naar weerklank onder je vakgenoten? Laat die studenten nu maar een poosje zitten en maak van de gelegenheid gebruik om eindelijk dat essay te schrijven waar we al jaren op wachten. Dat boekje dat je altijd aankondigt. Literatuur moet met literatuur beantwoord worden, toch?'

Maar het probleem was dat ik me daadwerkelijk op geestelijke zwendel betrapt voelde. Ik besefte plots ten volle dat mijn liefdevolle bewondering voor bepaalde boeken allang zou zijn verbleekt als er zich niet elk semester opnieuw een publiek had aangediend dat ik van deze liefde moest proberen te overtuigen. Het was een begeestering die niet aan mijn echte ervaring ontsproot maar slechts door de omstandigheden kunstmatig overeind werd gehouden. Daarom klonk ze zo opgeklopt en vergezocht. En in plaats van de kunstmatigheid van mijn woorden, geheel in de lijn van wat ik altijd had beweerd, op te vatten als een trekje dat ik gemeen had met de geniale auteurs, als een teken dat ook ik de twijfel aan de verhelderende waarde van mijn betoog moest overwinnen door een bewuste verheviging ervan – in plaats daarvan zag ik er alleen nog maar lucht en humbug in. Dat ook mijn studenten dat zo aanvoelden, was iets waar ik alleen mezelf om kon verachten.

Deze zelfverachting stemde me prikkelbaar. Tijdens mijn docentschap was er elk semester wel eens een hand omhooggegaan van iemand, meestal van het mannelijk geslacht, die de vraag stelde wat bijvoorbeeld zo'n Nabokov aan nieuws te melden had, in welke mate zo'n ouwe schrijver nog aansloot bij het hedendaagse levensgevoel. Wat voor nieuws? glimlachte ik dan geduldig. De vraag naar iets nieuws was zelf zo oud als de straat, zei ik, en kwam bijna altijd uit de mond van mensen wier verveelde behoefte aan iets nieuws alleen maar hun onvermogen weerspiegelde om het unieke te ervaren. Een literair meesterwerk kon je honderd keer herlezen zonder dat het ging vervelen. Het bevatte na de zoveelste herlezing niets nieuws meer, maar het bleef uniek. Het creëerde problemen, niet om ze op te lossen, maar om ze interessant te maken. Om ze altijd weer zó aantrekkelijk voor te stellen dat je ze niet eens opgelost zou wíllen hebben. Daarom sloot het nooit aan bij de consensus van zijn eigen tijd, van onze tijd, van om het even welke tijd. Consensus was immers gericht op het verdoezelen, niet op het uitvergroten van problemen. Literatuur was de ware vriend van het individu. Beide bezaten hetzelfde koppige talent om zichzelf op te dringen als een probleem waarvoor geen oplossing bestond. Mocht ooit de literatuur verdwijnen, dan was het ook afgelopen met het individu.

Dergelijke grote woorden riepen dan weer nieuwe vragen op, waarop ik inging met altijd diezelfde onbevreesde ernst die me, dacht ik, in de ogen van mijn jonge publiek met een zeker charisma bekleedde. Eindelijk eens een volwassene, iemand met een positie, die onder zijn korst nog niet helemaal was gestold. Die niet bang was om een beetje wereldvreemd over te komen.

Maar in de nadagen van mijn docentschap konden hun vragen me alleen nog maar irriteren. Ik kon ze missen als kiespijn. De zere zenuw die uitstak uit het stompje van mijn weggerotte overtuiging, verdroeg geen enkele inmenging in een betoog dat ik nog maar met de grootste moeite uit mijn strot kreeg. Op snerpende toon gaf ik te kennen dat ik literatuur doceerde en geen lectuur voor dummies ging bespreken. Dat zij de troep mochten lezen die ze wilden maar dat ik mijn kostbare tijd niet ging verspillen aan godverdomse kutboekjes die uit niks dan gerecycleerd krantenpapier bestonden, aan primitieve flutromannetjes die tegemoetkwamen aan de zucht naar eenduidigheid van onderontwikkelde lezers en gemakzuchtige media.

Daar had de beduusde vragensteller niet van terug. Ik trouwens evenmin. Maar als ik eerlijk was geweest, als ik de moed had opgebracht voor een minuutje publieke eerlijkheid, dan had ik moeten toegeven dat ik hoe dan ook mijn tijd stond te verspillen en dat de lectuur van al die prachtboeken die ik aanbracht, me intussen onverschillig liet. Ze hadden alleen maar tot jaren van tijdverspilling geleid, jaren waarin ik me had laten inspireren tot een mystificatie van het individu die nu was uitgeput, die mij had uitgeput, die ik had uitgeput.

Literatuur als een krokodillenmuil? Wat een onzin had ik al die tijd verkocht. Wie ging zich nu laten opeten door een boek?

Wat ik altijd verworpen had als platvloers, oppervlakkig, droogstoppelig, kleinburgerlijk, journalistiek, begon ik zelf te doen. Ik plaatste tegenover de fictieve wereld van de literatuur de zogenaamde authenticiteit van het echte leven. De lezer, en zelfs de niet-lezer, was veel belangrijker dan het boek. Je kon het bestaan niet ontkennen van een werkelijkheid die voorafging aan de literatuur. Maar waaruit die uiteindelijk dan bestond, naast de evidenties van het alledaagse, of van dood en fysieke pijn, daarover tastte ik net als iedereen in het duister. Door mijn literaire bril af te zetten en niet langer door stijlgevoelige lenzen te kijken zag alles er plots heel troebel uit. Misschien had ik eindelijk aansluiting gevonden bij datgene waar de literatuur me altijd voor had behoed: het hedendaagse levensgevoel.

Ik had in elk geval het gevoel te ontnuchteren, te verzakelijken, maar dat betekende niet dat er zich nu ook een zaak aandiende waarvoor ik me kon inspannen. Duidelijk was alleen dat ik de zaak waardoor ik me had laten bedriegen, kwijt was. Ik beschouwde mezelf als een slachtoffer van de literatuur, zonder dat ik daarvoor bij enige instantie schadevergoeding kon eisen. Opgegeten door de boeken, en er vervolgens door uitgekakt. Veel te lang had ik me ingeleefd in het lot van personages die op papier met veel bravoure hun ondergang tegemoet liepen, maar die, als ze in de wereld van vlees en bloed hadden gestaan, over het algemeen alleen maar pathetische sukkels zouden zijn geweest. Neem nu Humbert Humbert. Op zijn eigen terrein, uitgesmeerd over de pagina's van een boek, ja, daar kon hij, terend op het uithoudingsvermogen van zijn bedenker, schitteren als een grootgrondbezitter in het rijk van de verbeelding, een aristocraat in het eindstadium van zinnelijke kieskeurigheid en poëtisch raffinement. Maar in het echte leven zouden zijn snobisme, zijn grootspraak en criminele egoïsme me gewoonweg hebben afgestoten. Arme Lolita. Nu pas begon ik het kind echt te begrijpen. Als ik haar was, was ik ook weggelopen.

Ik was eenenveertig jaar, ongeveer zo oud als Humbert Humbert, maar ik voelde me veeleer een Lolita wier eenmalige leven van vlees en bloed grondig was verziekt. En ook ik ging op de vlucht voor de dwangdemonen van de literatuur, voor haar woordzieke tirannie. Literatuur: het hield je van de straat, het hield je van de televisie, het hield je van de krant, het hield je van de porno. Dat was allemaal waar. Het deed je verbale centra draaien op een hoger niveau, ook al was het dan op basis van andermans woorden. Maar ik zag daar niet langer de verdienste van in. Waarom zou je tenslotte intelligenter moeten zijn dan je was? Wat had het voor zin om intelligenter te zijn dan het leven van je vroeg? Je hoefde toch helemaal niet je bestaansrecht te verdedigen. Je hoefde niet te rechtvaardigen dat je bestond. Dat was misschien een probleem dat een romanschrijver met zijn personages had, maar geen mens hoefde die problemen met zichzelf te hebben. Een zekere meegaandheid, dat was alles wat het lieve leven van je verlangde, en in ruil daarvoor beloonde het je met een geloofwaardigheid en een vanzelfsprekend gewicht waar geen enkel romanpersonage aan kon tippen. Om oud en wijs te worden en een beetje verstandig te leven had je echt geen literatuur nodig.

Ik kon maar niet begrijpen waarom ik niet al twintig jaren eerder tot dit vanzelfsprekende inzicht was gekomen. Maar ik trok er wel kordaat de conclusie uit dat ik mijn ontslag moest indienen, en wel meteen.

Ik kon geen minuut meer lesgeven. Ik had ook met ziekteverlof kunnen gaan. Maar een terugkeer leek me uitgesloten. Ik wilde niets meer met literatuur te maken hebben. Ik wilde er geen gedachte meer aan wijden. Ik kon geen roman meer zien, geen hedendaagse of klassieke, geen populaire of marginale, geen meesterwerk of prutswerk.

Het onderhoud met de decaan was maar kort. De man was onaangenaam verrast door het feit dat ik mijn beslissing zo bruusk tijdens het lopende semester had genomen. Nu moest er snel een vervanger worden gezocht, en dat zou niet eenvoudig zijn. Maar dit praktische ongemak hielp hem aan een zorgelijke uitdrukking waarachter hij zijn eigenlijke opluchting enigszins kon verbergen. Hij had al jaren door, beweerde hij na enkele vormelijke spijtbetuigingen, dat mijn echte talent niet op het academische vlak lag. Geduld, volharding en collegialiteit, zei hij, waren onontbeerlijke karaktervoorwaarden voor de uitbouw van een universitaire carrière. Niet dat hij me oncollegiaal wilde noemen. Maar toch wel erg eigengereid. Evenmin wilde hij beweren dat ik niet tot volharding in staat was. Ik kon zelfs heel volhardend zijn, dat was wel gebleken. Alleen was ik nogal sterk geneigd om mijn inspanningen uitsluitend te richten op zelfgekozen doelen. Wat op zijn beurt dan weer een zeker ongeduld met zich meebracht tegenover aangelegenheden die deze doelen niet meteen dienden. Ik was met andere woorden meer een soort kunstenaar dan een rasacademicus. Iets waar hij trouwens altijd een zekere bewondering voor had gehad. Spijtig genoeg had zijn positie hem meestal niet toegestaan daar ook uiting aan te geven. Maar nu ik mijn ontslag had ingediend, kon hij vrijuit spreken.

'Elk nadeel heb zijn voordeel,' besloot hij, laaghartig ingenomen met zijn eigen gelul, en verder wenste hij mij en mijn talent alle succes, 'daarbuiten in de rimboe'.

Ook de weinige collega's die me erover aanspraken, toonden veel begrip voor mijn situatie. Bijna vijftien jaar docent en nog steeds geen vaste aanstelling! Zijzelf zouden al veel eerder zijn opgestapt.

Het waren dergelijke schijnheilige reacties die me nog eens goed deden beseffen wat mij altijd in mijn studenten had aangetrokken. Zeker, net als bij een flink aantal docenten speelde hun seksuele aantrekkelijkheid een rol. Ze waren vaak mooi om te zien, mijnheer. Maar het ging me ook nog om iets anders. Uiterlijke charme alleen kon me niet opwinden of bekoren. Als dat het enige was waarin mijn studenten zich konden onderscheiden, dan zou je onder bepaalde omstandigheden hun fraaie lichamen net zo goed naar het slagveld, het hongerkamp, de dwangfabriek, de seksindustrie of het zelfmoordcommando hebben kunnen sturen. Stof genoeg boden heden en verleden, stof genoeg voor allerlei scenario's waarin het vergankelijke marmer van hun vormen op niet de minste consideratie hoefde te rekenen. Aan louter ijdelheid had ik een hekel. Evenmin was ik een getalfetisjist die in aanbidding neerviel voor het lieflijke aantal jaarringen van hun vlees. Het was een ander soort waangedachte waardoor ik soms een genegenheid opvatte die zowel vaderlijke, broederlijke als amoureuze trekjes bezat. Ik schreef hun een intelligentie toe die maakte dat zij op heel natuurlijke wijze dezelfde verachting voelden voor alles wat ook ik aan de arrivisten van mijn eigen generatie zo verachtelijk vond: de zelfingenomenheid, het willekeurige gedweep, de luie arrogantie, de infantiele hebzucht, het holle opportunisme, de kouwe drukte. Door hun mijn literatuurlijst voor te houden als een onvergelijkelijke bron van subjectiviteit, dacht ik mijn studenten een afwijzende houding bij te brengen tegenover de sentimentaliteit, de kitsch en het deprimerend afgezaagde karakter van een mediocratie en een mediaregime dat steevast mensen van gisteren liet opdraven als mensen van vandaag. Morgen zouden de mensen slimmer moeten zijn. Koppiger, zelfbewuster, complexer en unieker. We konden toch niet eeuwig doorgaan met onze individualistische levensstijl zonder eindelijk ook eens echte individuen te worden. Ik hoopte via mijn studenten vandaag al omgang te hebben met die mensen van morgen.

Hoe onwaarschijnlijk dat achteraf ook mag lijken, dat waren de bruisende illusies waarzonder ik nooit zo'n gemotiveerde leraar zou zijn geweest. Om deze illusies te kunnen handhaven, moest ik op een of andere manier het vaak abominabele peil van de werkjes die mijn studenten inleverden, vergoelijken. Ik deed mijn best om hun krakkemikkige stijl en de banaliteit van hun gedachten uit te leggen als onhandigheden waarachter heel wat meer ambitie schuilging dan op het eerste gezicht leek. Het waren jongeren die geen genoegen namen met elegante platitudes, maakte ik mezelf wijs. Ze wilden iets tot uitdrukking brengen wat zo ongehoord persoonlijk was dat het voorlopig nog hun uitdrukkingskracht te boven ging.

Maar intussen had ik wel begrepen hoe blind mijn verwachtingen waren, hoe ontstellend wereldvreemd. Mijn geflirt met tijden die zouden komen maar die ik in werkelijkheid nooit zou kennen, was in de eerste plaats niets anders dan een verre echo van de onsterfelijkheidswaan waardoor mijn geliefde auteurs, of ze daarvoor uitkwamen of niet, gedreven waren. Bovendien verschilden deze jongens en meisjes helemaal niet zoveel van mijn eigen leeftijdsgenoten, dat was de naakte waarheid. Alleen hun lichamen waren jonger, meer niet. Ik had hun niets te leren, en zij van hun kant zouden me niet kunnen beletten om te stikken van weerzin jegens mijn eigen generatie. De succesvolsten onder hen zouden dat succes vooral aan hun volgzaamheid te danken hebben, niet aan hun eigenzinnigheid. En de enkelingen die zo gek waren om aan mij een voorbeeld te nemen, zouden net als ik bedrogen uitkomen.

11

'Ongelofelijk... ongelofelijk... on-ge-lo-fe-lijk...' zuchtte ik terwijl ik een laatste blik wierp op het goedkope stukje tuinarchitectuur onder het raam van mijn kamer op het instituut. Ik hield niet van klimop, van bamboe, van coniferen, van eeuwig groen, van oud groen. Het wolkendek was vlak en grijs. Altostratus was, geloof ik, de naam. Het was laat op de middag in februari en kouder dan we deze winter al hadden meegemaakt. Op de betonnen paden, tussen de lukrake geometrie van de perken, liepen of fietsten stevig ingepakt de jongelui van wie ik afscheid had genomen en die ik niet sexy meer vond. Voor mijn part mochten ze jong en oud nu in hetzelfde gat steken. Een bedeesd aankloppen op de deur die ik open had laten staan, deed me omdraaien. Daar stond nog iemand van wie ik afscheid moest nemen. Zijn schouders, stelde ik voor de eerste keer vast, kwamen eigenlijk niet veel hoger dan de deurklink.

Ik was net klaar met de ontruiming van mijn kantoortje. Mijn beperkte bezit aan boeken en naslagwerken had ik al enkele dagen eerder naar huis gebracht. Vandaag moest ik alleen nog een paar portretfoto's van schrijvers van de muur halen. Verder had het me nooit erg geïnteresseerd om mijn werkplaats een persoonlijk stempel te geven. Ik had niet de behoefte om mijn terrein met persoonlijke spulletjes af te bakenen. Ik hield zelfs geen kamerplanten. Ik was zo'n naïeveling die dacht dat hij zijn persoonlijkheid hoofdzakelijk in zijn hoofd had zitten. Het meeste papier had ik in dozen gepropt die meteen naar de afvalcontainer konden. Alleen een klein stapeltje aantekeningen, waarvan ik blijkbaar niet meteen afstand kon doen, had ik opzij gelegd met de bedoeling het pas later weg te gooien.

Of het waar was, wilde Rik weten.

Ik zag aan zijn gezicht dat hij op het punt stond me in wezen weer eens gelijk te geven. Maar daar had ik geen boodschap meer aan. Uiteindelijk kostte het een gelikte persoonlijkheid als hij niet veel moeite om iedereen een beetje gelijk te geven. En dat interesseerde me niet langer, zelfs al was het een wezenlijk beetje gelijk.

'Heb je er wel goed over nagedacht?'

'Ik betwijfel of dat nog veel verschil zou maken.'

'Je hoeft toch niet zo nodig ontslag te nemen?'

'Tja...'

'*Quid nunc?*' vroeg hij dan maar, na een stilte waaruit hij leek te hebben opgemaakt, niet ten onrechte, dat ik tot niet veel uitleg in staat of bereid was.

'We zullen zien. Ik ben geloof ik de voorbije jaren veel te obsessief geweest. Altijd maar bezig met grote literatuur. Alsof er daarbuiten niets interessants bestaat. Misschien moet ik mijn horizon wat verruimen. Kijken wat er in de rimboe te rapen valt.'

'De rimboe...?'

'Ja. Je weet wel. De dingen waar jij het elke dag op tv over hebt.'

'Och,' zei hij schouderophalend, maar glunderend ondanks zichzelf. 'Ik zeg zoveel.'

'Dat is beter dan altijd hetzelfde zeggen.'

'Ze vragen me ook zoveel.'

'Je zou een goede paus zijn. Je lijkt soms de onfeilbaarheid zelve.'

'Niet overdrijven,' lachte hij. 'Alsof ik geen tegenstanders zou hebben.'

'Die heeft de paus ook. Maar jij praat voor de camera elke tegenstander onder tafel.'

Het gesprek ging duidelijk de goede kant uit. Hij vond het zichtbaar prettiger om het over zijn succes te hebben dan over mijn falen.

'Laatst zei je nog iets wat ik heel boeiend vond.'

'O ja?'

'In dat programma, hoe heet het ook al weer?'

'Daar vraag je wat. In welk programma niet?' grinnikte hij.

'Het ging over bidden. Je zei dat je nooit voor het oog van de camera zou bidden. Dat je nog eerder in een seksscène zou meespelen dan in een gebedsscène. Dat je bidden veel intiemer vond dan seks.'

'Een gebedsscène. Het woord alleen al.'

'Wat ik me toen afvroeg: bid jij ooit?'

'Er zijn zoveel manieren van bidden.'

'Precies. Ik dacht wel dat je zoiets zou antwoorden. Maar laatst zag ik een filmpje op internet, en toen moest ik aan jou denken.'

'Hoezo?'

'Ken je dat? Zo'n kralensnoer dat je in je achterste steekt en er dan langzaam weer uit trekt...'

Riks gezicht verhardde op slag.

'Ik weet niet wat je bedoelt, Bruno.'

'Nog nooit gezien? Sommige mannen vinden dat blijkbaar een genot. Een voor een floepen de bolletjes uit hun gat, iets kleiner dan een pingpongballetje. Je hebt ze waarschijnlijk in verschillende maten, dat weet ik niet. Maar in het filmpje dat ik bedoel, haalde de persoon in kwestie niet zo'n snoer, maar een heuse rozenkrans uit zijn aars.'

'Ja, en...'

'Ga maar eens op internet kijken. Je gelooft je ogen niet. Of probeer het je gewoon al voor te stellen, Rik. Een naakte man, op zijn rug, de benen gespreid, laat aan de kijker zien hoe hij een rozenkrans uit zijn achterste haalt. Ik weet niet eens hoe hij die er ooit in heeft gekregen. Het was natuurlijk weer een latino. Hij trekt de beide helften van het ding heen en weer, en kennelijk vindt hij dat zalig. Het was van rubber gemaakt, had ik de indruk, maar toch... Bovendien, aan het eind hangt een kruis dat er ook nog uit moet. Het was gelukkig maar een klein kruisje en eveneens van rubber, maar hoekig, hoekig. Zijn gezicht. Je had het moeten zien. Zweet, bloed en tranen. Overgave...'

'Ach, hou op, Bruno. Ik heb helemaal geen zin om me zoiets voor te stellen,' antwoordde hij geërgerd.

'Nee, dat begrijp ik.'

'Waarom begin je nu zo'n onzin te verkopen?'

'Het zal aan al die hersenen liggen, Rik. Het is trouwens geen onzin. Het is echt gebeurd. Daarbuiten in de rimboe. Het is gefilmd. En wie weet hoe vaak het al is gebeurd zonder dat het werd gefilmd.'

'Ik heb hier echt geen boodschap aan, weet je.'

'Maar een katholiek als jij, een ontwikkelde katholiek die

over zoveel dingen een ontwikkelde mening heeft, zou dat toch niet onverschillig mogen laten. Jij zou me toch moeten kunnen vertellen of die man nu aan het bidden was of seks bedreef?'

'Hoe kan ik dat weten? Ik zie niet in wat dat met bidden te maken zou hebben.'

'Komaan, Rik. Het kan toch geen toeval zijn dat die man juist een rozenkrans gebruikte,' dramde ik door op het elan van mijn voorgewende ernst. 'Dat was toch niet omdat hij toevallig niets anders in huis had. Ik denk dat hij zich opzettelijk pijn wilde doen aan een kruis. Niet aan om het even welk voorwerp. Nee, aan het kruis van Jezus en aan niks anders. Is dat geen bidden? Ik zou zelfs zeggen: dát is pas bidden. Wat is een kruis waard zónder pijn?'

'In godsnaam, Bruno. Ik kwam alleen maar zeggen dat ik je zal missen.'

'Dat heb ik begrepen, ja. Dat is trouwens erg vriendelijk van je.'

'Laat dat sarcasme nu maar. Ik meen het.'

'Dat weet ik, Rik. Jij meent altijd wat je zegt. Wat je ook zegt.'

Terwijl ik op de parking van het instituut de dozen in mijn auto laadde, begon het onverwacht te sneeuwen. Een plukje links, een donsje rechts, een veertje dat langs mijn neus streek, en eentje dat bleef liggen op het dak van de wagen. Een aarzelende landing van tere krulletjes die spoedig overging in een vlaag van drabbige vlokken. Dat hadden we deze winter nog niet gezien. We waren er al een aantal jaren aan gewend geraakt dat het bijna niet meer sneeuwde. Sneeuw, dat was op onze breedtegraad nog maar een schuchter en zeldzaam stijlbloempje in het monotone proza van de winter.

Wat verderop stond een groepje toeschouwers hoorbaar verrast en verrukt naar het tafereel te kijken. Een meisje, een jonge vrouw, kwam mijn richting uit gestapt. Ze droeg een grof gebreide, mosgroene muts, wat goed paste bij het oker van de krullen die eronderuit staken. Uitgerekend zij! stelde ik in een verschrikte oogopslag vast. Het was iemand die me in de loop van dat academiejaar van een zekere afstand al vaker in gunstige zin was opgevallen.

In het midden van haar ronde, nogal bleke en kinderlijk gladde gezicht veerde een schattig wipneusje op. De rest van haar figuur leek van een volgroeide perfectie. Haar houding en blik straalden een combinatie uit van levenservaring en levenshonger die me aansprak. Je kon je heel goed voorstellen dat deze jongedame al het een en ander had meegemaakt, en niet alleen maar kinderachtigheden. Ze maakte een wat geïsoleerde indruk, maar daar scheen ze allerminst onder te lijden. Ze leek gewoon van een andere klasse dan velen van haar studiegenoten.

Ik wist niet hoe ze heette of wat ze studeerde, en ze had bij mijn weten nooit een van mijn colleges bijgewoond. Ik had anders graag haar werkjes nagekeken. Ik had in haar een van die voorbeelden gezien van het soort jeugd dat zich niet door de wereld van vandaag wilde laten onderwerpen. Een karakter van morgen: te helder van geest, te gretig naar het leven om het avontuur van haar uniciteit in te ruilen voor het comfort van een identiteit. Ook zij zou ouder worden, ongetwijfeld, maar dan in haar eigen tempo. Niet omdat suffe mensen haar vroegtijdig naar hun beeld hadden doen versuffen. De mensheid op haar best, zo had ik het eens voor mezelf geformuleerd toen ik nog in staat was tot een inmiddels ondenkbaar geworden optimisme.

We hadden elkaar eerder al een paar keer schuchter gegroet. De nieuwsgierigheid leek dus een beetje wederkerig. Maar daar op het parkeerterrein, terwijl ik het papierafval in de kofferbak laadde, smeekte ik de hemel dat ze niet uitgerekend dit moment zou uitkiezen om me aan te spreken. Zoveel gezonde gratie, zoveel vanzelfsprekende vitaliteit. Haar verende pas drukte een zelfverzekerdheid uit die ik me niet kon herinneren op die leeftijd te hebben bezeten. Anders dan vroeger was er nu iets aan haar houding wat me irriteerde. Het was of haar energieke verschijning me er nog eens aan wilde herinneren hoe weinig ik aan de koers ervan had toe te voegen. Maar dat had ik intussen wel begrepen. Door mijn ontslag aan te vragen had ik uit dat besef ook al dapper en karaktervol de nodige conclusies getrokken. En daarmee waren de laatste kruimels dapperheid, de laatste restjes karakter die ik nog had bezeten, definitief verbruikt. Weet jij wat de jeugd is, meisje? De jeugd is een ziekte, een manische fase van ongefundeerd zelfvertrouwen die je een bedrieglijk goed voorkomen geeft. Ach, loop toch door. Ga weg. Zodra de ziekte over is, zul je gaan lijken op wat je werkelijk bent. Dan mag je me nog eens bellen. Dan hebben we misschien iets om over te praten...

Ik merkte dat ze me herkende en dat ze gezien had dat ik ook haar had herkend. Daar heb je die Klaus, dacht ze misschien. Schijnt nogal gedreven les te geven. Maar is ook een beetje geschift, zeggen ze. Kijk hem naar de sneeuw kijken. Op zijn leeftijd. Net een kind. Hoe schattig. Best nog een knappe man trouwens.

Wat ze ook dacht, ze knikte me toe en glimlachte door de

sneeuwvlokken heen hallo. Ik probeerde ook hallo te glimlachen, maar wat haar zo spontaan afging, moet er bij mij hebben uitgezien als een weinig uitnodigende, sclerotische frons. In ieder geval liep ze me gewoon voorbij. Dat was goed. Dat was spijtig, jazeker, maar dat was ook goed. Als ze was blijven staan, zou het zonder twijfel allemaal veel spijtiger zijn geworden.

Ik klopte de natte sneeuw van mijn kraag en stapte in de wagen. Ik reed het terrein van de campus af en zou er nooit meer terugkeren.

Op de snelweg was het niet overdreven druk maar er heerste wel een zenuwachtig sfeertje. Het was intussen flink hard gaan sneeuwen. De schemering was ingetreden, de wegverlichting bleef nog uit. Op de linkerrijstrook stoof af en toe een onverstoorbare autocraat voorbij. Op de andere rijstroken was de situatie rommeliger. Een wanordelijke, zenuwachtige colonne vorderde maar aarzelend, nu eens vertragend, dan weer versnellend, beducht voor zichtverlies en slipgevaar. Ik tuurde door een tunnel van centrifugaal gespikkel. Op het asfalt veranderde de sneeuw meteen in stuifwater, maar in de bermen, zag ik toen ik even opzij durfde kijken, vormde hij een lichthoudend bloementapijt. Ik beschrijf deze tocht alleen maar – ik laat Marino deze tocht alleen maar beschrijven – om te kunnen aankomen bij het eindpunt ervan. Niet alleen Marino, maar ook ik heb voorlopige eindpunten gekend, momenten van stilstand, van openbaring.

Ik nam een afrit, kwam terecht op een hoofdweg die ik spoedig weer verliet, sloeg nog een paar keer lukraak af tot ik me op een verharde veldweg bevond die me naar de top van een open heuvel voerde. Daar stopte ik, zette de motor af en deed de lichten uit. Ik draaide het raampje open. Het was buitengewoon stil. De sneeuw die op de stoppelvelden was blijven liggen, had een dempend effect. Je hoorde bijna alleen het fluisteren en klikken van de klamme vlokken die landden. In de verte gloorde het waas van kunstlicht boven Brussel. Aan mijn linkerkant, waar tussen andere heuvels de autosnelweg lag die ik vanaf de mijne niet kon zien, liep een oranje geul van natriumgloed in de richting van de stad.

De hemel was intussen donkerder dan de aarde. Het licht kwam van onderen, uit de fluorescentie van de sneeuw. Ik zocht naar een woord om de tint van dit soort wit preciezer te beschrijven. Ik vond er geen. Ik kon me ook geen passage herinneren waarin een schrijver me dat zou hebben voorgedaan. Als Nabokov naast me in de wagen had gezeten, hadden we er een wedstrijdje van kunnen maken.

Ik had het gevoel dat ik de voorbije twee maanden twintig jaar ouder was geworden. Twintig jaar waarin ik aan het enthousiasme uit mijn jongenstijd vorm had gegeven, waarin ik de jongen in mezelf had proberen te bewaren, waren geheel van hun inhoud ontdaan. Die jongen die zich zo onkwetsbaar waande omdat hij zich laafde aan geesten die hij voor onsterfelijk hield: weg was hij, opgelost, verteerd door mijn eigen gal. Wat overbleef was een lege tijdspanne, een curriculum dat als enige werkelijk onbetwistbare prestatie te melden had dat ik de leeftijd van eenenveertig jaar had bereikt. Gefeliciteerd, Bruno.

Ik had mijn inzinking tot hiertoe heel manmoedig gedragen, vond ik, maar nu werd het me te veel. Niet dat iemand dat aan mij zou hebben kunnen merken. Ik huilde niet of maakte ook geen ander misbaar. Ik keek dromerig toe hoe de motorkap van de wagen langzaam door de sneeuw werd toegedekt, en hoe enige tijd later ook op de voorruit de vlokken hun tere bestaan probeerden te rekken. Ik zag eruit als een romantisch karakter dat een rustig plekje had opgezocht om ongestoord te genieten van de eerste sneeuw van deze winter. De sneeuw en zijn onbenoembare gloed. Maar ik bleef daar niet zo lang zitten omdat het de eerste keer was dat ik dit alles zag. Het was omdat ik voorzag dat het een van de laatste keren zou zijn. Alsof iemand me een diagnose had gesteld, begreep ik ineens dat ik geen jaar meer had te leven. Ik ging sterven, ik moest sterven, niet over tien jaren, niet over een halve eeuw, maar binnen het jaar.

Nu was ik helemaal geen geboren zelfmoordtype. Ik had me tot de dood nooit bijzonder aangetrokken gevoeld. Ik had er nooit veel gedachten aan besteed. Het was misschien hautain of kinderachtig van me, maar ik vond de dood over het algemeen weinig origineel. In zijn literaire gedaante had hij natuurlijk wel al respect bij me afgedwongen. Als *Homo sapiens* een begenadigd schrijver was, kon zijn doodsbesef me nog boeien. Maar dan ging het niet om de echte dood. Dan ging het om de verbeelde dood, gestileerd, gepersonaliseerd, doortrokken van geest, ademend in woorden. De echte dood, het monotone gereutel van het fysieke en feitelijke sterven, had me tot hiertoe betrekkelijk koud gelaten. Die enkele leden van mijn kleine familie die ik reeds had verloren (een vader, een paar grootouders, en een handvol verdere verwanten, allemaal eenvoudige mensen), hadden er voor mij niets interessants van kunnen maken. Sommige schrijvers wel, maar de doden zelf hadden me nooit veel te vertellen gehad over de dood. Hooguit kon ik vaststellen dat hun verscheiden de ruimte gaf aan een vluchtig gevoel van verbazing en aan een sentimenteel medelijden dat ik niet voor hen had kunnen opbrengen toen ze nog leefden. Verder was de dood voor mij alleen maar een cliché dat ons allen gold en waarop geen uitzonderingen bestonden. Alleen wie niet het talent bezat om enig verschil te maken, haalde zijn wijsheid en waarheid uit de statistische zekerheid van de dood. En de zelfgekozen dood, op het eerste gezicht misschien mysterieus, was uiteindelijk ook maar een loze verspilling van eigenheid, een voortijdige terugval in een eenduidige, al te eenduidige toestand.

Wie zelfmoord pleegde, leverde zich over aan de natuurwetten. Wie stierf, gaf de natuurwetten gewoon hun zin. Dat zou een mens niet moeten doen, niet voor de natuurkrachten hem daartoe dwongen.

Maar nu leken de zaken andersom te liggen. Ik wist vandaag niets wat ik gisteren niet ook al wist, en toch was er iets grondig veranderd. Verder leven, dát was pas een verspilling van eigenheid. Een verdamping van het bijzondere, of van de illusie ervan, in het ruim van de feitelijkheid en de algemeenheden. Verder leven, dat zou neerkomen op alles wat ik vroeger aan de dood zo oninteressant vond. De levenden hadden me niets meer te vertellen over het leven. Natuurlijk was levensverlengende assistentie overal te koop, en iedereen maakte er volop gebruik van. Men kon ook rustig verder leven zonder zich veel te bekommeren om zoiets als eigenheid. Een schrikwekkende macht van onwetende, ongeïnteresseerde niet-lezers slaagde er probleemloos in zijn bestaan nog decennialang te rekken door uit het veelzijdige aanbod van onze winkelmaatschappij een cocktail van doodsremmers samen te stellen. Maar moest ook ik daar mijn toevlucht toe nemen? Wat voor zin zou dat kunnen hebben? Ik kende het antwoord. Ik voelde het antwoord. Het antwoord bestond uit een angstige weerzin om me te bewegen. Als bij iemand die door een zware hernia was getroffen, joeg alleen al de gedachte aan beweging scheuten van verzet en walg door me heen. Ik wilde hier niet zijn. Maar ik wilde ook niet elders zijn. De minste verplaatsing leek onverdraaglijk. Elke verandering van positie zou me voeren van een plaats waar ik niet zijn wilde naar een plaats waar ik nog minder wilde zijn. Alleen door volkomen onbeweeglijk te blijven zitten, hield ik het min of meer uit, had ik het idee dat ik was waar ik zijn moest: nergens. Ik durfde zelfs mijn ogen niet te verroeren en staarde strak voor me uit. Als ik ook maar een spiertje zou hebben bewogen, zou ik mijn beheersing hebben verloren en me voor het hoofd hebben gemept, of mijn vuist door de voorruit geslagen, of wie weet zelfs mijn tanden in het stuur gezet van radeloze colère.

Ik dacht aan dagen van, o, lang geleden. Toen het nog echt sneeuwen kon. Toen de sneeuw nog duimendik wilde vallen. Toen hij urenlang de lucht in beslag kon nemen met zijn raster van oneindigheid, met zijn onuitputtelijk flitsende weelde. Niet van die lauwe, miezerige sneeuw van tegenwoordig, die niet echt in zichzelf geloofde en voortdurend met zijn smeltpunt flirtte. Die deed of hij van plan was een tijdje te blijven liggen, terwijl je hem intussen al stiekem in de modder kon horen wegsijpelen.

Ik kreeg het koud, maar draaide het raampje niet dicht. Door stil voor me uit te staren, en misschien ook door te verkillen, kalmeerde ik een beetje. Langzaam veranderde het duistere perspectief van kleur. Net zoals het landschap om me heen spookachtig smeulde, alsof het met een cultuur lichtgevende bacteriën was bekleed, zo verkreeg ook de afzienbare toekomst een ietwat morbide maar niettemin hypnotische glans. Geleidelijk aan brak het tintelende vooruitzicht door op een eenmalige reis die niemand me had voorgedaan en die niemand me zou nadoen. De reis van mijn leven. De reis van míjn leven. Hoe deze eruit zou zien, wist ik nog niet. Ze was nog even schimmig en onbestemd als de toekomst van om het even wie. Maar als ik dan toch moest bewegen, zou het een beweging worden van een vooraf afgebakende duur en met een zelfgekozen eindbestemming. Dat maakte haar tot iets wat grondig verschilde van zomaar verder leven.

Ik rilde van de zenuwen en wellicht ook van de kou. Ik was niet bezig me een zelfmoordenaar voor te stellen, ik was bezig er een te worden. Wat zich als mogelijkheid aandiende, wat zich als mogelijkheid opdrong, had ik nooit eerder voor mogelijk gehouden. Alsof de aarde ineens toch niet rond maar plat bleek te zijn. Alsof je door altijd rechtdoor te varen toch niet steeds weer zou uitkomen bij het vertrekpunt. Er was wel degelijk ontsnapping mogelijk, er bestond inderdaad een afgrond waar je in kon vallen. En je hoefde je daar niet per se tegen te verzetten. Je kon alles loslaten en je overgeven aan een verlokkelijke zuigkracht waardoor je ging versnellen en naar de rollende donders van een ultieme einder werd gevoerd. Jij alleen op weg naar de rand van de wereld, terwijl iedereen denkt dat de wereld rond is...

12

We zijn goed opgeschoten, vind ik. Maar ik begrijp dat het voorgaande heel wat van Marino's krachten heeft gevergd. De woordtelfunctie van zijn tekstverwerker geeft aan dat op de pagina's die we de afgelopen maand bij elkaar hebben geschreven, het woord 'ik' niet minder dan 382 keer voorkomt. Een maand lang heb ik Marino gedwongen zich aan de ik-vorm te wijden. Ik besef dat ik hem daarmee geweld heb aangedaan. Het wrong met zijn waarheidsliefde. Het was in strijd met zijn bijzondere talent voor het onpersoonlijke. Hij had ook nooit gedacht dat een ik zonder eigen lichaam zoveel woorden nodig zou hebben om enige substantie te verwerven. Maar het was onvermijdelijk. Ik kon toch moeilijk over mezelf in de derde persoon gaan spreken. Als ik genoegen had genomen met de hij-vorm, had ik net zo goed in leven kunnen blijven. Dat begrijpt Marino. Dat begrijpt hij heel goed. Alleen ik-zeggers zullen zelfmoord plegen. Hij heeft meer moeite om te begrijpen waarom niet alle ik-zeggers dat doen. Maar niet iedereen die ik zegt, is daarin zo hardnekkig als ik. De meeste mensen drijven het niet zo ver door. Als de ijlheid van het ik hen in ademnood dreigt te brengen, trekken ze zich terug in de veilige massa, de tastbaarheid, de gemakzucht van het vlees. Anders zou de mensheid ook allang zijn uitgestorven.

Hardnekkig ben ik geweest, dat kan vriend Marino beamen. De weerstand die mijn hardnekkigheid gaandeweg bij hem uitlokte, grensde nu en dan aan haat. Ik was niet uit op zijn medeleven. Ik wilde hem niet mijn zwakte tonen maar mijn kracht. Ik wilde hem ertoe verleiden om in mijn woorden mijn bloed te zien. Mijn woorden mochten dan alles zijn wat er van mij overbleef, ze bevatten ook alle levenskracht die ik ooit had bezeten. Ja, ze waren zelfs sterker dan ik ooit was geweest. Ze waren in staat om mijn lichaam te overleven. Ze bezaten de metafysische toverkracht van een engel die door een gehaktmolen vliegt en daar nog stralender en gaver uit komt dan tevoren. Dat wilde ik hem laten geloven. En deze verleidingspoging kwam hem de voorbije maand nu en dan blijkbaar danig de strot uit. Soms vergeleek hij de woorden die ik hem dag na dag voorschotelde met het gevangenisvoer dat hij hier moest vreten. Alleen omdat de worst leek op worst, smaakte hij ook een beetje naar worst. Alleen omdat de boontjes de vorm van boontjes hadden, proefde hij in hun fletsheid iets als boontjes. Zo was het ook alleen maar mijn volharding in de ik-vorm die aan mijn verhaal de schijn van eigenheid en innerlijkheid en persoonlijke waarheid gaf. Maar als je het met de ogen dicht tot je nam, constateerde hij giftig, als je je door de vorm ervan niet liet begoochelen, dan smaakte het uiteindelijk naar niets, naar alles, naar om het even wat, dan proefde je alleen maar water, woorden, abstractie, pretentie, brij. Wat had hij te maken met al die luchtkastelen van betekenisgeving die vroeg of laat onvermijdelijk moesten oplossen in het niets? Ik dwong hem een boek te lezen dat hij niet kon dichtklappen omdat hij het zelf moest schrijven. En het ging zeker niet om een boek waaraan hij veel genoegen beleefde. Mijn verlangen naar een gemeenschap van individuen die in de literatuur naar voedsel en rechtvaardiging zochten voor hun unieke complexiteit, leek hem niets anders dan de droom van een wereldvreemde gek. Het klonk als een idee dat nooit meer dan een idee was geweest, nooit meer dan een idee had kúnnen zijn, en dat bovendien verscheidene eeuwen achterliep op de huidige situatie. Zo waren de mensen van tegenwoordig gewoonweg niet meer. Die hadden zich allang verzoend met hun inwisselbaarheid. Ze waren er vaak nog trots op ook. En als zelfs híj dat al wist, wie dan niet?

Ja, soms schrok ik wel even van de heftigheid waarmee de ene gek het bestaan van de andere gek, of tenminste toch de postume uitleg ervan, verwierp.

Eergisteren bijvoorbeeld, terwijl vriend Marino zijn middagprakje probeerde binnen te krijgen, en ik rustig doorging met hem enkele zinnetjes in te fluisteren, maaide hij ineens zijn bord van tafel. De aardappelpuree, het moet gezegd, rook naar neusspray. De begeleidende gepaneerde substantie (vis? vlees? vlis? vees?) smaakte naar bakvet en krantenpapier. Maar het was niet daarover dat hij zich opwond.

'Genoeg! Genoeg daarvan! Je bent nu dood! Dat was toch wat je wilde? Hou dan ook je mond! Hou nu eindelijk eens godverdomme je bek!' brulde hij, een kabaal dat ze hier van stille Marino niet gewoon zijn. Het bleef niet onopgemerkt. Een halve minuut later stond er al zo'n patserig type in zijn cel.

De man keek naar Marino, naar de bordscherven, naar Marino, naar de smurrie op de muur en de vloer. Toen keek hij of hij op het punt stond Marino te verplichten zijn maaltijd van de tegels te likken.

'Wel, heeft mijnheer soms klachten?' vroeg hij, schuddend, rinkelend met de tekenen van zijn macht. 'Dat krijgt hier elke dag gratis roomservice en dan nog is hij niet tevreden.'

'Het is niets, ik...'

'Dat is niets? Je vergist je. Dat is niet niets. Dat is beschadiging van gevangeniseigendom. En wie gaat dat opvegen, denk je?'

'Ik zal het meteen doen.'

'Ja. Wat had je gedacht? Dat ik het ging doen?'

'Een dweil... een emmer...' prevelde Marino.

'Alsof we aan een klant als jij al niet werk genoeg hebben.'

'Het was niet mijn bedoeling...'

'Jij hebt liever andere kost, dat weten we.'

'Ja, kom. Ik zeg toch dat het me spijt.'

'Wát zeg je?'

'Dat het me spijt...'

'Luister eens, maat. Tegen mij geen grote bek. Begrepen? Je zou niet de eerste zijn die ik dat grondig heb afgeleerd. Daar heb ik zo mijn methodes voor. Dat is een. En verder mag je erop rekenen dat ik dit ga rapporteren. Dat is twee.'

Kort daarop zat Marino weer achter slot en grendel. Letterlijk. Hij hoorde het slot, hij hoorde de grendel. Hij zat weer alleen in zijn cel van tweeënhalf bij vier meter. Veel staat er niet in (een brits, een kast, een wastafel, een chemisch toilet, een tafel, een stoel), maar dat is genoeg om iemand met zijn lichaamslengte en spanwijdte in bijna al zijn bewegingen te belemmeren. Het spijt hem, ja. Het spijt hem ontzettend dat hij zich zo moet laten behandelen. Hij heeft zich waarschijnlijk nog nooit zo volwassen gevoeld, zo groot en sterk en verlangend naar vrijheid, als nu hij van bijna alle zelfbeschikkingsrecht is beroofd. Maar het heeft geen zin om in deze omstandigheden groot en sterk en opstandig te zijn. Daarom is hij gedwongen zich kleiner, zwakker en inschikkelijker te tonen dan hij zich voelt. Hij vraagt zich af hoe lang hij deze toestand nog zal kunnen verdragen.

Het lijkt me dat ik in de toekomst Marino's uithoudingsvermogen niet al te zeer op de proef mag stellen. Het zou jammer zijn als hij deze aantekeningen voortijdig in de steek zou laten. Ik zou hem op dit moment alleen nog even de volgende dubbelzinnigheid willen laten noteren. Op het eerste gezicht lijkt het erop dat hij me sommeert mijn mond te houden omdat hij me al te opdringerig vindt. Het maakt hem razend dat ik hem niet wil loslaten. Maar het omgekeerde is evengoed waar. *Híj* is het die *míj* niet kan loslaten. En dat ligt juist aan het feit dat mijn leven, dat mijn ik-zeggerij op een fiasco is uitgedraaid. Als ik een geslaagd iemand was geweest, als ik de opgeklopte ideeën over mezelf en over mijn maatschappelijke rol zou hebben kunnen handhaven, dan zouden we elkaar wellicht nooit hebben ontmoet, of zou een eventuele ontmoeting in elk geval een heel andere afloop hebben gekend. De prijs die ik voor een succesvol bestaan had moeten betalen, was een vorm van zelfbedrog geweest waardoor Marino zich nooit aangesproken zou hebben gevoeld. Maar nu ligt er in het relaas van mijn mislukking een bevestiging besloten van zijn woordloze gelijk. Daarom kan hij me niet zomaar vergeten. De woorden waaruit deze bevestiging bestaat, zijn hem soms te veel, maar van de bevestiging zelf kan hij niet zomaar afstand nemen. Hij ziet in mijn nederlaag wel degelijk zijn waarheid weerspiegeld. Ik ben blij en vind het sportief van hem dat hij dat nog even voor mij heeft willen opschrijven.

13

Tijd voor een eenvoudig en zonder meer positief bericht: de zomer is eindelijk voorbij. De heetste en droogste zomer van de eeuw. En dat wil wat zeggen in een eeuw die tot hiertoe bijna uitsluitend recordzomers heeft gekend. Het was een draak van een zomer. Hij heeft de economie naar het schijnt miljarden gekost. Hij heeft ook lelijk huisgehouden in het Europese bejaardenbestand, wat op zijn beurt, al hoeft dat niet zo nodig gezegd, dan weer een flinke besparing oplevert. Tot halfweg oktober dacht hij niet aan opgeven. Je kon natuurlijk wel merken dat hij op zijn retour was. Zijn nachtelijke pauzes werden koeler en langer. Maar hij gaf niet op. Dag na dag was zijn glinsterend cyclopenoog op het stof van onze breedtegraad gericht, en zijn spikkelige adem van zuur en zand. En toen, op een mooie ochtend, was hij weg. De metalige schaduw van Atlantische depressieketens voerde vergeten aroma's aan, een geur van geld en jodium die de neusvleugels deed trillen. Een hoorn des overvloeds barstte open: platte, zware, klaterende munten van kostbaar, vloeibaar water. Demografen hebben al verklaard een geboortepiek te verwachten over negen maanden. Een bel van rottend zomergas bleef nog een tijdje als een loodzware scheet rondhangen in het gevangenisgebouw, maar spoedig raakte ook hier de lucht helemaal opgefrist, tot ieders dankbare opluchting. Kinderen worden in deze omgeving niet verwekt, maar de geesten lijken niettemin een stuk vriendelijker gestemd. De waterrantsoenering is opgeheven. Je hoort minder geschreeuw in de gangen en minder nachtelijk gejammer. De sfeer is er aanmerkelijk op vooruitgegaan. Dat verklaart wellicht de al bij al nog tamelijk gematigde reactie van de cipier op Marino's woedeuitbarsting van vorige week. Hij schijnt haar door de vingers te willen zien. Mogelijk heeft hij geen rapport opgemaakt. In elk geval zijn er tot hiertoe nog geen wijzigingen aangekondigd in het regime van rechten en tucht.

Tijd voor nog een ander bericht, minder eenvoudig, minder positief. We hebben Eveline Tits al twee weken niet meer gezien. Enkele dagen geleden ontving Marino een brief van haar waarin ze aankondigde dat ze ook in de toekomst minder regelmatig zou langskomen. Wat moeten we daarvan denken? Ik vind dat we dat in de eerste plaats niet moeten dramatiseren. Het is niet meteen een ramp. Het voorkomt bijvoorbeeld onnodige onderbrekingen. Van mijn kant zul je geen klachten horen. Maar ik vrees wel dat het bijdraagt tot Marino's prikkelbare somberheid, tot zijn onrust van de laatste dagen. Eveline Tits is zijn contact met de buitenwereld. Haar regelmatige bezoek houdt de hoop in stand dat hij binnen een draaglijke termijn weer tot de buitenwereld wordt toegelaten. De schrikgedachte dat de buitenwereld hem definitief zou hebben afgeschreven, overvalt hem soms als een infarct van puur afgrijzen.

Maar volgens mij hoeft hij zich geen overdreven zorgen te maken. In haar korte briefje geeft Eveline een paar zeer aannemelijke redenen op die duidelijk geruststellend bedoeld zijn. Voorlopig valt er op juridisch vlak niets te melden, schrijft ze, wat zeker niet in negatieve zin hoeft te worden geïnterpreteerd maar gewoon te wijten is aan de beruchte traagheid van de gerechtelijke molen. Verder heeft ze een nieuwe en zeer ingewikkelde zaak aangenomen, waardoor ze tot haar spijt niet langer de tijd heeft om hem elke week alleen maar voor de gezelligheid te komen bezoeken. Ze begrijpt dat deze bezoekjes voor hem een welkome afleiding waren. En ook voor haar, beweert ze, zijn ze altijd een genoegen geweest. Maar, voegt ze eraan toe, ze is vanwege bepaalde ontwikkelingen nu eenmaal gedwongen om het voortaan iets kalmer aan te doen. Vanzelfsprekend, mocht hij dringende vragen hebben, dan hoeft hij niet te aarzelen om contact met haar op te nemen. En zodra ze meer weet, zal ze hem daar persoonlijk van op de hoogte komen brengen.

Marino voelt zich... verraden. Hij begrijpt het niet. Haar laatste bezoek was toch gegaan zoals het meestal ging. Eerst bespraken ze de voortgang van zijn dossier, of beter gezegd, de combinatie van omstandigheden die maakte dat er wel degelijk voortgang in de lucht hing maar die tegelijk verhinderde dat deze eindelijk ook eens grond onder de voeten kreeg. En dan volgde die uitwisseling van blikken en krulmondjes en lieve woordjes waaraan hij zo gehecht was geraakt. Ikzelf lag intussen in een uithoek van Marino's brein in half comateuze toestand te wachten tot de bijeenkomst was afgelopen, verdoofd door alle meligheid.

Maar op een gegeven moment spitste ik de oren. Op een

gegeven moment werd ik het onderwerp van gesprek.

'Had ik Bruno maar beter begrepen,' hoorde ik Marino zeggen.

'Tja. Maar dat was onmogelijk,' antwoordde Eveline op begripvolle toon. 'Ik geloof niet dat wie dan ook in staat zou zijn geweest om Bruno echt te begrijpen.'

'Het zou misschien anders zijn gelopen als ik dat wel had gekund...'

Even dacht ik dat hij zo dom zou zijn om over onze aantekeningen te beginnen. Gelukkig deed hij dat niet. Misschien zou dat later geen kwaad meer kunnen. Maar in het huidige stadium zou het nefast zijn geweest. Dat bleek wel uit haar antwoord.

'Natuurlijk...' zei ze. 'Maar hij was ziek. Ernstig ziek. Hij wilde dood. Wat is daar de logica van? Het is al moeilijk genoeg om een gezond mens te begrijpen. Ik bedoel, iemand die leven wil.'

'Alle mensen zijn uiteindelijk even werkelijk, besef ik nu. Bruno, ik... ook jij...'

'Uiteindelijk wel ja,' lachte ze vertederd. 'Je kunt daar misschien niet altijd rekening mee houden, maar het klopt wel. En hoe evident ook, het is een inzicht waar veel mannen van jouw leeftijd nog niet eens aan zijn toegekomen.'

'O nee?'

'Neem het maar van me aan. Veel mannen van jouw leeftijd denken dat ze in het volle leven staan. Maar dat andere mensen net zo echt zijn als zijzelf, net zoveel waarde en gewicht en diepte als zijzelf bezitten, schijnt niet in hen op te komen.'

'Is dat zo?'

'Je komt ze elke dag tegen. Zeker als vrouw. Ze behandelen andere mensen ongeveer als apparaten. En als die apparaten niet helemaal functioneren zoals ze hadden verwacht, dan beschouwen ze dat als een fabricagefout, niet als een blijk van menselijkheid.'

'Daar kan ik me iets bij voorstellen.'

'Maar ik wil je niet afschrikken, hoor,' lachte ze toen. 'Zo somber hoeft het nu ook weer niet allemaal te klinken. Er zijn natuurlijk best fijne mensen.'

'Dat gevoel heb ik ook,' antwoordde Marino, zijn gezicht een en al flikkering en twinkeling en spiegeling en blink, als de snuit van een spiksplinternieuwe wagen in de veelbelovende schijnwerpers van een expositiehal.

Het leek hem zo'n warm gesprek. En dan krijgt hij zo'n brief.

Wat die 'bepaalde ontwikkelingen' zouden kunnen inhouden, daar heeft Marino het raden naar. Maar het lijkt hem nogal gedurfd om daar nu plots het onderwerp van 'dringende vragen' van te maken. Ze heeft natuurlijk al vaker laten doorschemeren een probleem te hebben met mannen, of met sommige mannen, of tenminste met één welbepaalde man. Maar ik geloof niet dat zoiets een remmende invloed uitoefent op een blitzcarrière als die van Eveline Tits. Integendeel. Als je het mij vraagt zetten relatieproblemen haar juist aan tot nog meer professionele inzet.

Volgens mij is het eerder een kwestie van geboorte, gezondheid of dood. Als iets haar agenda doorkruist, heeft dat te maken met onbetwistbare realiteiten, met heldere informatie, met diagrammen en prognoses en berekenbare termijnen. Geboorte, gezondheid of dood. Of, wat ook niet ondenkbaar is, met de verbouwing van een huis.

Ofwel heeft ze in feite gewoon genoeg van de slome onderonsjes met Marino. Want wat hebben ze tenslotte met elkaar te bespreken? Wat bedoelt een vrouw als ze klaagt over mannen? Over alfa- en bètamannetjes, over mietjes of macho's? Dan heeft ze het over al het goede of feitelijke of fatale aan zichzelf waarop een man niet het gepaste antwoord heeft. Ik neem haar dat niet kwalijk. Maar ze heeft het niet over mannen. Ze heeft het over zichzelf. En wat voor antwoord zou Marino hebben op het goede of feitelijke of fatale aan een vrouw?

Laat hij nu maar niet onbescheiden worden. Hij kan zich beter houden bij de dingen waar hij een beetje verstand van heeft. Zijn alle mensen uiteindelijk even werkelijk? Is dat echt wat hij bedoelt? Ik denk het niet. Hij is niet zo frivool als hij misschien zou willen. Uiteindelijk zijn alle mensen even ónwerkelijk, dat is wat hij denkt maar niet tegen Eveline kan zeggen.

14

Seks: daar heb je nog eens een onderwerp dat de buitenwereld kan boeien. In verband met de zaak Marino Mund is er destijds uitvoerig over seks gesproken. De verslaggeving was eigenlijk compleet doordrenkt van seksuele fascinatie. Dat hoeft natuurlijk niet te verbazen. Dat komt ervan als je een andere man zijn piemel afsnijdt. Dat krijg je als je biefstukjes maakt uit de billen van een soortgenoot. Dan begint iedereen aan seks te denken. Dat is normaal. Dat kun je de mensen niet echt kwalijk nemen.

Aan de andere kant heeft Marino het meer sensatiebeluste deel van zijn publiek niet helemaal gegeven wat het verlangde. Over de seksuele kant van de zaak is hij altijd nogal vaag gebleven. Marino zou nu eenmaal Marino niet zijn als hij graag over seks had gepraat. Als Marino graag over seks had gepraat, zou hij waarschijnlijk een heel ander leven hebben gehad. Maar hij praatte niet graag over seks.

De vragen waarmee het team van psychiatrische experts hem in de aanloop naar het proces bestookte, deden hem soms denken aan de sollicitatiegesprekken waar hij zich vroeger weinig succesvol en weinig gemotiveerd doorheen had moeten worstelen. Het leek bijna of hij moest verantwoorden waarom hij meer dan een ander in aanmerking dacht te komen voor een betrekking als kannibaal. Maar hij had niet de behoefte om te bewijzen dat hij voor die rol een geschiktere kandidaat zou zijn dan om het even wie.

Wie gerekend had op de gebruikelijke mythomanie, op de litanie van zelfverheerlijking waarmee lustmoordenaars zichzelf opblazen tot krachtigere, intelligentere, grootsere en fatalere figuren dan de wereld bereid is in hen te zien, kwam bedrogen uit. Uit het onderzoek van zijn computer en surfgedrag was om te beginnen al gebleken dat Marino nooit een pornosite had bezocht. Er werd geen enkel spoor aangetroffen van beeldmateriaal met seksueel functionerend naakt erin. Geen mannen of vrouwen, geen kinderen of bejaarden. Geen orgieën, geen solo's, geen professionals of amateurs. Paarden noch honden. Meesters noch slaven. Geen spatje scatologisch vertier. Het was ongehoord. Geen enkel specialisme scheen zijn lusten te hebben geprikkeld. Geen totem of taboe. Dát was pas abnormaal, bijna nog onbevattelijker dan de kannibalistische moord waarvoor hij terechtstond. Wat ze wel vonden, waren allerlei links naar onschuldige computergames, of naar sites waarop hij de ontwikkelingen bijhield op het gebied van informatica en multimedia. Ook bleek Marino een iets meer dan gemiddelde belangstelling te hebben voor meteorologie, kosmologie en beschrijvende sterrenkunde. Hij leek eerder van zijn computer gebruik te hebben gemaakt als een twaalfjarige dan als een zevenendertigjarige. En het zou nog niet eens zo makkelijk zijn om een twaalfjarige te vinden die nog nooit, nog nooit een blik had geworpen in de pornopoel.

Dat waren de feiten, en Marino kon ze alleen maar bevestigen. Uit zijn moeizame, weigerachtige antwoorden rees na verloop van tijd het weinig opwindende of zelfs licht onsmakelijke beeld op van een man voor wie seks eigenlijk nooit veel betekend had. Die beweerde seks nooit hinderlijker dan een loopneus, nooit dringender dan de stoelgang te hebben gevonden. Zijn behoeftes op dat vlak, eerder technisch dan emotioneel van aard, werden volledig gedekt door de snelle ruk die hij zichzelf hooguit één keer per week 's ochtends op het toilet toediende met niet meer fantasie dan iemand die zich krabt waar het jeukt. Hij begreep niet waarom je daarvoor andere mensen zou lastigvallen. Hij beweerde evenmin te begrijpen hoe iemand uit zo'n futiliteit als klaarkomen een identiteit opbouwde die wel een halve eeuw of langer standhield. Hij was min of meer op de hoogte van het feit dat sommige volwassenen dat wel deden, en misschien was dat juist een belangrijke reden waarom hij hen zo moeilijk ernstig kon nemen. Hij gaf toe dat hij niet bijster intelligent was, en zichzelf ook nooit als dusdanig had beschouwd. Mogelijk ontgingen hem bepaalde dingen. Maar als sommigen met hun kwakje te koop liepen alsof het hun essentie betrof, was het dan zo onlogisch om hun essentie op te vatten als een kwakje?

Zoals te voorspellen viel, konden de psychiaters geen genoegen nemen met Marino's uitleg. Ook al rijmde zijn verhaal met zijn computergebruik, dan nog bleef er een en ander uit te leggen. Hoe ging je over van iets wat niet hinderlijker was dan een loopneus of dringender dan de stoelgang, naar seksueel getint kannibalisme? Hij mocht de verantwoordelijkheid daarvoor, in overleg met Eveline, dan wel voor het grootste deel mij in de schoenen proberen te schuiven, hij zou er toch niet onderuit kunnen ook zelf enige rekenschap af te leggen. Hij kon moeilijk volhouden uitsluitend als een robot volgens mijn instructies te hebben gehandeld.

'Daar zul je in elk geval niet mee wegkomen,' waarschuwde een van de psychiaters hem, de jongste van het stel. Het was een frisse dertiger, goed bevriend met Eveline Tits en door haarzelf gevraagd om zich bij het team van deskundigen te voegen. Anders dan zijn collega's, die zich eerder passief en neutraal opstelden, had hij een nogal directe stijl. Het was zijn duidelijke opzet een sturende rol te spelen in de ontwikkeling van Marino's psychologische profiel.

'Tenzij je ons zou willen laten geloven dat je helemaal geen eigen wil hebt, en dat je best ontoerekeningsvatbaar zou worden verklaard. Maar dat was geloof ik niet de bedoeling,' zei hij.

Eveline had Marino namelijk op het hart gedrukt dat de gevolgen van een ontoerekeningsvatbaarheidsverklaring vele malen zwaarder zouden zijn dan de relatief lichte straf die ze verwachtte eruit te kunnen slepen.

'Je hoeft jezelf tegenover mij niet vrij te pleiten,' ging de man verder. 'Ik ben de rechtbank niet. Ik beschuldig je nergens van. Het gaat er niet eens om of ik je geloof of niet. Kijk, Marino, ik zal open kaart met je spelen. Ik neem psychologie niet zo serieus. Niemand neemt psychologie nog geweldig serieus. Zelfs de jury die over jouw zaak gaat oordelen, zal zich niet alleen door psychologie laten leiden. Er zullen zeker andere drijfveren een rol spelen: angst, weerzin, moraal. Ik heb zelfs de indruk dat angst, weerzin en moraal tegenwoordig weer meer gewicht in de schaal leggen dan psychologie. Des te belangrijker is het dat je je een beetje van je menselijke kant toont. Je kunt niet blijven doen alsof je geen persoonlijk verleden hebt. Je bent van vlees en bloed. Je spreekt een taal. Je hebt allerlei dingen geleerd. Je bent naar school gegaan. Je hebt tv gekeken. Je hebt gestudeerd, een beroep uitgeoefend. Je mag dan een stil leventje hebben gehad, het was wel een leven. Zo saai en leeg als jij het wil voorstellen, kan het nooit zijn geweest.'

'Ik dacht... Ik ging ervan uit... Eveline zei me dat ik gewoon mezelf moest zijn...' antwoordde Marino bedremmeld.

'Luister, Marino, ik ben gevraagd je te helpen. Dat betekent niet dat ik je ga dwingen om dingen te vertellen die je niet wilt of kunt vertellen. Trouwens, als je met psychologie alles zou proberen te verklaren, zullen ze je niet eens geloven. Maar als je élke psychologische duiding weigert, zul je weer worden beschouwd als iemand die iets probeert te verbergen, snap je? Of wat nog veel erger is, je zult bij de jury arrogant overkomen. Die mensen zitten daar niet voor de lol. Die willen iets horen wat hen aangrijpt of eventueel afstoot. Iets wat emoties oproept. Iedereen heeft een of ander verhaal te vertellen. Waarom jij dan niet? Denk je echt zoveel bijzonderder te zijn dan de rest? Die indruk moet zeker vermeden worden. Spreken over jezelf is in de eerste plaats een erkenning van de ander. En die erkenning zul je de anderen moeten geven, zeker na wat jij hebt uitgespookt. Je bent hun een stukje van jezelf verschuldigd. Je moet een opening maken. Laat zien dat je, net als iedereen, door de tijd bent bepaald, in de tijd bent verdwaald. Dat is wat Eveline bedoelde. Wees menselijk. Wees tijdelijk. Marino, neem het van me aan: vertel ze een verhaal.'

15

Lichamen kunnen niet terug in de tijd, maar geesten wel. In de geest zien we Marino de gevangenis verlaten. Zijn huid wint meteen aan glans en verjongt zienderogen. We scheren met gesloten ogen de dood van Bruno Klaus voorbij. Ook de dood van zijn moeder hebben we al gehad. Marino's haardos dikt weer aan tot een asblond, soepel volume dat nog geen bron van zorgen vormt. Een tijd lang gebeurt er niet veel bijzonders. Altijd hetzelfde huis, dezelfde moeder, dezelfde winkel, dezelfde route. Goed weer, slecht weer, nat weer, droog weer. Jaarlijks snoeit hij de taxushaag. Wekelijks maait hij het gazon.

Op een gegeven moment begint de toren van honderdvierennegentig centimeter mannelijke rijzigheid in elkaar te zakken. Het donkere waas van de baardgroei lost op in de romigheid van volle wangen. Wat Marino aan lengte verliest, wint hij aan buik en billen. Hij ziet er ineens een heel stuk minder gelukkig of gelijkmoedig uit. Een kleine, zwavelige Saturnus, omringd door gordels van vet, die verbeten naar een beeldscherm staart. Maar als we verder terugspoelen, zien we hem alweer afslanken. Marino is twaalf jaar. Daar zit hij na de crematie van een belangrijk familielid naast zijn moeder aan de koffietafel, haar ivoren kapsel maximaal geaccentueerd door haar zwarte begrafenisoutfit. Hij voelt zich verward en lichtjes beschaamd. Een hele hoop onbekenden is hem vandaag op bedroefde toon komen feliciteren met een verdriet dat hij eigenlijk niet heeft.

Het verhaal dat moet worden verteld, begint vijf dagen eerder.

Het is woensdagmiddag. De school is net uit. Marino voelt zich niet erg op zijn gemak. Dat heeft hij wel vaker bij het verlaten van de school. De joelende zwerm kinderen om hem heen maakt hem nerveus. Hij zit in een ruimteschip dat zich een weg moet banen door een wolk van onberekenbare asteroïden. De wilde achtervolgingen die nu en dan uitbreken, de plotse sprints en zigzagkoersen, doen bij hem voortdurend alarmsignalen afgaan. Zijn capsule kan elk moment worden geramd. Uiterste waakzaamheid is geboden. Vandaag is er nog een bijkomende factor die voor onrust zorgt. Dat is de jongen die naast Marino loopt. Beide jongens zijn klas- en leeftijdgenoten, maar niet bevriend met elkaar. Hun vaders zijn op een of andere manier collega's, en op het ouderlijke niveau is beslist dat de jongen om een bepaalde praktische reden deze woensdagmiddag met Marino mee naar huis zal gaan. Dat had Marino 's morgens van zijn moeder te horen gekregen, en dat was de jongen hem in de loop van de voormiddag nog eens komen meedelen, kort en droog en zonder enig teken van enthousiasme. Hij is een hoofd groter dan Marino. Van zijn uitgestreken gezicht, dat maar zelden lacht, valt af te lezen dat hij de lagere school al is ontgroeid, wat hem op diezelfde lagere school een overschot aan populariteit oplevert. Hij is de meest begeerde vrijgezel van het schoolplein. Marino zelf kun je onmogelijk populair noemen. Eigenlijk heeft hij geen vriendjes. Vaak brengt hij de pauzes alleen door. Soms komt het tot een kortstondig gelegenheidscontact waarvan het moeizame, stuntelige karakter iedereen algauw weer verveelt, Marino inbegrepen. Met de jongen die nu naast hem loopt, heeft Marino vanzelfsprekend bijna nog nooit gepraat. Hij weet natuurlijk niet dat hij in Marino's ruimtecapsule zit, en Marino gaat het hem niet vertellen. De helblonde jongen loopt op eigen benen door de wolk heen en schijnt helemaal geen capsule nodig te hebben om zich tegen het gevaar te beschermen. Op deze eerste, plots zo warme voorjaarsdag draagt hij een korte broek, een glanzend polyester sportbroekje, zodat je zijn benen kunt zien. Je kunt er eigenlijk niet naast kijken. Ze zien er al onwaarschijnlijk sterk en atletisch uit, vindt Marino, zeker vergeleken met het spierloze profiel van de zijne. De jongen blinkt ook altijd meteen uit in om het even welke nieuwe oefening of discipline die de klas tijdens het wekelijkse sportuurtje wordt opgelegd.

Marino is net als iedereen geweldig geïmponeerd door de jongen, wat hem opzadelt met een onoverkomelijke verlegenheid. Hij vreest dat hij iets interessants of onderhoudends met de jongen moet gaan doen, terwijl hij er nu al zeker van is dat hem dat in nog geen honderd woensdagmiddagen zal lukken. Hij vervloekt de volwassenen die hem met deze tot mislukken gedoemde opdracht hebben belast. Hij neemt zich voor om zijn moeder eens goed te laten merken hoe woedend hij wel niet is. Zwijgend lopen hij en de gouden jongen de schoolpoort uit.

Van de ene dag op de andere is het lente geworden. Gisteren nog kon je de zon als een mat peertje zien hangen achter een dek van rookglas. Vandaag is ze onverhuld present en laat ze zich niet meer rechtstreeks aankijken. Ze staat niet erg hoog, het is pas maart, maar ze stuurt toch al lange krachtige golven vol masserende warmte op ons af. Misschien komt het daardoor dat de kinderen zo uitgelaten zijn. Spetterende vuurbollen glijden van de lak van voorbijrijdende wagens. Iedereen is verrast door het gulle schijnsel, maar niet iedereen is ervoor in de stemming. De sierkerselaren in de straat bijvoorbeeld staan er maar afwezig en stroef bij te glanzen. Hun knoppen zijn nog dicht en ze moeten het licht laten schieten door het vacuüm van hun kruinen. Marino kent het gevoel. Hoe vaak staat hij er zelf niet bij met lege armen die de bal niet hebben kunnen vangen.

Zijn korte schaduw deint voor hem uit. Hij concentreert zich zo hard op zijn schaduw dat het lijkt of hij daarin meer aanwezig is dan in zichzelf. Af en toe verenigt zijn schaduw zich met die van de jongen, wat deze hoogstwaarschijnlijk helemaal niet opmerkt. De jongen is niet van het soort dat in zijn schaduw meer aanwezig is dan in zichzelf, de jongen is overduidelijk het meest aanwezig in zijn lange, gespierde benen met hun dons van gloeiende puntjes.

Nu krijgt Marino een nieuw feit te verwerken: het is niet, zoals gebruikelijk, zijn moeder maar zijn vader die hem bij de auto staat op te wachten. De man draagt zijn eeuwige zonnebril, maar dat hij zich in het volle zonlicht waagt, wijst erop dat het vandaag tenminste geen migrainedag is. Er verschijnt zelfs een zweem van een glimlach op zijn zweterige gezicht wanneer hij de jongens ziet komen aanlopen. Die glimlach lijkt minder voor Marino dan voor de jongen bedoeld. De vader en de jongen geven elkaar een hand en, Marino heeft het goed gezien, het is de jongen die als eerste zijn hand heeft uitgestoken. De vader kan dat blijkbaar geweldig appreciëren. Hij laat een blik van mannelijke goedkeuring op onze jonge vriend rusten vooraleer zich langs zijn neus weg tot Marino te richten met de woorden: 'Kijk, Marino, die jongen weet hoe het hoort. Neem daar maar eens een voorbeeld aan.'

In de auto is Marino zo mogelijk nog stiller dan gewoonlijk. De vader daarentegen is juist veel spraakzamer dan anders. Hij vraagt de jongen naar zijn hobby's. De jongen heeft het op zelfverzekerde toon over de zeilboot van zijn vader, en over de niet minder dan drie sportclubs waarvan hij lid is: atletiek, zwemmen en taekwondo. Zijn schoolresultaten hebben gelukkig totaal niet te lijden onder al deze vrijetijdsbezigheden. Tijdens het praten wrijft hij regelmatig over zijn benen en Marino vraagt zich in stilte af hoe het voelt om dergelijke benen te voelen.

Bij aankomst in het appartement boven het bankfiliaal waar ze toen nog woonden, is ook de moeder een en al vriendelijkheid voor onze jonge god. Hier heeft Marino zelfs geen schaduw meer om zich mee te vereenzelvigen. Zijn blikken branden van verwijt, maar hij richt ze op de vloer en op de hoeken van de woonst, die er niet op reageren.

'Marino, doe alsjeblieft niet zo zenuwachtig,' is het enige wat zijn moeder opmerkt.

De soep wordt opgediend en de jongen geeft heel welopgevoed te kennen dat hij haar lekker vindt: de soep. Daarna brengt de moeder de frieten, de sla en de kip.

'Wonen jullie ook in een appartement, of in een huis?' vraagt Marino na lang wikken en wegen. Tot zijn verrassing krijgt hij zelfs een redelijk uitvoerig antwoord. Koel maar mededeelzaam beschrijft de prins het paleis waarin hij woont (een kast van een villa, mét tuin, mét twee garages, mét twee badkamers, mét aanpalend weiland, mét daarop twee paarden), tot de vader dit relaas abrupt onderbreekt door met een harde klap mes en vork op tafel te leggen. Het is gelukkig meteen duidelijk dat hij dat niet uit boosheid doet, want hij houdt zijn ogen dicht en zijn gezicht is verwrongen van pijn. Razendsnel vormen zich zweetdruppels op zijn voorhoofd. Zo bruusk heeft Marino de migraine nog nooit zien opkomen. De vader zuigt krachtig de lucht door zijn opeengeklemde tanden naar binnen. Hij wrijft zich krampachtig over de borststreek en duwt zijn stoel naar achteren. De moeder springt geschrokken op en buigt zich over hem heen. Zijn romp kantelt tegen haar aan en hij mompelt dat hij wil gaan liggen. Marino begrijpt niet wat er gebeurt, en vindt het eerder bevreemdend dan verontrustend. Zijn klasgenoot zit er met open mond en gesperde ogen bij.

'Gaan jullie maar naar boven. Het is niets. Het komt wel in orde. Gaan jullie maar eventjes naar boven,' zegt de moeder met een wegwuivend gebaar tegen de kinderen nadat ze haar man heeft geholpen op de eetkamervloer te gaan liggen. Zijn hoofd rust intussen in haar schoot. De kinderen doen wat hun gevraagd wordt en begeven zich naar de bovenste etage van het appartement.

Marino brengt de jongen naar zijn nogal kleine slaapkamer. De jongen kijkt niet rond en lijkt niet geïnteresseerd in wat Marino al evenmin interesseert: de inrichting van zijn kamer. De kamer is eigenlijk ook nauwelijks ingericht. In een hoekje ligt een kerkhof van ruimteschepen waar

Marino amper nog mee durft te spelen, nadat zijn vader een keer te kennen heeft gegeven dat hij daar intussen toch te oud voor is geworden. Boven zijn bed hangt een boekenplank vol stripverhalen. Verder staan er louter functionele dingen in de kamer, en wat aan de muren voor decoratie moet doorgaan, heeft ook al niet veel te betekenen. Je zou er geen smaak of hobby of interesse uit kunnen afleiden. Een ingelijste afbeelding van een bloem, een affiche van een Walt Disney-tekenfilm, een paar vervaagde kleurpotloodtekeningen van jaren geleden. Eentje daarvan stelt een huis voor dat in letters van verschillende kleuren het opschrift BANK draagt. De kinderachtigheid van deze tekeningen komt Marino plots heel gênant voor. Als hij tijdig had geweten dat hij hier met de jongen zou belanden, had hij ze op voorhand kunnen verwijderen. Wie weet zou hij zelfs de inspiratie hebben gehad om een poster van een zwemmer of een sprinter of een zeilboot op te hangen.

De jonge atleet zit op de rand van Marino's bed en kijkt somber voor zich uit. Zijn dijen lijken nu bijna zo breed en zo vol als die van een volwassene. Marino zou hier nog een tijdje met hem willen blijven, maar hij weet niet goed wat te zeggen.

'Hoe ziet jouw kamer eruit?' probeert hij schuchter. De jongen haalt zwijgend zijn schouders op.

Marino gaat voor het raam staan. Beneden spreekt zijn moeder gejaagd en luid in de telefoon. Hij besluit te gaan kijken wat er nu verder zal gebeuren. Hopelijk levert dat een gespreksonderwerp op dat de jongen zou kunnen interesseren.

'Ik ben dadelijk terug,' zegt hij.

In de keuken ligt de vader nog altijd op de vloer. Er is een kussen onder zijn hoofd geschoven. De moeder is nergens te zien. Misschien is ze naar het bankkantoor op de benedenverdieping gegaan om het personeel te informeren of te alarmeren. Marino gaat aan tafel zitten en schept zichzelf nog wat frieten bij. Ze zijn intussen lauw geworden, net als de kip. De vader ademt moeizaam. Zijn gezicht is een veelstromenland van zweet. Hij lijkt helemaal op te gaan in een of ander woest inwendig proces. Het is niet de eerste keer dat Marino zich naar aanleiding van vaders ellende afvraagt of pijn wel zo nodig pijn moet zijn. Misschien is het alleen maar een gewoonte van de mensen om pijn ook pijnlijk te vinden. Ze spreken het woord pijn uit en beginnen al te kreunen. Maar waarom zou je pijn voor de verandering niet prettig kunnen vinden? Noem het gewoon geen pijn. Wat daar wringt en bonkt en brandt en priemt, zeg gewoon dat het lekker voelt. Je hoeft daarvoor misschien alleen een knopje om te draaien. Het is toch maar een sensatie. Je kunt het opvatten zoals je wil.

Natuurlijk weet hij maar al te goed hoe bang hij zelf is van pijn. Als hij tijdens het wekelijkse sportuurtje zo'n zwak figuur slaat, ligt dat juist aan zijn overdreven voorzichtigheid. Maar mogelijk is die te wijten aan de slechte gewoonte van zijn ouders om pijn altijd als een verschrikking voor te stellen, een fenomeen waar eindeloos omzichtig mee moet worden omgegaan. Het is ongeveer als de gewoonte van iemand op de televisie die, wanneer hij een kogel door zich heen krijgt, er meteen van uitgaat dat hij moet omvallen en sterven. Hij doet wat iedereen verwacht. Als mensen zouden afspreken om deze gewoonte eindelijk eens op te geven, zou de wereld er anders uitzien, denkt Marino. De nieuwslezers zouden niet zo bedrukt kijken. Wenende mensen zouden lachen. En niemand zou meer bang zijn voor gangsters.

Zijn moeder vond dat maar een domme gedachte, had ze eens gezegd. Hij mocht van geluk spreken, voegde ze er toegeeflijk aan toe, dat hij nog niet wist wat pijn was. Zolang hij het maar uit zijn hoofd liet, liet ze er waarschuwend op volgen, om zijn vader met dergelijke onzin lastig te vallen.

De man op de keukenvloer slaakt een zucht. Hij heeft zijn bril niet op, wat hem in combinatie met de intense bleekheid en de vreemde grimas die de pijn over zijn gezicht jaagt, bijna onherkenbaar maakt. Hij ziet er alleszins niet goed uit. Vaag komt de mogelijkheid in Marino op dat zijn vader misschien wel bezig is dood te gaan. In elk geval, zoals te verwachten was, vat hij zijn pijn uitsluitend op als pijn. Daar lijkt het toch op. Maar deze keer schijnt hij zijn opvatting voor zichzelf te kunnen houden. Anders dan zijn gewoonte is, stuurt hij haar niet als drukgolven van versombering door het hele appartement. Marino mag zelf kiezen wat hij ervan vindt. Wie weet is ook de vader niet meer zo zeker van zijn zaak, en is zijn opvatting aan het veranderen. Voor Marino is dat een verademing. Het maakt de wereld anders dan gebruikelijk. Minder opdringerig, minder voorspelbaar. De zon valt als een balk van goudglans en sterrenstof door het raam. Ook dat is een natuurfenomeen waarvan je mag denken wat je wil. Niemand dwingt je zelfs maar om het op te merken. Het geeft Marino voor de eerste keer vandaag een blij gevoel over het begin van de lente. Hoewel hij honger heeft, is hij te opgewonden om verder te eten. Hij staat op van tafel en gaat weer naar boven.

De jongen ligt op zijn zij op het bed. Een arm ondersteunt zijn hoofd terwijl hij verdiept lijkt in een stripverhaal.

'En?' vraagt hij, opkijkend uit zijn lectuur.

'Ik weet het niet...' zegt Marino. Hij heeft nu wel een boeiend gespreksonderwerp, maar hij weet niet hoe er precies aan te beginnen. Zou het de jongen trouwens wel interesseren? Wie weet zou hij het veel prettiger vinden als Marino over zijn dijen komt wrijven, golvende vleesbundels die bij gunstige lichtinval ook met goudglans en sterrenstof lijken bekleed. Natuurlijk zou dat ongewoon zijn. Maar vandaag is alles ongewoon. Zo naakt, zo echt, zo nieuw. Zo vrij van dwang en regels.

De kinderen horen veelvoetig gestommel op de trap. De jongen komt overeind en gaat op de overloop kijken. Het zijn de moeder en de mensen van de ambulance die de vader komen halen.

'Wat heeft je pa?' vraagt de jongen nadat hij weer op het bed is gaan zitten.

'Pijn,' antwoordt Marino. Hij loopt met lichtjes knikkende knieën op de jongen af.

'Pijn hoeft geen pijn te zijn,' zegt hij. 'Dat is maar een gewoonte.'

De jongen kijkt hem glazig aan. Hij lijkt vooral te luisteren naar wat zich beneden afspeelt. Marino hoort het ook. Een gesmoord gejammer van zijn moeder, de gedempte maar drukke stemmen van de ambulanciers. Daarna stilte, ritmisch gemompel, nu en dan onderbroken door een vlezig klinkende klap. Marino zou de deur, die op een kier staat, willen dichtdoen om deze geluiden buiten te sluiten, maar de jongen lijkt er zich helemaal op te hebben geconcentreerd. Marino gaat naast hem zitten. Hij legt een trillende hand op zijn dij. Hij durft zijn vingers maar een half millimetertje te verroeren, maar dat is genoeg om een koele, krijtachtige droogte te bespeuren waar hij eerder de sensatie van iets warms en zijigs had verwacht.

'Het is niet erg,' verklaart hij hees. 'Je kent hem niet. Je geeft hem een hand, maar je kent hem niet. Hij doet maar alsof. Het is niet zo'n leuke man als je denkt.'

De jongen staart hem vijandig aan. Waarom moet hij nu zo'n gezicht trekken? Dat is toch nergens voor nodig. Hopelijk is het gewoon de verrassing, hopelijk moet hij eerst alleen nog een beetje van de verrassing bekomen.

Een hartverscheurende gil van beneden doet de jongen verstarren. De moeder roept haar man bij de naam op een manier waaruit valt op te maken dat ze elke hoop op een antwoord heeft moeten laten varen. Ook Marino schrikt, maar zijn aandacht wordt onmiddellijk afgeleid door de zweem van kippenvel die hij onder zijn handpalm voelt rimpelen. Wat zich daar beneden ook afspeelt, hij is niet van plan daarom meteen dit been los te laten. Tenslotte is dit zíjn kamer. Tenslotte is dit zíjn bed. Alles wat zich hier bevindt, is van hem. Of niet soms? Maar de tijd dringt, dat beseft hij wel. Spoedig zullen de gebeurtenissen in de keuken het hele appartement in beslag nemen. Een plotse, onweerstaanbare puls, een signaal waarover hij geen controle heeft, alsof de duim van een baldadige demon hem met een afstandsbediening bestuurt, doet hem van het bed glijden en op zijn knieën zakken. Hij zoekt en vindt opnieuw contact met het begeerde been door zijn wang tegen het dons te leggen dat verhard is tot een gewelfd patroon van stoppeltjes. Een welving die Marino ongelofelijk vindt om te voelen, verbijsterend, onmogelijk, alsof hij een klaarwakkere leeuw betast, of de ronding van de maan. De opstaande jongensvacht knispert tegen zijn oorschelp en Marino snuift een geur op als van gekookte ham. Hij steekt zijn tong uit om te proeven van wat zo lekker ruikt. O hemel! Wie had gedacht dat dit kon? De tijd raast hamerend door zijn bloed. Het is of zijn hele leven, en alle hartslag die het bevat, zich in dit ene moment heeft geconcentreerd. Het enige wat Marino nog verlangt, is dit been voor eeuwig te blijven likken. Maar dat was helaas buiten de ware eigenaar ervan gerekend.

'Wat doe je?' vraagt de jongen zwaar ontstemd. 'Wat doe jíj?'

Hij probeert zijn been onder Marino uit te trekken, maar deze is niet van plan zich zijn prooi zomaar te laten ontglippen. Hij omklemt het been stevig met beide handen, hij wil er zijn lippen op drukken, waardoor het in de worsteling die volgt tegen zijn neus bonkt. En misschien ligt het aan deze schok dat Marino, geheel buiten zichzelf, de nijpende drang van zijn kaken gehoorzaamt en zijn tanden zet in het spiervlees van de jongen. Hij wil bijten, bijten, bijten, en nooit meer loslaten tenzij met een mond vol dons en jongensham. Hij lijkt wel bezeten. Maar een pijnkreet en een vloek en de nog lang nazinderende dreun van een knie die tegen zijn kin aan knalt, doen de krokodil van vuur en adrenaline op slag verkillen tot een slap, dood beest.

'Je pa is dood, viezerik,' roept de vroegrijpe knaap die, omdat hij zo goed weet hoe het hoort, ook heel precies weet hoe het niet hoort, en daardoor in staat is een zeer doordringende frons van ongelovige walg te produceren.

'En dan? Dat is jouw zaak toch niet. Het is jouw pa toch niet,' toetert Marino in een poging verontwaardigd te klinken. Hij vindt niet dat hij zoveel afkeer heeft verdiend. Maar zijn stem begint al te trillen en zijn ogen prikken. Hij voelt hoe de vernedering zich een weg door zijn gebinte vreet, hem het laatste beetje spankracht dat hij bezit, ontneemt.

Voor de jongen nog iets kan antwoorden, horen ze de moeder naar boven rennen. Ze zwaait de deur van de slaapkamer wijd open en ziet haar zoontje verslagen op de vloer zitten. Een huilerige stem, een onheilstijding vol scherpe wanklank golft voor haar uit. Ondanks de haast waarmee ze naar hem toe loopt, is het of ze door het brandende waas van zijn schrik en schaamte maar heel langzaam nadert. Het lijkt er bijna op dat ze hem een klap komt geven. Haar vlekkerige gezicht torent boven hem uit. Maar dan knielt ze naast hem neer en neemt hem troostend in de armen. Gered. Gered uit een situatie waaruit geen redding meer mogelijk leek. En wanneer ze haar wang tegen de zijne drukt, laat hij zich gedwee onderdompelen in het kleverige springtij van haar speeksel en tranen...

'Goed,' knikte de jonge psychiater aan wie Marino als eerste het bovenstaande in grove lijnen had verteld. 'Heel goed. Uitstekend zelfs.'

Marino toonde onwillekeurig het spleetje tussen zijn tanden. Het was ook voor hem een opluchting dat hij de verwachtingen tot op zekere hoogte had kunnen inlossen.

'Het betekent iets. Het geeft te denken. Het verklaart niet alles, maar er zit wel wat in.'

Marino bleef maar grijnzen, verlegen gemaakt door zoveel bijval.

'Het is natuurlijk een behoorlijk infantiel verhaal. Maar dat geeft niet. Integendeel... Intégendeel. Alle seks heeft iets infantiels. Alle seks die niet plichtmatig is, heeft een infantiel karakter. En wát ze jou ook ten laste zullen leggen, het zal zeker geen plichtmatige seks zijn.'

En na deze verklaring, in combinatie met wat hij al verteld had en verder nog zou gaan vertellen, kregen zijn psychiaters eindelijk een beetje greep op het geval Marino. Ze begonnen herkenbare patronen te ontwaren in het vormeloze raadsel dat hij zich tot hiertoe had getoond. De prepuberale worsteling met zijn ontluikende homoseksualiteit. Het taboe dat zich ondanks alle maatschappelijke openheid blijkbaar nog steeds liet gelden. De noodlottige verstrengeling van seksuele schaamte met schuldgevoelens over de dood van een vader die hij niet in staat was oprecht te betreuren. De kwetsuur die hij had opgelopen en die hem, voor een goed deel onbewust natuurlijk, de strategische keuze had doen maken om zijn seksuele verlangens voortaan tot een onkwetsbaar minimum te beperken: een vorm van verdringing of vermijdingsgedrag die achteraf nog werd versterkt door de verstikkende rol die de moeder in zijn leven ging spelen. Dat zoiets niet eindeloos kon worden volgehouden, en vroeg of laat verkeerd moest aflopen, daarvan hoefde de jury niet te worden overtuigd.

Een ander relevant element dat de psychiaters uit Marino's relaas oppikten, was een zeker gebrek aan inlevingsvermogen, een tekort aan voeling met de organische natuur van het leven. Ze vonden het heel treffend dat hij daarvoor op latere leeftijd compensatie had gezocht in zijn belangstelling voor de werking van dode systemen: computers, sterren, atmosferische processen. Het maakte ook enigszins begrijpelijk dat hij zich tot zo'n pijnlijke en bloederige moord had kunnen laten verleiden. Hij beschikte niet over de verbeeldingskracht om ten volle te beseffen wat hij deed.

Kortom, Marino werd, in hogere mate dan hij ooit was

geweest, het hoofdpersonage uit een levensverhaal. Een karakter met een geschiedenis. Een ik-zegger. Als ik eerder heb beweerd dat hij zijn best deed om daar ook in te geloven, dan moet dat hier enigszins worden genuanceerd. Het is trouwens ook nooit duidelijk geweest of de juryleden en de psychiaters er wel helemaal in geloofden. Maar ze hadden tenminste niet de indruk dat hij loog. En ook Marino vond niet dat hij echt gelogen had. Het verhaal dat werd gecreëerd, was gebaseerd op waargebeurde feiten, en het diende niet om een ander verhaal te verbergen. Het personage dat van hem werd gemaakt, was geen vervalste versie van een waarachtiger personage. Als dit rapport hem enigszins kon beschermen tegen de angst en morele weerzin van pers en publiek, dan was het geen slecht idee om er dekking achter te zoeken. Hij zag er de praktische waarde wel van in.

Maar tegelijk hield hij een bedrukt gevoel over aan een verleden dat zich zo nadrukkelijk liet gelden in het heden. Nooit eerder waren persoonlijke herinneringen van hem zo ernstig genomen. Alleen was dat een soort ernst waaraan hij ook nooit echt behoefte had gehad. En na verloop van tijd begon deze ernst hem te benauwen. Een woord woog misschien niets, en duizend woorden wogen misschien nog altijd niets. Maar het gewicht van duizend zinnen, vermenigvuldigd met zoveel herhalingen en deskundige interpretaties, liet zich wel degelijk voelen. Het maakte van Marino een zichtbare geest, een samenhangend object in een universum geregeerd door psychologische zwaartekracht en tijd. Met een hoogst particuliere samenstelling, dat wel, en een heel aparte koers. Nog steeds omgeven door een wolk van raadsels en met een sensationele staart in zijn zog. Maar waar, dokter, waar waren die gaatjes in de tijd gebleven die hem onzichtbaar maakten, het heden dat zonder verleden zoveel werkelijker was, de schaarse flitsen van gewichtloosheid waarin het leven absoluut niet op een verhaal leek en hijzelf absoluut niet op een personage?

16

'Ik ben zesendertig jaar, maar alles bij elkaar genomen heb ik misschien nog maar vijftien minuten echt geleefd... Ja, dat mogen ze op mijn graf zetten: "Hier rust Marino Mund, vijftien minuten oud",' zei Marino.

'Wie weet zijn er tegen die tijd nog een paar minuten bij gekomen,' antwoordde ik. Daarop volgde een tamelijk langdurig stilzwijgen. We wisten wel beter. Het was intussen duidelijk dat onze verhouding, zoals ze toen was, hem op dat vlak weinig te bieden had. Ze zou geen seconde toevoegen aan die kleine, geheimzinnige, fonkelende schat die hij als het echte kapitaal van zijn bestaan beschouwde.

We lagen in Marino's slaapkamer na te dampen tussen de verwarde lakens op het bed. Twee kerels die als bezetenen hadden geknoeid met slijm en zaad en stront, en die zich nu leken te bezinnen over het resultaat daarvan. Peinzend, piekerend, bezwaard. Na het woelige en onbesliste onderwatergevecht ieder weer teruggeworpen op de kust van zijn eigen continent. De seks had niets bevestigd, uitgeklaard of opgelost. De seks had ons geen plaats gegeven in de orde der dingen.

De oppervlakkige waarnemer, indien aanwezig, zou anders wel hebben kunnen vaststellen dat het er tussen ons meestal zeer hevig aan toeging. Ik heb in de loop van mijn actieve seksleven nooit iemand meegemaakt die zo blind en zwelgend tekeerging bij het vrijen als Marino. Gek genoeg wekte hij niet de indruk van iemand die nooit naar porno keek, maar eerder van iemand die al veel te veel porno had gezien. Vergeleken met zijn bruutheid was de gemiddelde pornoscène zelfs een nogal langdradig spinsel van tedere wederkerigheid. Maar als de oppervlakkige waarnemer daaruit zou concluderen dat Marino er ook intens van genoot, vergiste hij zich. Zijn hardhandige greep, het bijten en beuken, het trappelen en worstelen, het grommende ongeduld en de gejaagde positiewisselingen, ze wezen er in de eerste plaats op hoe weinig genoegdoening hij haalde uit de fysieke of symbolische sensatie van het geslachtsverkeer.

Nooit was wat we deden ook werkelijk wat hij wilde. Nooit scheen ons lichamelijk gekronkel te stroken met de psychische kronkels van een of ander fantasma. In bed was Marino een beest, maar dan wel een echt beest: een paard of een hond die gedwongen was het met een mens te doen, onhandig en niet gestuurd door innerlijke patronen van verlangen. Geen beest in de metaforische zin, niet zo'n brave zwoeger uit het draaiboek van de pornografie, het hoofd vol regieaanwijzingen en geijkte figuren uit de pantomime van de lust.

Daarmee wil ik overigens niets denigrerends gezegd hebben over porno. Porno is in zekere zin zelfs veel slimmer dan Marino was. Porno drukt het besef uit dat waar innerlijke patronen van verlangen ontbreken, men zich zal moeten behelpen met uiterlijke patronen. Porno bevat de boodschap dat het genot voortaan besloten ligt in de pure uitbeelding ervan. Wie zich het genot niet kan inbeelden, moet het uitbeelden. De rest is maar een kwestie van vlees.

Wist Marino dat dan niet? O jawel. Zolang hij alleen maar seks met zichzelf had, was het ook voor hem niets meer dan een kwestie van vlees geweest, een periodieke kriebeling aan het uiteinde van bepaalde zenuwbanen, een niesbui van de schaamstreek. Maar seks met een ander bracht hem in verwarring. Het bevredigde hem niet, en stemde hem vaak ronduit knorrig. Een enkele keer werd hij zelfs zo grof dat hij zich luidop afvroeg of hij me eigenlijk wel aantrekkelijk vond. Een andere minnaar dan ik zou zich daardoor wellicht beledigd hebben gevoeld. Een andere minnaar zou gekwetst hebben geantwoord dat hij Marino fysiek nu ook niet bepaald onweerstaanbaar vond, met zijn één meter vierennegentig, zijn paardenmond, zijn bolle rug, zijn kwijnende slapen. Maar dat soort minnaar was ik niet. Ik was tweeënveertig jaar en had mijn gevecht om de toekomst verloren. Ik had echt geen behoefte aan liefdesverklaringen of seksuele romantiek. Ik dacht niet in langlopende termijnen van koestering of trouw. Ik was allerminst uit op een uitwisseling van eeuwigdurende beloftes. Ik had andere plannen. En seks was voor mij een manier om Marino met huid en haar in deze plannen te betrekken.

Was de situatie voor Marino uniek omdat ik de eerste persoon in zijn leven was met wie hij seks had, voor mij was ze uniek omdat ik Marino beschouwde als de allerlaatste mens met wie ik de lakens zou delen.

Ik ga Marino hier niet dwingen om uit te weiden over de rommelige romantiek uit mijn studententijd of de eerste jaren van mijn docentschap, noch over de werkelijk uitzinnige toestanden waarin ik rond mijn veertigste af en toe belandde. Ik heb hem daarover ook niet alles verteld, en hijzelf toonde er maar een matige belangstelling voor. Meestal reageerde hij op mijn wilde verhalen met ongeveer dezelfde achterdocht als die waarop ik doorgaans de toespelingen op zijn zogezegde mystieke flitsen onthaalde. Ik zou Marino hier alleen willen laten noteren dat ik in de loop van mijn seksleven, hoe veelzijdig en onbekrompen ook, om een of andere reden mijn anale maagdelijkheid altijd was blijven koesteren als een dierbaar bezit. Het was alsof ik me gebonden voelde door een gelofte. Nooit had iemand mij langs achteren genomen, en nooit zou dat gebeuren. Tegenover iedereen die het horen wilde, liet ik mij daarop voorstaan als op een persoonlijke deugd. Dat lokte diverse reacties uit.

'Als je het niet lekker vindt, moet je het zelf maar weten,' klonk het soms onverschillig.

Maar ook: 'Doe niet zo macho.'

Of anders: 'Doe niet zo truttig.'

Of: 'En jij mag het wel bij een ander doen!'

Of: 'We leven ondertussen wel al in de eenentwintigste eeuw, hoor, Bruno.'

Of: 'Waarom probéér je het tenminste niet eens een keertje? Wat heb je te verliezen?'

Maar hoe sterker erop werd aandrongen, hoe beslister mijn verzet. De uiteenlopende en ongelovige reacties verhoogden in mijn ogen de status van mijn ingetogen rectum. Het zoog allerlei betekenissen aan zonder zelf een eenduidige betekenis prijs te geven. Het ontwikkelde een vorm van koppigheid die een eigen leven begon te leiden.

Een hoogstpersoonlijke eigenaardigheid die naar het oordeel van sommigen onnozel, onsportief of onredelijk mocht zijn, maar waarover ik bleef waken met de halsstarrigheid van een anorectica die haar mond niet wil opendoen. Voor bijna elke constellatie was ik te vinden, tot bijna elk experiment was ik bereid, maar op dat ene punt gaf ik niet toe. Op dat ene punt bleef Bruno Klaus onkreukbaar als een non.

Zat er geen stof voor een literair verhaal in die kuise kont van mij? Wie weet wat voor mooie pagina's een begenadigd schrijver eraan had kunnen wijden. Rouwige gevoelens ten gevolge van het pijnlijke inzicht dat ik nooit een schrijver zou worden, lagen al jaren achter me. Maar mijn obsessieve weigering om me anaal te laten nemen bracht me, dacht ik, enigszins in de buurt van die artistieke eigenzinnigheid waaruit literatuur ontstond. Ik permitteerde me de luxe van een probleem waar niemand op zat te wachten, ik creeerde een raadsel waarvan niemand de noodzaak inzag.

Maar tegenover Marino liet ik mijn reserves stomweg varen. Hij mocht het allemaal hebben. Het deed overigens verrassend veel minder pijn dan ik had gedacht. Daartegenover stond dat alle hedonistische jubel over de geneugten van de prostaat me sterk overdreven leek. Maar dat verraste me minder. Ik was wel oud en ervaren genoeg om te weten wat je van het zuiver fysieke genot kon verwachten en wat niet.

Als Marino in zijn hyperactieve klungeligheid vreselijk was in bed, dan was mijn ogenschijnlijke passiviteit misschien nog veel vreselijker. Ik had eenvoudigweg geen zin meer in het uitbeelden van genot. Dat had ik al zo vaak gezien, dat had ik al zo vaak gedaan. Mijn seksleven was al jaren niets anders meer geweest dan pornografie of, wat natuurlijk precies hetzelfde is, de imitatie ervan – op dat ene geheimzinnige detail na. Maar het opgeven van mijn anale (bijna had ik gezegd: artistieke) integriteit had als paradoxaal effect dat mijn seksuele beleving minder pornografisch werd en juist weer een persoonlijker karakter kreeg. In plaats van het genot uit te beelden begon ik het me nu opnieuw in te beelden, al ging het dan niet om mijn eigen genot, maar om dat van een ander. Ik bedoel het genot van de vrouwen met wie ik een decennium eerder nog naar bed was gegaan en die ik daarna voor hun genot had overgelaten aan andere mannen. Ik deed iets wat ik nooit had gedaan toen ze nog onder me lagen: ik probeerde me in te beelden wat ze hadden gevoeld of gedacht. Net als zij destijds, zag ook ik nu een pummel boven me die, hoewel hij me niet onweerstaanbaar aantrekkelijk vond, zich toch verbeten toelegde op het karwei om zich in mij te ontladen. Ik voelde zijn harigheid, ik rook zijn uitwaseming, ik hoorde hem hijgen. Ik zag de uitpuilende ogen, de paniek en de krampachtige trekken op zijn rood aangelopen gezicht. Dat gezicht van hem, dat voor zijn leeftijd inderdaad vrij jong was en dat, omdat ikzelf al over de veertig was, in mijn ogen nog jeugdiger leek, kon makkelijk doorgaan voor dat van een late twintiger of prille dertiger – precies de leeftijd die ik had gehad in de periode waarin ik me nu trachtte te verplaatsen. In Marino herkende ik mezelf als jongeman, verwikkeld in een positie waarvan niet duidelijk was of hij zich eruit probeerde te bevrijden of zich erin probeerde te nestelen. En in mezelf gonsde, o, niet de wellust, maar het machtsgevoel van de vrouw die hem in deze positie had weten te brengen. Dat hij ten slotte klaarkwam, dat ik erin was geslaagd heel de trillende kracht van dit breedgeschouderde, pezige mannelijke lichaam te richten op een door mij gekozen eindpunt, en nog doel te treffen ook, schonk me het rustgevende voorgevoel dat het zich ook in de toekomst een nuttig instrument zou tonen. Wat er ook aan onwil in hem stak, het viel te temmen, stelde ik tevreden vast in mijn hoedanigheid van vrouw.

Zo, dames, dat is dus het geheim van jullie verlangen, dacht ik, profiterend van het feit dat er geen dames in de buurt waren, want die zouden het ongetwijfeld niet met me eens zijn geweest. Dat ik Marino voor mijn jongere zelf wenste te houden, zou hun wellicht niet veel hebben kunnen schelen. Maar dat ik in mezelf een vrouw van die leeftijd meende te mogen zien, had vast en zeker protest uitgelokt.

Ze zouden er om te beginnen al op wijzen dat de rijkdom van het clitorale genot totaal niet te vergelijken viel met de schamele sensatie die ik uit de stimulatie van de prostaat probeerde te halen. Op puur fysiologisch vlak zat er voor mij nu eenmaal niet zo geweldig veel in. Ten tweede zouden slechts bijzonder weinig dames zich kunnen vinden in de suggestie dat de man in hun ogen nauwelijks meer was dan het met sperma geladen wapen waarmee ze zichzelf in de buik schoten. Nog los van de misselijke associaties die een dergelijke formulering opriep, zouden ze ook aanstoot nemen aan de extreem passieve rol die ik hun mannelijke partner daarmee toebedeelde. Als zij seks hadden, was dat wel degelijk met een ander mens en niet met louter een werktuig. Ze wilden niet alleen némen, ze wilden ook géven, en daarom was het nodig dat zich aan de andere kant van de transactie een bewust en verlangend wezen bevond dat in staat was te ontvangen wat zij schonken. Zij gingen niet naar bed met een blind beest dat ze alleen op zijn bruikbaarheid taxeerden.

Mogelijk zou een reële vrouw van de leeftijd die ik hier voor ogen heb, vroeg of laat hebben toegegeven dat er onder de frases uit het damesblad en de schijn van romantiek inderdaad een element van berekening schuilging. Ja, ze had een plannetje met haar mannetje. Er zat een zeer zakelijke kern in haar onzakelijke taalgebruik. Hoe zou de mensheid trouwens kunnen voortbestaan, als seks alleen maar draaide om begeerte? Wat ze zich ook allemaal moest inbeelden, één ding beeldde ze zich niet in: ze had een kinderwens, en zonder dat plannetje was het lang niet zo zeker of ze zoveel geduld zou hebben met dat mannetje. Maar wat, zou deze vrouw vervolgens vragen, maar wat was míjn plan dan? Wat was de niet-ingebeelde kern van al mijn ingebeelde vrouwelijkheid? En natuurlijk zou uit een eerlijk antwoord op die vraag zonneklaar zijn gebleken dat de vrouw die ik fantaseerde te zijn, geen echte vrouw was, maar slechts een kunstgreep van de mannelijke verbeelding. Geen vrouw zou zich ooit het plannetje in haar hoofd hebben gehaald dat ik in gedachten had.

Marino wist aanvankelijk van dit alles niets. Marino had in het begin geen idee van wat zich onder hem allemaal afspeelde. Het herinnerde er mij nog eens aan hoe eenzaam en inwendig de seksdaad kon zijn. Dat scheen ik in de loop van die hectische jaren van zuiver uitwendig, zuiver pornografisch beleefde seks te zijn vergeten. Jaren waarin ik zo vaak had toegekeken op het op een camera gerichte orgasme van een ander, jaren waarin ik zo vaak mijn eigen op de webcam gerichte orgasme had aangeboden aan een anoniem publiek. Jaren waarin mijn seksleven hoe langer hoe meer begon te bestaan uit alleen maar kijken en bekeken worden.

Na verloop van tijd liet ik me af en toe iets ontvallen van wat me door het hoofd ging. Daar reageerde Marino over het algemeen nogal koeltjes op. Hij vond het, net als al het andere dat ik over mijn seksleven vertelde, vergezocht. Maar bij een enkele gelegenheid heeft hij me voorgesteld om vrouwenkleren aan te trekken, als dat het terrein was dat ik wilde verkennen. Zijn voorstel wekte mijn verbazing. Bovendien waren de enige vrouwenkleren die we op dat moment bij de hand hadden, de jurken van zijn moeder die in de kast hingen te verstoffen, en dat ging zelfs ons te ver. Ja, we waren het er om uiteenlopende redenen maar zonder verdere discussie roerend over eens dat die kleren maar beter konden blijven hangen waar ze hingen.

Even overwoog ik de mogelijkheid om me bij wijze van voorbereiding op een volgend treffen een assortiment van jurken en rokken en slipjes aan te schaffen dat wél zou passen bij de vrouw die ik me inbeeldde te zijn. Het viel misschien zelfs niet helemaal uit te sluiten dat de inzet van dergelijke rekwisieten zowel voor hem als voor mij een nieuwe, onvermoede vorm van prikkeling had kunnen inhouden. Maar het leek me toch verstandiger om Marino de potsierlijke aanblik te besparen van een veertigjarige vent die zich uitdost als een dertigjarige vrouw die haar best heeft gedaan om er geil uit te zien. Trouwens, hoe ver had ik in mijn travestie moeten gaan? Had ik bijvoorbeeld ook een beha moeten dragen of niet? En zo ja, had ik die dan moeten vullen en waarmee? Volgens mij waren dat kwesties die we nooit tot onze volle bevrediging zouden kunnen oplossen.

Ik zag bovendien algauw in dat ik me door vrouwenkleren aan te trekken weer zou hebben laten gaan in de pornografische uitbeelding van het genot, terwijl ik me eigenlijk niet langer in uiterlijkheden wilde verliezen. Ik had andere plannen, de tijd van frivoliteiten was voorbij. Nu was de fase, de eindfase van introspectie aangebroken, van een inkeer tot mezelf, tot het weinige dat er van mezelf nog overschoot om afscheid van te nemen. Dat ik bij dit afscheid mentaal nog even langsging bij de vrouwen die ik ooit meende te hebben gekend, noem het een mooi gebaar. Of noem het een laatste opflakkering van belangstelling voor de spinnenwebben uit mijn verleden. Het was in elk geval een innerlijk gebeuren waaraan een zekere oprechtheid niet kon worden ontzegd. Er was geen reden om er een fetisjistisch spelletje van te maken. Waarom de moeite nemen een toestand uit te beelden die je je per slot van rekening alleen maar inbeeldde? Ik had genoeg van dat soort theater in mijn leven gehad. Ik verkoos om het spelletje, als het zo mocht worden genoemd, naakt te spelen, geheel naakt en met geen ander hulpmiddel dan mijn verbeelding. Eenzaam opgesloten in een fantasie die door geen camera kon worden geregistreerd. Marino liet ik over aan zijn eigen belevingswereld, aan zijn onvermogen om te begrijpen wat we aan het doen waren.

Dat deze toestand niet tot in de eeuwigheid kon blijven duren, lag helemaal in de lijn van mijn verwachting, en ik zag het moment al komen waarop Marino me de vraag ging stellen hoe lang we hiermee nog zouden doorgaan.

Ja, Marino, wat gaan we doen met het vlees als we er geen liefde in kunnen zien of er geen porno van willen maken? Dat was de vorm waarin ik zijn vraag herformuleerde. Dat was de vorm waarin ik hem de vraag terugkaatste. Dat was de vorm waarin deze vraag ten slotte een antwoord kreeg.

We zijn met zoveel hersenen dat onzin onvermijdelijk is. En nergens blijkt dat zo sterk als op het domein van de seksualiteit. Hoe meer hersenen je erop loslaat, hoe meer onzin je daarvoor terugkrijgt. Zó gek is het eigenlijk niet dat een mens geen zin heeft om over seks te praten.

Telkens wanneer Marino als middelbare scholier aan een intelligentietest werd onderworpen, kwam hij uit op een IQ van nauwelijks meer dan 100. Dat was niet veel. Dat was maar net genoeg om niet de dringende raad te krijgen van school te veranderen. Ik daarentegen heb op een IQ-test ooit een score van 155 gehaald. Dat was een cijfer waar ik bepaald trots op was en dat ik niet altijd en overal onvermeld kon laten, al bracht ik meestal genoeg zelfbeheersing op om het meteen ook te relativeren.

'Cijfers. Wat vertellen cijfers ons eigenlijk? Alles en niets. Volgens de cijfers ben ik tegen het marginale aan intelligent. Maar als ik een paar pagina's van' – en hier viel dan de naam van een favoriet auteur – 'lees, dan voel ik me behoorlijk ondermaats. Wel slim genoeg om te volgen wát er staat, maar uiteindelijk heel suffig in vergelijking met het doeltreffende brein dat ervoor gezorgd heeft dát het er staat.'

Ondanks mijn IQ bleef ik een zekere mate van bescheidenheid een mooie deugd vinden. Of toch minstens een charmant trekje. In elk geval voelde het aan als een sociaal voorschrift waar zelfs een eigengereid type als ik zich maar beter een beetje aan kon proberen te houden. Bovendien maakte dat fenomenaal hoge cijfer van me in de loop der jaren hoe langer hoe minder indruk op mijn omgeving, of begon het vanwege het contrast met mijn schamele prestaties op academisch vlak iedereen hoe langer hoe meer op de zenuwen te werken.

Marino was over zijn IQ uiteraard nog veel bescheidener dan ik. Hij praatte er nooit over. Maar dat was niet omdat hij zich ervoor schaamde. Dat anderen slimmer waren omdat ze betere cijfers haalden, en dat ze betere cijfers haalden omdat ze slimmer waren, leek hem een cirkelredenering waarvan de abstractie hem tamelijk onverschillig liet. Evenmin had hij last van de ambities waar de slimmerds van leken te blaken. Hij mocht dan een sufferd zijn, hij was over het algemeen slim genoeg om voor de problemen waar een sufferd mee te maken kreeg afdoende oplossingen te bedenken. Het was allemaal erg relatief. Ieder het zijne. Een kever was net zo slim als een kever moest zijn. En Marino was net zo slim als Marino moest zijn. Hij hoefde niet zo nodig gevechtspiloot te worden, of nucleair ingenieur.

Toen na zijn arrestatie zijn intelligentie nog eens werd getest, bleek hij ineens uit te komen op een wakkere 128. Dat wekte uiteraard verbazing, niet in de laatste plaats bij Marino zelf. Dat was bepaald curieus. Nu was hij slimmer geworden dan hij altijd nodig had gevonden. Blijkbaar was het IQ toch niet zo'n noodlottig en vaststaand gegeven als hij vroeger dacht. Blijkbaar kon intermenselijke communicatie zelfs onder volwassenen nog altijd tot meetbare veranderingen van het intellectuele vermogen leiden. Dat was iets waarvan ik, in tegenstelling tot Marino, natuurlijk altijd al op zijn minst impliciet was uitgegaan. Anders was ik toch nooit docent literatuur geworden. Maar ik geloof niet dat ik ooit een toehoorder heb gehad wiens IQ ik met bijna dertig procent heb zien stijgen.

17

Daarnet stond Marino zichzelf te keuren voor de plastic spiegel boven zijn wastafel. De abrupte achteruitgang van zijn uiterlijk valt niet te ontkennen. Hij lijkt er in de afgelopen zomer niet één maar een veelvoud aan jaarringen te hebben bij gekregen. Kleur en textuur van de gezichtshuid beginnen een zekere gelijkenis te vertonen met die van het grijze, grove toiletpapier dat hier aan de gedetineerden wordt uitgedeeld. Zelfs zijn altijd zo zachte lippen zijn verruwd en schilferig geworden. Er liggen grote, ovale schaduwen over zijn oogkassen en de bronnen waaraan de ogen hun innemende glans ontleenden, lijken te zijn opgedroogd. Het doet hem denken... waaraan? Hij probeert te denken aan Mars: een planeet die door haar dampkring in de steek is gelaten, die het moet stellen zonder een balsem van gas en water om haar korst te beschermen tegen het kosmische kwaad... Maar een erg toepasselijke vergelijking is dat niet. Er worden geen miljardenexpedities op touw gezet om hem een bezoek te brengen. Hij wordt niet onder intense belangstelling bemonsterd en betast. Op veel aardse interesse hoeft hij niet meer te rekenen. Marino is

Mars niet. Hij heeft eerder de trieste status van een volkomen uit het beeld gebannen bejaarde dan die van een planeet. En zo begint hij er in zijn eigen matte ogen ook uit te zien: afgezonderd, afgedankt, overgeleverd aan eenzame verschrompeling.

Hier zal hij dus nog drie jaar zitten, minstens drie jaar, dat is wat Eveline hem gisteren is komen vertellen. Het beroep tegen zijn veroordeling is afgewezen, het eerdere vonnis blijft gehandhaafd. Als hij zich goed gedraagt, kan hij ten vroegste over drie jaar vrijkomen. Hij zal zich goed gedragen, dat staat nu al vast. Hij moet dan ook niet overdrijven. Drie jaren vormen nu ook weer geen onafzienbaar lange termijn. Drie jaren, dat is nauwelijks meer dan duizend dagen. Wanneer hij hier uit mag, is hij nog maar veertig. Hij zal nog lang geen bejaarde zijn. Hij zal nog een half leven voor zich hebben.

'Het spijt me ontzettend voor je,' zei Eveline tot besluit van haar juridische verhaal.

'Nu weet ik tenminste waar ik aan toe ben,' antwoordde Marino met zoveel gelatenheid als hij kon opbrengen.

'De kaarten lagen niet slecht. Maar ik heb je altijd gezegd dat er ook een reële kans bestond dat ons beroep werd verworpen.'

'Je hoeft je nergens voor te verontschuldigen.'

'Dat doe ik ook niet. We hebben alles geprobeerd wat mogelijk was. Ik zie niet in hoe een ander het beter zou hebben aangepakt. Natuurlijk, als we alles mochten overdoen, zou het goed kunnen dat de uitslag anders was geworden. De rechtsgang is nu eenmaal ook een loterij. Het is en blijft mensenwerk.'

'Mensenwerk, ja.'

'Uiteraard ben je teleurgesteld, dat begrijp ik.'
Marino slikte.
'Wanneer kom je nog eens langs?' vroeg hij toen.
'Wanneer je iets nodig hebt...' Ze leek te aarzelen.
'Ik heb je de voorbije maand niet gezien.'
'Heb je mijn brief niet ontvangen?' vroeg ze verrast.
'Je briefje, jawel. Je schreef dat je het druk had.'
'Dat klopt. We zijn nu bezig met een heel ingewikkelde zaak. Ja, we hebben het ons weer behoorlijk moeilijk gemaakt. Maar zo gaat dat bij ons op kantoor. We nemen zelden vanzelfsprekende gevallen aan. Die laten we graag over aan zogenaamde topadvocaten die er altijd alleen maar op uit zijn om hun zaak te winnen, hoe goedkoop hun succes ook is.'
'Je had het ook over bepaalde ontwikkelingen.'
'Bepaalde ontwikkelingen?' deed ze geveinsd verbaasd. 'Ach ja.'
'Wat dan?'
'Ik ben namelijk zwanger.' Ze zei het op vrij neutrale toon. Ze leek geen felicitaties te verwachten.
'O...'
'Had je dat nog niet gezien?'
'Nee.'
'Ik weet het. Ik ben nu al in mijn vierde maand, maar niet veel mensen merken het op.' Ze keek plots vrolijk. 'Des te beter neem ik aan. Als je ziet wat zwangerschappen soms aanrichten bij een vrouw.'
'Is dat de reden waarom je niet langskwam?'
'Dat was niet de belangrijkste reden, nee. Maar je begrijpt dat ik in mijn toestand liever niet naar de gevangenis kom wanneer het niet echt nodig is. Niet dat daar nu zoveel ri-

sico aan verbonden is. Maar je kunt toch beter voorzichtig zijn.'

'Ja, dat begrijp ik. Met al die criminelen hier. Al die moordenaars, die geen respect voor het leven hebben...'

'Je moet de moed niet laten zakken, Marino. Je bent geen moordenaar.'

'Ik ben anders wel veroordeeld voor moord.'

'Dat is alleen maar een juridische veroordeling. Geen morele. Dat weet je. Dat weet ik ook. Daarom heb ik er toch voor gezorgd dat je een aparte behandeling krijgt.'

'Ja...'

'Trouwens, voor ik het vergeet,' zei ze en ze begon iets te zoeken in haar handtas. 'Hier heb je een kaartje van een collega van me. Ik heb je dossier aan hem doorgegeven. Over twee maanden ga ik met zwangerschapsverlof. Ik weet nog niet wanneer ik weer aan het werk zal zijn. Waarschijnlijk zal ik me het eerste jaar tot thuiswerk moeten beperken. Ik sta er namelijk alleen voor, weet je.'

'Wie niet...'

'In elk geval is het een uitstekende advocaat,' ging ze verder. 'Hij houdt ook van een uitdaging. Heeft zijn sporen wel verdiend. Echt een bijzonder intelligente man. En al evenmin geïnteresseerd in de vanzelfsprekende gevallen.'

'Waarvoor heb ik eigenlijk nog een advocaat nodig?'

'We laten je niet los, Marino. Dat moet je niet denken. Je hebt nog steeds belangen. En die moeten, als het erop aankomt, verdedigd worden... Helaas moet ik er nu vandoor... Wat een rotweer, zeg. Bah. Je kunt gewoon niet meer buiten komen. En dat blijft maar duren...'

Ze bleef nog even zitten. Toen deed ze iets wat Marino haar nooit eerder had zien doen: ze gaapte.

Ze zag er eigenlijk behoorlijk afgepeigerd uit, stelde hij ineens vast. Het licht in de ontmoetingsruimte was hetzelfde klinische schijnsel als altijd, maar het wierp nu vegen en schaduwen over haar gezicht die Marino voor de eerste keer opvielen.

'Sorry,' zei ze. En daarna, op de wat matte toon van iemand die niet wist hoe het gesprek te beëindigen en toch helemaal was uitgepraat: 'Als je het in het juiste perspectief bekijkt, Marino, dan hebben we de zaak zelfs voor een groot deel gewonnen. Je riskeerde levenslang. Je hebt twaalf jaar gekregen. Daarvan moet je nu naar alle waarschijnlijkheid hooguit...'

'Heb ik iets verkeerds gezegd?' onderbrak hij haar op een toon waarin ze mogelijk een zekere wrevel bespeurde die ze van hem helemaal niet gewoon was.

Ze stond op uit haar stoel – beheerst maar wellicht toch iets sneller dan haar bedoeling was. Wie weet dacht ze aan het ongeboren kind in haar buik. Wie weet was ze, al had hij daar nooit ook maar de minste aanleiding toe gegeven, plots een beetje bang geworden voor Marino.

'Wat bedoel je?' Ze leek nu duidelijk op haar hoede. Haar blik kreeg iets spiedends. Ze was in elk geval weer klaarwakker. Ze probeerde Marino zo ontspannen mogelijk in het gezicht te kijken. Intussen hield ze zijn bewegingen tersluiks in de gaten, al bewoog hij zich nauwelijks, en taxeerde ze zijn spierspanningen, al vertrok hij nauwelijks een spier.

'Of heb ik misschien te weinig gezegd?' antwoordde Marino, nu weer op ingezakte, twijfelende, schuldbewuste toon.

'Je hebt alles gezegd wat nodig was om te bereiken wat we hebben bereikt. Dat is niet weinig. Dat is, de strafrechtelijke feiten in aanmerking genomen, een resultaat waarover we, professioneel gesproken, best tevreden mogen zijn,' zei ze terwijl ze naar de deur was gelopen om de bewaker aan de andere kant het klopsignaal te geven dat hij mocht opendoen.

De deur werd ontgrendeld. Marino stond op. Over het tafeltje heen stak Eveline hem een hand toe. Nu het blauwe uniform in de deuropening was verschenen, had ze haar kalmte, voor zover ze die al was verloren, weer herwonnen.

'Het ga je goed, Marino.'

'Weet je, misschien wil ik hier helemaal nooit meer weg,' zei hij, nadat hij haar hand had losgelaten. 'Misschien vind ik drie jaren helemaal niet zo lang. Integendeel. Misschien is het beter dat ik hier blijf voor de rest van mijn leven.'

'Dat geloof je toch zelf niet, Marino,' sprak ze tegemoetkomend, begripvol, sussend.

'Dat geloof ik zeker. Waarom niet? Iedereen gelooft toch wat hij wil...'

De glimlach die Eveline hierop produceerde, was niet helemaal datzelfde prettige krulmondje van weleer. O, het was geen valse of geforceerde glimlach. Hij drukte precies zoveel vriendelijkheid uit als ze nog voor hem overhad, en dat was naar mijn inschatting niet eens zo weinig. Maar het doek was gevallen. Marino kon toch niet in alle redelijkheid verwachten dat de actrice na afloop van de voorstelling bleef doorgaan met haar spel.

'Tot ziens, Marino,' zei ze, en dat klonk tot en met de laatste lettergreep vervuld van sympathie. Daarna draaide ze zich resoluut om en liep de deur uit. Ze had het immers druk. Daarbuiten wachtte haar een wereld waarin ze zich op andere voorstellingen moest gaan voorbereiden, en vooral op zoiets reëels als het krijgen van een kind. Ik zou zelf trouwens de laatste zijn om smalend te doen over het krijgen van een kind. In een tijd als de onze? Met zijn razende stofwisseling, zijn hoge verbruik, zijn alles verschroeiende ongeduld en tegenwoordigheid? Ik heb er alle begrip voor. Wat anders dan een kind kan verhinderen dat je door het heden wordt verteerd? Waarom zou je nog in een toekomst geloven als het niet was omwille van de kinderen? Wat kan je ten slotte beter verzoenen met het gevoel reeds tot het verleden te behoren?

'Iedereen gelooft toch wat hij wil...' Marino schaamt zich een beetje dat hij, net toen het erop aankwam iets oprechts tegen Eveline te zeggen, er alleen maar zo'n onnozelheid uit kon flappen. Het hoeft niet te verbazen dat ze daar, al was het dan met een glimlach, de schouders over ophaalde. Natuurlijk gelooft een mens niet zomaar wat hij wil. Dat is misschien een leuk spelletje voor mensen die geen bepaalde reden hebben om in wat dan ook te geloven, maar een zwangere vrouw heeft daar geen boodschap aan. Ze staat op het punt een realiteit op de wereld los te laten waarin ze gedwongen zal zijn te geloven. Je moet haar niets proberen wijs te maken. Blijf bij haar uit de buurt als je werkelijk denkt dat je zomaar kunt geloven wat je uitkomt.

'Het regent.'

'Ja, het regent. Dat heb je goed opgemerkt.'

'Het regent alwéér.'

'Het regent al drie maanden.'

'Ik kan geen regen meer zien.'

'Hou gewoon je kop. Ik kan het woord regen niet meer horen.'

Zo gaat een weerpraatje tegenwoordig. Iedereen praat over het weer. Iedereen moet erover praten. Er schijnt geen ander onderwerp meer te bestaan. Maar iedereen is het kotsbeu er de anderen over te horen praten. Er zijn al vriendschappen afgebroken vanwege een weerpraatje. Er zijn al huwelijken stukgelopen op het weer.

Een weerpraatje gaat tegenwoordig niet alleen over het weer. Een treurzang van gedrens en gemiezer trekt al wekenlang over Europa. Doodzieke zeeën komen zich in aansluitende golven van misselijkheid legen boven het land. Het regent. Alles regent. Iedereen regent. Wie regen zegt, zegt ook iets over zichzelf. En hij zegt altijd hetzelfde: het regent niet alleen daarbuiten, het regent ook vanbinnen.

Je snakt ernaar om iemand te ontmoeten die doodleuk beweert: 'Ik heb niet echt het gevoel dat het regent.' Maar dat soort opgewekte zielen valt momenteel ver te zoeken. Iedereen is net als iedereen. Iedereen lijdt op onuitstaanbare wijze net als iedereen aan dezelfde regen.

Ook voor Marino, al zit hij hoog en droog, houdt deze toestand een bijkomend ongemak in. Aanvankelijk was het na die lange, verstikkende zomer ook voor hem een opluchting toen het weer regende. Maar na een tijdje begon hij zich af te vragen of het ook nog eens niet kon regenen.

Vanochtend bleef hij, door een bewaker tot aan de binnenkoer begeleid, aarzelen bij de deur.

'Het regent,' merkte hij voorzichtig op.

'Inderdaad, het regent,' zei de bewaker. 'Misschien had je weerman moeten worden.'

'Het regent nu al meer dan een maand.'

'Ja, en het spijt me ontzettend, maar onze vluchten naar Gran Canaria zijn momenteel allemaal volgeboekt... Daar regent het trouwens ook.'

'Ik bedoel... Wat moet ik buiten doen? Er is niet eens een afdak.'

'Een afdak? Waarom geen veranda? Je kunt ook naar de sportzaal gaan. Maar daar durf jij je natuurlijk niet te vertonen. Mijnheer kijkt wel uit.'

Mijnheer zei niets. Buiten leek het amper dag te zijn geworden. Het regende zwarte strepen uit de donkergrijze lucht. Een knappe kop die daar nog steeds de poëzie van kon inzien. Over de plassen op de binnenkoer schoten de plensringen woest heen en weer. Zelfs de doden zouden voor dit uitstapje bedanken.

'Komt er nog wat van?' vroeg de man.

'Ik denk dat ik misschien maar beter terug naar mijn cel kan gaan,' waagde Marino het te antwoorden.

'O, dat denk jij? Mijnheer is een denker. En waarom kan je daar niet eerder aan denken? Luister eens, maat, en knoop het goed in je oren. In het vervolg, als je bang bent dat je haartjes nat worden, dan laat je dat op voorhand weten, begrepen? Dan hoef ik niet voor niks dat hele eind met jou tot hier te lopen. Alsof we niets anders te doen hebben.'

18

Toen Bruno Klaus op een morgen uit onrustige dromen ontwaakte, ontdekte hij dat hij in zijn bed was veranderd in – tja, een monsterlijk ongedierte is misschien wat zwaar uitgedrukt, maar net als de getroffene uit Kafka's fameuze verhaal had ook ik de indruk in een ander lichaam wakker te worden dan datgene waarin ik was gaan slapen. En al ging het in mijn geval niet om een keverlichaam, het was niettemin een lichaam dat vreemd en onprettig voelde. Mogelijk had ik de nacht in een nogal verkrampte pose doorgebracht, vandaar de stijve nek, de pijnlijke rechterschouder. Verder had ik de voorbije weken onbehoorlijk veel uren achter de computer gezeten. Iedereen mag drie keer raden wat ik daar deed. Iedereen weet het trouwens al. Het onderzoek naar mijn computergebruik heeft na mijn dood de uitgebreide strooptochten aan het licht gebracht die me door Pornomanië voerden.

Veel plezier, dat moet ik erbij zeggen, haalde ik daar niet meer uit. Ooit was ik in staat om uit een vlak van pixels tastbare gestaltes te creëren die ik zo goed als werkelijk kon voelen bewegen over mijn smachtende lippen, tegen mijn verlekkerde kruis, tussen mijn vele ledematen – een sensatie, een prestatie van de verbeelding die het zinderende merg van mijn genot vormde en tot een lange nagloed van verzadiging leidde. Maar dat vermogen was ik helemaal kwijt. Het beeld was niet meer dan het beeld. Het pornonet was voor mij een spervuur van kille blikken geworden waaraan niemand zich kon onttrekken, waarin iedereen klaarkwam, waarvan niemand genoot en waarnaar niettemin iedereen altijd maar terugkeerde. Nooit meer zag ik een lichaam waarvan ik me de tastbaarheid probeerde voor te stellen. In de praktijk had ik al enige tijd geen lichaam meer aangeraakt, en nu deed ik dat ook in gedachten niet langer.

De elektronica diende niet om mijn verlangens te helpen bevredigen. Eerder was ik van de elektronica volstrekt afhankelijk geworden om nog zoiets als een verlangen, of ten minste de herinnering eraan, te kunnen oproepen. Ik was bang om het verlangen helemaal te vergeten. Daarom werd ik steeds weer naar het scherm gedreven, naar dat geprefabriceerde, rozerode, ritmische, eindeloos gevarieerde en toch steeds eendere gedoe met stampers en gaten. Orgasmen duurden een halve seconde en waren drie seconden later alweer spoorloos opgelost in een lucht van afkoelend sperma. Ejaculaties zonder erectie, het is niet iets waarvoor je een moord zou begaan. Maar het kostte me vaak wel uren om ze te bereiken.

Men zou in dit eentonige tijdverdrijf een verklaring kunnen zien voor mijn plotse wervel- en gewrichtspijnen. Zelf geef ik er liever een andere uitleg aan.

Mijn ontslag lag nu ongeveer zes weken achter me. Mijn voornemen om te sterven had sindsdien als mogelijkheid ergens in de geest heen en weer gezweefd. Maar het was er nog niet in geslaagd zich als een volstrekt onafwendbaar vooruitzicht in het vlees te laten inschrijven. Het vlees wilde er niets van weten. In zijn blinde, robuuste vitaliteit had het dat krankzinnige idee van me nog geen seconde ernstig genomen. Ik at nog altijd goed, ik sliep nog altijd goed, ik had geen fysieke klachten. Ik rukte me suf, of anders omgekeerd: ik zat suffend te rukken.

En op een nacht veranderde er iets. Het was inderdaad een zware nacht, vervuld van woelige dromen. Eentje daarvan kon ik me achteraf vrij duidelijk herinneren.

Ergens in het ruisende, onrustige universum van de slaap hing een bol te zweven, een soort planeet, zo leek het wel, die een rozige glans verspreidde. Onwillig koerste ik in mijn droomsonde op dit vreemde geval af. De glans, zag ik, was afkomstig van een vleeskleurige smurrie waarmee het oppervlak van de bol was bedekt. En toen ik nog dichter was genaderd, bleek deze gel niet zo statisch en egaal als ik eerst had gedacht. Met een zekere afkeer stelde ik vast dat uit de basislaag, traag als paraffine in een lavalamp, poliepachtige massa's opbolden, die vervolgens weer in elkaar zakten, waarna het materiaal waaruit ze bestonden aan nieuwe vormen gestalte gaf. Ik begreep niet waarom ik met de onsmakelijke opdracht was belast op dit veld van beweeglijke gezwellen te landen. Maar gaandeweg leek het erop dat ze me dat zelf probeerden te vertellen, dat ze zich naar me toe neigden en wanhopig hun best deden om een mond te ontwikkelen, of een gezicht, waarmee ze me konden uitleggen wat ik daar deed. Dat ze daar in het geheel niet in slaagden, maakte ze alleen maar afstotelijker. Ik kan niet zeggen hoeveel droomtijd ik tussen deze uitstulpingen en vertraagde spasmes doorbracht. Maar ineens verhief een van de poliepen zich, hoger en sneller dan de andere, en wekte niet alleen een diepere angst in me op dan ik tot hiertoe had gekend, maar ook een dramatisch gevoel van vereenzelviging. Ik was hier niet alleen als toeschouwer, ik was volgens de logica van mijn droom eveneens aanwezig in de gedaante van dit gedrocht. En deze dubbelrol was beslist een reden tot paniek. Want de kop van het monster dat ik was, werd alsmaar boller en groter, terwijl de streng die hem met de rest van het weke, wassen lichaam verbond, alsmaar dunner werd en dreigde te knappen. Ik kon daar niets aan veranderen, ik kon alleen maar toekijken en ondergaan hoe het hoofduiteinde ten slotte zijn laatste verbinding verbrak. De kolossale ballon in de vorm van een omgekeerde druppel trilde en wiebelde lichtjes in zijn plotse ongebonden staat, schoot toen met een snokje de hoogte in en leek daarbij zoiets als een geluidloze lach te produceren, waarop ik wakker schrok met het benauwende gevoel op het nippertje aan de dood door verstikking te zijn ontsnapt. En het was vooral de herinnering aan dat kokette tikje, aan dat genoeglijke schommelen en die stille vrolijkheid, die me nog een paar intense rillingen bezorgde voor het me lukte weer de slaap te vatten.

Ik heb die nacht nog andere dromen gehad, en kwam tot de conclusie dat ze tot doel hadden mijn lichaam te informeren. Dat mijn voornemen om te sterven nu ook fysiek werd geprogrammeerd. Het lichaam begon op deze informatie in elk geval te reageren alsof het om een fysieke ziekte ging. Van de ene dag op de andere werd het een rammelkast vol kwaaltjes: pijn in nek en rug die maar niet overging, een chronisch pijnlijke schouder, en in de loop van de weken die zouden volgen ook nog eens weerspannige ingewanden en een gezwollen buik. Het merkwaardigste fenomeen vond ik het vreemde metalige geluid dat zich vaak liet horen bij elke beweging die ik maakte. De eerste keer dacht ik dat het mijn mobieltje was dat een rare deun produceerde, maar dat bleek niet zo te zijn. Het was ook geen hartruis. Het deed soms denken aan het kreunen van een metalen scheepswand die over de rotsen schuurt. Wat het ook was, één ding was duidelijk: het lichaam stribbelde tegen. Het wilde ook niet meer slapen. Het had weinig zin om door nog meer van dergelijke dromen te worden geïnformeerd. De spiegel toonde me een gezicht dat het duidelijk niet met me eens was: bleek, uitgeblust en boos. Ergens in mij moest nu een geluidloze lach circuleren, een vrolijke onverschilligheid, maar dat was me hoegenaamd niet aan te zien.

Ik ging tweeënveertig jaar worden en leefde nog altijd min of meer zoals ik als student had geleefd. Mijn huurappartement was inmiddels van een wat hogere prijscategorie, dat wel, en ik had een duurdere auto. Ik beschikte over een inkomen dat ik op mijn eentje niet kreeg opgesoupeerd, omdat mijn materiële behoeftes niet echt met mijn financiële mogelijkheden waren meegegroeid. Mijn woonst was met louter tweedehands meubelen ingericht. Mijn decoratieve smaak was zo sober dat mijn Rwandese schoonmaakster zich herhaaldelijk liet ontvallen hoe deprimerend ze de kale ruimtes vond waarin ik woonde, en wat voor een opluchting ze het telkens weer vond om te kunnen terugkeren naar haar eigen kleurrijke, praatzuchtige wereldje. Dat nam niet weg dat ze heel goed werk leverde tot ik haar, na zelf ontslag te hebben genomen, telefonisch bedankte voor haar diensten. Ze was tot mijn opluchting niet boos, ze zei alleen dat ze niet begreep hoe zo'n flinke, gezonde man als ik het leven zomaar aan zich voorbij kon laten gaan. Ze was uiteraard niet het soort persoon aan wie ik zoiets zou kunnen hebben uitleggen.

Er was in feite helemaal niemand aan wie ik kon uitleggen wat me dreef. Je zou daar weemoedig van kunnen worden, maar, al klinkt dat misschien een beetje vreemd voor een geletterd mens als ik, ik had niet veel aanleg voor droefheid. De melancholische verstilling lag me niet en had me nooit gelegen, hoezeer ik ook het subtiele muziekje kon bewonderen waarin sommige auteurs er vorm aan gaven. Zodra er zich in mijn gestel iets als verdriet aandiende, onderging het in de roetsjbanen van de onderste hersenlagen de nodige bewerkingen om in het hogere bewustzijn bijna altijd als een gevoel van woede te arriveren.

Als ik opstond, was ik meteen van kop tot teen vervuld van woede tegen een lichaam dat me zo weinig uren van slaap had gegund waarin ik mijn woede een beetje had kunnen vergeten. Wanneer ik daarna de krant las, braakte ik mijn ontbijt bijna uit van woede jegens een maatschappij waarvan ik maar niet kon begrijpen dat ze niet minstens al een decennium geleden onder haar eigen stompzinnigheid en pietluttigheid was ingestort. Iets hield haar staande. Maar wat? Wat? Dat was ongetwijfeld de vraag van de eeuw. Wie het antwoord wist, had de toekomst. Misschien was het allemaal maar schijn. Misschien was ze wel degelijk allang ingestort, deze maatschappij, en stond het alleen nog niet in de krant.

Ook mijn sociale leven, of wat er nog van overschoot, was niet van dien aard dat het mijn woede tot bedaren kon brengen.

Hoe populair ik ook dacht te zijn geweest, ik heb na mijn ontslag van geen enkele van mijn studenten nog iets vernomen. Mijn voormalige collega's lieten evenmin van zich horen, maar van hen had ik dat natuurlijk ook niet verwacht. En ik had er ook alle begrip voor dat zelfs mijn loyaalste collega, Rik Groot, beledigd afstand van mij had genomen.

Sauna's of darkrooms bezocht ik al geruime tijd niet meer. Nog voor ik me van een persoonlijke crisis uitgesproken bewust was geworden, hadden dergelijke oorden een uitwerking op me gehad waardoor ik na een bezoekje eerder versomberd dan verlost huiswaarts keerde. Ik had op zich geen enkel bezwaar tegen wat vrijblijvend plezier en recreatieve hygiëne. Maar steeds vaker leek het te gaan om een vrijblijvendheid die niet tegen zichzelf was opgewassen. Afgezien van de betrekkelijk zeldzame maniak die daar, ogenschijnlijk tot zijn volle bevrediging, zijn vampiristische kronkel kwam uitleven, vielen me bij de meeste bezoekers steeds sterker de signalen op van een verlangen dat verder ging dan het puur hygiënische. Je hoefde maar even te krabben, zo leek het wel, of daar kwam de bleke grondlaag van hun sterfelijkheid al tevoorschijn. Ze wilden gered worden van de fysieke anonimiteit. Ze snakten uiteindelijk naar licht en liefde, net als ieder mensenkind. Het kan natuurlijk ook aan mij gelegen hebben. In ieder geval maakten hun wijdopen, hunkerende blikken op mij een alsmaar hopelozere indruk. Daar stond ik dan mooi, naakt of halfnaakt, aan te kijken tegen de kont van iemand aan wie ik de onmogelijke verwachting toeschreef dat ik hem niet alleen met mijn lid maar ook met licht en liefde zou vullen, terwijl ik me vanbinnen machteloos als een godverlaten Jezus voelde te midden van de lijdende mensheid.

Wat ik ook deed, ik zou altijd tekortschieten. Ga naar huis, kruip in een hoekje en lees een boekje, dat was misschien nog de beste raad geweest die ik hem had kunnen geven. In plaats daarvan werkte ik de klus routinematig af, tot ik daar van de ene dag op de andere technisch en mentaal niet meer toe in staat was.

En verder? Op mijn meer conventionele kennissenkring hoefde ik niet al te veel te rekenen. Die was om te beginnen al nooit erg uitgebreid geweest, en de betrekkingen waren in de loop der jaren bovendien onvermijdelijk verwaterd. Er bleven steeds minder punten van overeenkomst over tussen mij en mijn zogenoemde vrienden. We waren als dertigers langzaam maar grondig uit elkaar gegroeid. Zij leefden immers niet langer als studenten: zij hadden partners, al dan niet met kinderen erbij; zij kochten huizen die ze verbouwden; hun gevoel voor de ernst van het leven werd eerder gevoed door budgettaire dan door filosofische kwesties; het lezen van romans was een studentikoze liefhebberij waarvoor het hun allang aan tijd ontbrak.

Als ik na mijn ontslag nog iemand ontmoette, dan gebeurde dat uitsluitend in het café, in de avondlijke of nachtelijke uren. Aan deze ontmoetingen hield ik meestal niet alleen een kater over, maar ook een broeierige aversie jegens het al te ruimhartige begrip dat mijn gesprekspartners opbrachten voor mijn malaise. Wat begrepen ze van mijn geval? Alles! Dat was nu juist het probleem. Schijnbaar alles! Dat was het ergerlijke eraan. Niets, maar dan ook helemaal niets kon ik hun vertellen dat ze niet zelf al honderd keer hadden bedacht. Nee, natuurlijk was het leven geen roman, of hoefde je romans in elk geval niet nodeloos ernstig te nemen. Waarom anonieme seks weinig van blijvende waarde tot stand bracht, hoefde ik hun in het geheel niet uit te leggen. En ze waren het ook roerend met me eens dat het publieke leven verworden was tot een intellectueel rampgebied waar een verstandig mens maar weinig te zoeken had.

Niet alleen wisten mijn vrienden dat allemaal al veel langer dan ik, ze wisten het ook veel beter. Ze wisten het zo goed dat ze er volkomen immuun voor waren geworden. Ze vonden het soms moeilijk om te geloven dat ik werkelijk zo naïef was als ik klonk. Dat ik me nog steeds het schuim op de lippen liet jagen door inzichten waar ze al net zo vertrouwd en verzoend mee waren als met hun naam, hun leven, hun werk of hun vrouw.

Op een keer kreeg ik van iemand te horen dat hij het allemaal wel had zien aankomen. Hij verzekerde me dat hij me zo dikwijls had proberen te waarschuwen, maar dat ik gewoonweg nooit had willen luisteren. Aan mijn eigenaardige vertrouwen in de superieure vermogens van de literatuur had ik een soort intellectuele fierheid overgehouden, zo luidde het, die nogal irritant en wereldvreemd kon zijn, al bezat ze, moest hij in alle vriendschappelijkheid toegeven, ook wel charmante en zelfs aandoenlijke kantjes. Maar uiteindelijk was mijn levenshouding vooral zorgwekkend te noemen. Ik mocht dan misschien een held zijn, zei hij, dat was dan wel een elitair soort heldendom waarvoor vroeg of laat een prijs zou moeten worden betaald, zoals hij me nu niet voor de eerste keer maar ook bij eerdere gelegenheden al duidelijk had willen maken.

We zaten redelijk laat op de avond in een nog behoorlijk vol café, in de rook, de lucht en het lawaai van een hoop volk dat het ogenschijnlijk heel goed met zichzelf had getroffen. Aan een tafeltje bij de deur zag ik een meisje zitten van een jaar of twintig met een gevlekt en betraand gezicht. Lang, licht golvend, bruin haar; zwartomrande ogen; gladde, fraaie, nog ietwat kinderlijke trekken. Zelf zei ze niet veel terwijl een vriendin de hele tijd op haar in praatte, of zo nu en dan een pauze inlaste en haar teder en zorgelijk over de onderarm streelde. Het meerminnetje was er haar lieve, sterfelijke vriendin dankbaar om. Wat haar probleem ook was, het was een bespreekbaar probleem en het deed haar zichtbaar deugd om erover te praten of te horen praten.

Hoe graag had ik me bij dit vrouwelijke gezelschap willen voegen, liefst als een onzichtbare derde. Niet om over de zaken die hen bezighielden mee te kletsen, alleen om nog eens te genieten van een verdrietje dat je niet achter schelle retoriek hoefde te verbergen, dat je op de golflengtes van een beetje welwillende vertrouwelijkheid met een ander kon delen. Een verdrietje waarvoor je je absoluut niet hoefde te schamen omdat het uiteindelijk meer getuigde van je levensvatbaarheid en je gezonde illusies dan van iets hopeloos ongeneeslijks.

Waarom, vroeg mijn gesprekspartner me op de man af, beeldde ik me in op mijn eentje in een geestrijkere wereld te leven dan de wereld die we met zijn allen deelden? Ik hing schuin achterover op mijn stoel om mijn opgeblazen, branderige buik wat extra ruimte te geven, waardoor ik mogelijk nogal blasé overkwam. Toch niet alleen omdat ik boekjes las? zei hij. We lazen allemaal boekjes of hadden dat in ieder geval ooit gedaan, maar zo heel veel waren we daar niet mee opgeschoten. Het was in elk geval geen reden om aanmatigend te worden. Wat was de prestatie die mij het recht gaf me interessanter te wanen dan anderen?

Dat was overigens niet als verwijt bedoeld, voegde hij er bescheiden aan toe, want ook hijzelf kon geen dergelijke prestaties voorleggen. Hij gaf het alleen maar ter overweging mee, uitsluitend met de beste bedoelingen, aan iemand voor wie misschien de tijd was gekomen om zich ook eens wat bescheidener te gaan opstellen.

Nee, jullie hebben gelijk, antwoordde ik hem, maar wel pas de volgende dag, toen ik op mijn eentje en met een kater door de straten van Brussel liep. Groot gelijk. Ik kan niets bewijzen. Maar ik heb ook helemaal niet de behoefte om te bewijzen wat jullie denken dat ik zonodig bewezen wil hebben. Ik heb nooit beweerd dat ik interessanter zou zijn dan een ander. Ik heb alleen maar op heel jonge leeftijd vastgesteld, en sindsdien altijd geloofd en beleden, dat er dingen bestaan die interessanter zijn dan ik. En dat wie zich in die dingen – in die teksten – verdiept, tenminste voor de duur van de lezing ervan interessanter kan worden dan hij zelf is.

Maar jullie weten dat natuurlijk allemaal al lang. Ik hoef jullie niets te vertellen, ging ik verder, terwijl mijn denkbeeldige publiek niet langer alleen bestond uit mijn gesprekspartner van de vorige avond of die van andere avonden, maar zich verder had uitgebreid met enkele gezichten die ik me nog herinnerde uit de collegezaal: onverstoorbare, afwachtende, kritische, sceptische of in elk geval weinig overtuigde (en uitsluitend mannelijke) gezichten. Als jullie nu maar niet gaan denken dat jullie míj iets te leren zouden hebben. Ik ken jullie soort bescheidenheid. Jullie geven altijd heel deemoedig en probleemloos toe dat jullie niet interessanter zijn dan een ander. Maar wat jullie eigenlijk bedoelen is de zeer onbescheiden omkering daarvan, namelijk dat een ander, dat niets of niemand interessanter moet denken te zijn dan jullie. Jullie geloven echt een maximum aan individualiteit en vrijheid en emancipatie te hebben bereikt. Maar in mijn ogen, weet je wat? In mijn ogen zijn wij nog maar een minimum...

Zozeer was ik al wandelend opgegaan in het ritme van mijn preek dat ik een gestalte die recht op me afkoerste pas opmerkte toen deze – duidelijk moedwillig – met zijn schouder op de mijne inbeukte, wat aan mijn chronisch overgevoelige musculatuur een steekvlam van protest ontlokte. Verbijsterd draaide ik me om. De bruingekleurde, baardige jongeman had hetzelfde gedaan en stond me vuil aan te kijken. Wat had dit te betekenen? We bevonden ons in de prestigieus bedoelde kantoortorenwijk achter het Noordstation, wat helemaal niet doorging voor een probleembuurt, dus wat was het probleem? Hij zag er trouwens ook niet uit als een te mijden stukje straatcrapuul. Hij was op een ouderwetse manier degelijk gekleed, zedig, boers, in een kraakwit hemd en een pislelijk beige vest dat hem te ruim zat. Toen viel me het dingetje op dat hij in zijn rechterhand hield, een boekje waarvan het zakformaat, de leren kaft en de vergulde Arabische kalligrafie me deden vermoeden dat het zijn heilige boekje was. Een boekje waarvan de uitvoering niet op leesgemak was gericht maar op draagbaarheid, en waarvan de inhoud ook niet diende om zijn gevoeligheid te verhogen maar wel zijn gevoel van onkwetsbaarheid.

We priemden elkaar een paar spannende seconden lang in de ogen. We spraken geen woord. We peilden zwijgend de eventuele diepte, de mogelijke hitte van het conflict. Mijn aura tegen de zijne. Wat had ik hem misdaan? Waar dacht deze verwaande kwast het recht vandaan te halen om mij opzettelijk omver te lopen? Toch niet uit dat pathetische boekje van hem? Maar mijn aura bezweek merkwaardig snel, beschamend snel, vernederend snel eigenlijk, onder de druk van zijn verachting. Zonder om uitleg te vragen draaide ik me weer om en liep verder, met stuurse blik en kwetsbare wervelkolom, trillend van rondzwervende adrenaline. En met een schouder die aanvoelde alsof mijn arm er was afgehakt, de rechterarm, die uitliep op de hand waarmee ik zovele dagelijkse zonden pleegde.

Een drukke avenue voerde me naar het centrum. Het was natuurlijk maar een onbeduidend incident geweest, een voorvalletje van niks. Iemand anders zou over zo'n futiliteit zijn schouders hebben opgehaald. Er gebeurden in een stad als Brussel wel ergere dingen. Maar in het lege spiegelpaleis van mijn vereenzaamde brein werd het eindeloos herhaald en uitvergroot tot een heuse botsing der literatuurlijsten. Het boekje dat hij voor heilig hield, minachtte ik als een kneuterig mengsel van boerenpraat en pseudospirituele kwezelarij. De teksten uit mijn eigen individuele canon zou hij alleen maar als een bron van verwerpelijk intellectualisme en immorele smeerlapperij beschouwen, als de neerslag van blanke uitputting en ontsporing. Dat hij hoogstwaarschijnlijk niets wist van wat ik had gelezen, maakte voor zo'n religioot overigens geen enkel verschil. Wat hem betrof kon ik zelfs evengoed nog nooit een boek hebben aangeraakt. Een goddeloos decadente zwakkeling was ik in zijn ogen hoe dan ook. Hij en zijn boekje dat alle andere boeken overbodig maakte.

Vanaf toen viel het me steeds vaker op dat ik van de blanke, steedse, hoogopgeleide middenklasse die ik zo diep mogelijk probeerde te verachten, zowat de enige vertegenwoordiger in het straatbeeld was. Zelfs al beheerste ik de honderdvijftig talen waar deze stad zich op beroemt, of al sprak ik in tongen, haast niemand om mij heen zou ook maar een fractie begrijpen of zelfs maar een seconde stilstaan bij wat ik bedoelde, net zomin als ik een boodschap had aan de denkwereld van Turken of Berbers of Afrikanen. Ik kreeg een steeds grotere hekel aan de collectief geveinsde vroomheid van vrouwen die een hoofddoek droegen. Nog meer walgde ik van volwassen mannen die het tot hun rol rekenden om passerende vrouwen met onbedekt hoofd aan te staren en na te kijken, en liefst op zo'n manier dat iedereen goed kon zien en niemand eraan zou twijfelen wat voor een hete hengsten ze wel niet waren. Het leven als derderangskomedie. Belabberde acteurs, bespottelijk script.

Natuurlijk liet ik niets merken van mijn afkeer. En ik twijfelde er niet aan dat mijn eigen complicaties voor hen niets anders waren dan levenloze flauwekul. Ook de kinderen van een traditionalistisch proletendom zagen zichzelf op een of andere manier als een maximum, en het was meer dan waarschijnlijk dat ze in mij niet eens een minimum zagen. Zij die het individuele denken haatten omdat ze als individu niets voorstelden, ik die hun groepsbewustzijn haatte omdat ik tot geen enkele groep behoorde. Ik, ik, ik. Mijn betere ik en zijn bittere hik, mijn kreunend gebeente, de roestige gongslagen van mijn schipbreuk... Het zou in elk geval nooit in hun hoofd opkomen een boek vast te pakken uit het sediment van geletterdheid waaronder ik plat als een oorwurm begraven lag. *Ce n'est pas la vérité, c'est la vie qu'on vit*, zoals Moulangua mijn schoonmaakster me bij herhaling graag had voorgehouden, complexloos ronddobberend op haar schommelende vlot van billen en borsten en buiken.

Dat ik mij tien jaar geleden in deze zogenaamd kosmopolitische stad was komen vestigen, in deze volstrekt zinledige opeenpakking van mensen met wie ik voor negenennegentig procent niets, maar dan ook helemaal niets had uit te staan, was misschien nog wel een van mijn grootste vergissingen geweest. Ik, de literatuurdocent die zoveel uur per week lesgaf over de kunst van de precieze stijl, over het wantrouwen tegen de woorden dat de grote auteurs met maniakale preciseringsijver probeerden te overwinnen, ik had me als het eerste het beste artistiekerige leeghoofd laten verleiden door het woord 'kosmopolitisch'. Ik had gedaan alsof ik geloofde dat een kosmopolitische stad als Brussel de plaats was waar 'het' gebeurde. In feite gebeurde er natuurlijk helemaal niks. Ik zocht de klasse van mensen op waartoe ik altijd al min of meer had behoord, en 'het' bleek niets anders te zijn dan hun ridicule pretentie dat wat zij dachten, zeiden en deden een kosmopolitisch stempel droeg. Maar in werkelijkheid zeiden, dachten of deden ze natuurlijk helemaal niets wat ook niet overal elders werd gezegd, gedacht of gedaan.

Eigenlijk had ik al meteen toen ik er was komen wonen, aan deze stad een hekel gekregen, vooral op zonnige dagen, wanneer toeristen en koopvee en lanterfanters en lotuseters me overal in de weg liepen en me dwongen mijn tred aan te passen aan hun dommelige tempo. De ijsjes of wafels of broodjes die ik ze zag eten, de drankjes die ik ze zag drinken, deden mijn gedachten onweerstaanbaar uitgaan naar de riolen die gevuld waren met het afval dat ze produceerden. Hoe voller de straten en terrasjes, hoe sterker ik moest denken aan de cloaca onder onze voeten. Ik liep ogenschijnlijk over de stoep, maar in het diepst van mijn gedachten waadde ik door de stront. Gaandeweg raakte ik gewend aan de drukte en nam dit dwangbeeld in kracht af. Maar nu kwam het weer naar boven, opdringeriger dan ooit. En in het walgelijke ondergrondse dat het me voorspiegelde, en dat me soms bijna werkelijk deed kokhalzen, zo concreet was de voorstelling, zag ik het ware lichaam van de stad, meer dan in haar eindeloos opgelapte bovenbouw en de schone schijn en het opgekropte geweld van haar krioelende zielen.

Al hield ik me tegenover mijn vrienden over het algemeen nog een beetje in, op sommige van mijn uitspraken volgden nu en dan verlegen stiltes en bedenkelijke blikken. Toch scheen niemand werkelijk te willen geloven dat ik plots in een provinciale racist zou zijn veranderd. Dat was ik ook niet. Ik was er me heel goed van bewust dat mijn grieven tegen de grootstad berustten op algemeenheden die niet minder idioot waren dan de verwachtingen die ik mezelf eertijds had aangepraat. Maar dat weerhield me er niet van in de boosheid te volharden. Ik hoefde intellectueel toch niet eerlijker te zijn dan de anderen. Alsof mijn opvattingen karikaturaler zouden zijn dan de hunne. Alsof hun opvattingen minder dan de mijne zouden zijn getekend door vaagheid of wensdenken of gebrek aan nuance.

De stad was geen oord van precisie of geestelijk raffinement, beweerde ik. De steden van de wereld waren woekerende melanomen van alsmaar grovere dorpsheid, waarin het individuele, het werkelijk individuele brein steeds kleiner werd, steeds onooglijker, en steeds minder te betekenen had. Stadslucht maakt vrij? Laat me niet lachen. Hier heerste het bekrompen spook van de identiteit, niet de delicate geest van de uniciteit. De stad was de necropool waarin het individu levend werd begraven. En als het individu dat niet langer als dusdanig aanvoelde, kwam dat gewoon omdat het intussen al finaal was gestikt, of nooit had bestaan. Niets was zo'n volstrekte tegenpool van de literatuur als de grootstad.

Een van de zwakke punten in mijn betoog was natuurlijk dat ik deed alsof ik nog altijd met de literatuur was getrouwd, alsof we nog steeds een gelukkige verhouding hadden, terwijl we in de praktijk al een hele tijd van tafel en bed gescheiden leefden. Ik kon mijn favoriete auteurs als producenten van werkelijkheid in het geheel niet meer zo ernstig nemen als vroeger. En het afkerige gevoel dat de stad me bezorgde, was veel sterker en leek ook reëler dan de gezondheid die ik me ooit had verbeeld te ontlenen aan de literatuur. Maar dat ik dit zwakke punt niet ontkende, het zelf ter sprake bracht, en daarmee mijn betoog meteen ook ondergroef, maakte juist dat het voor mijn vrienden allemaal verteerbaar bleef en tot op zekere hoogte zelfs vermakelijk was. Het kwam hun hoe dan ook beter uit om in vrijwel alles wat ik beweerde, de lulkoek van een poseur te horen, de poseur die ik in hun ogen altijd al was geweest op die deels ergerlijke, deels aandoenlijke manier van mij.

Marino moet erom glimlachen. Des te beter. Op die manier voorziet hij het relaas van wie ik destijds was, van de geluidloze lach die ik toen zelf nog niet kon opbrengen. Het voorgaande heeft hij zonder al te veel tegenzin genoteerd.

Tenslotte is hij het niet, maar ben ik degene die zich met dit geraaskal wenst te vereenzelvigen. Tenslotte wijst dit gebrek aan vorm, aan logica, aan samenhang en consistentie op het falen van mijn talent en niet op dat van het zijne. Tenslotte ben ik degene die aan deze woorden een bestaan hoopt te ontlenen, en niet hij. Zijn bestaan berust op andere dingen.

Zijn teleurstelling dat Eveline Tits hem niet meer zal komen bezoeken, is onmiskenbaar omgeslagen in opluchting. Zij had hem zonder het te beseffen opgezadeld met een verplichting die te zwak was gedefinieerd om eraan te kunnen voldoen. En nu de druk van deze vage verplichting is weggevallen, begint het hem opnieuw te dagen wat hem werkelijk te doen staat: dit verhaal afmaken. Waartoe deze aantekeningen zouden kunnen leiden, staat hem nu zelfs helderder voor ogen dan ooit. Hij zal alles van zich afschrijven. Hoe overtuigender hij onze geschiedenis onder woorden zal kunnen brengen, des te onwerkelijker zal ze worden. Hoe betekenisvoller ze zal lijken, des te fictiever ze zal zijn. Hoe meer hij erin zal slagen mij tot een volwaardig personage te reduceren, des te minder zal ik wegen als de herinnering aan een bestaand persoon. Hoe levendiger dit verhaal wordt, des te scherper zal het zich onderscheiden van het echte leven. Hoe meer het in fictie is omgezet, des te minder zal het tot de feiten behoren. En aan het eind zal het dan misschien wel zijn alsof er helemaal niets is gebeurd...

Ik weet het niet. Maar wat Marino's verwachtingen ook zijn, ze moeten niet noodzakelijk volledig samenvallen met mijn bedoelingen. Laat ik nu maar gewoon profiteren van zijn nieuwe ernst en vastberadenheid. We zien wel hoe het loopt.

19

De dag waarop Marino en ik elkaar hebben ontmoet, was een van die dagen waarvan er steeds meer voorkwamen: een recorddag. Nadat een hele reeks recorddagen voor de warmste decembermaand, de droogste januarimaand en de somberste februarimaand sinds het begin van de waarnemingen had gezorgd, en nadat de zachtste winter was gevolgd door de natste maartmaand aller tijden, waren we beland in de heetste aprilmaand ooit. Het werd eigenlijk een beetje ridicuul, al die dag na dag sneuvelende records. Misschien moesten ze maar eens ophouden met de huidige omstandigheden af te zetten tegen de gemiddelde waarden van de afgelopen eeuwen. Misschien moesten we maar eens leren wennen aan de nieuwe eeuw met haar nieuwe grafieken en nieuwe gemiddelden.

Ik liep door de straat waar scheve, honingkleurige lichtbanen de gevels aan de zonkant in lichterlaaie zetten. Ze gloeiden als de panelen van een brandbaar decor dat elk moment kon ontvlammen: een onheilspellend sfeertje dat helemaal aansloot bij mijn eigen geestesgesteldheid. De koorts zat niet alleen meer in mijn hoofd, hij zat nu overal.

Het atmosferische element verkeerde in dezelfde staat van ontwrichting als ik. Ik mocht dan een rare vogel zijn geworden, ik bewoog me door een niet minder rare lucht.

Mijn wandelingetje hield verband met wat we mijn hobby zouden kunnen noemen. Als een doodgewone consument was ik op weg naar de plaatselijke vestiging van een winkelketen waar ik me iets wilde aanschaffen om de capaciteit van mijn computer mee uit te breiden. Ik wist niet wat voor iets dat precies moest zijn. Ging het om een toename van het geheugenvermogen, ging het om nieuwe software? Ik had er geen idee van. Ik wist niet veel van computers, en had er ook geen probleem mee om dat toe te geven. Het enige waar ik over piekerde was hoe ik aan de verkoper zou kunnen uitleggen wat ik nodig had zonder te vertellen waarvóór. Ik kon toch moeilijk zomaar zeggen dat het me niet langer voldeed om het ene na het andere pornofilmpje af te spelen, maar dat ik er minstens een tiental gelijktijdig wilde kunnen bekijken. In feite zou zelfs dat nog niet echt hebben volstaan. Wat ik eigenlijk zou willen, was alle nieuwe orgasmen die het pornonet me op één dag te bieden had, downloaden en ze vervolgens allemaal laten samenvloeien tot één kakofonische climax van gekreun en gesteun, van spastisch vlees en draaiende ogen, tot één witte, stroperige Amazone van sap en geil. Ik was er zeker van dat zoiets me een geweldige kick zou bezorgen. Een mens moest natuurlijk realistisch blijven. Hoeveel extra computers zouden er wel niet nodig zijn om deze ultieme droom te verwezenlijken. Hoeveel extra ogen en breinkracht om hem in één panoramische blik te vatten. Maar ik wilde in elk geval meer dan drie filmpjes tegelijk kunnen bekijken.

Wat was ik toch een vies mannetje geworden. Een eenzaam rukkertje, een obscene trol vol vreugdeloze almachtfantasieën in een poppenkijkspel voor volwassenen. Als in deze woorden al zoiets als zelfverachting lag besloten, dan raakte me dat niet meer echt. Het waren woorden die geen bijzondere smet meer op mij wierpen, aangezien ik door hun waarheid allang van top tot teen bezoedeld was. Ook dat, nam ik aan, was typerend voor het hedendaagse levensgevoel. Maar om nu aan de eerste de beste verkoper zomaar te tonen hoe hedendaags ik wel was, nee, daarvoor was ik net niet hedendaags genoeg...

Ik was me nog aan het afvragen hoe ik het precies zou aanpakken, toen ik ergens in een straatje waar verder geen winkels waren, op een etalage stuitte waarop in grote letters stond aangekondigd: TOTALE UITVERKOOP. ALLES AAN 50 %. De boodschap werd ook nog in het Frans herhaald. De winkel lag aan de diep beschaduwde straatkant en de vitrine was niet verlicht, wat het geheel een nogal sjofel aanzicht gaf. Vier of vijf computers stonden zich in de stoffige schemering achter het raam stierlijk te vervelen. Ik voelde aan de deur en die bleek niet op slot. Binnen viel geen klant of verkoper te bekennen. Het was een vrij kleine, schemerige winkelruimte. De rekken waren tamelijk wanordelijk volgestouwd met dozen, bedrukt met codes en intergalactisch jargon waarvan de betekenis me grotendeels ontging.

Ik vond net dat het nogal lang begon te duren voor de verkoper opdaagde, toen hij me met een keelgeluid liet merken dat hij al achter de toonbank had postgevat – als bij toverslag verschenen, of uit de vloer opgerezen, zo leek het wel.

'O... hallo.'

Bij wijze van antwoord knikte hij eens – ietwat smartelijk, ietwat vermoeid, had ik de indruk, wat onmiddellijk een zekere sympathie bij me opwekte.

'Ik zoek...' Ik besefte dat ik nog niet klaar was geweest met de voorbereiding van mijn verhaal.

'Spreekt u Nederlands?' vroeg ik.

De man knikte bevestigend. Ik was er nog niet zo zeker van of hij mijn vraag zelfs maar had begrepen.

'Misschien kunt u me helpen.'

'Misschien wel, ja,' antwoordde hij eindelijk. Wat daarbij meteen opviel was de innemende en zelfs indrukwekkende glimlach die doorbrak op zijn gezicht. Wat een mond had die man, en wat een kanjers van tanden. Ik kon niet anders dan me verwonderen over het welhaast dierlijke kaliber ervan. De lippen, hoe vol en breed ook, leken dat dentale bolwerk nauwelijks te kunnen omvatten, en toch was er in die barstensvolle mond nog ruimte over voor een spleetje tussen de bovenste snijtanden.

Samen met die glimlach flitste er ook iets op in zijn ogen wat me niet onberoerd liet. Hij maakte niet meer de vermoeide indruk van eerst, hij zag er plots zelfs jong uit, afgezien van de minder fleurige toestand van zijn hoofdhaar.

Zonderling, overdreven, nogal komisch eigenlijk, was Marino's manier om mijn verwarde en omslachtige verhaal met instemmende knikjes te begeleiden en zelfs nu en dan zijn lippen mee te bewegen, alsof hij me wilde souffleren bij het uitspreken van een tekst die hij beter kende dan ikzelf. Het leek bijna een parodie op wat voor commerciële vriendelijkheid zou moeten doorgaan. Zoals ik later te weten kwam, had zijn moeder hem een dergelijke houding ingeprent als bevorderlijk voor de verkoop, iets waar ze kennelijk net zo weinig verstand van had als haar zoon. Wat Marino achter dit gedrag verder probeerde te verbergen of te vergeten, was zijn verveling, of zelfs een licht dedain, tegenover alweer een klant die geen flauw benul had van het wonder van de informatietechnologie. Alweer een koper die iets wilde hebben zonder enig besef van het vernuft, de maneeuwen van onderzoek en ontwerp die eraan ten grondslag lagen. Louter consumenten die in de informatica uiteindelijk alleen maar een beetje afleiding zochten, een tweede leven in een virtuele wereld die inderdaad, precies zoals zijn moeder had gezegd, louter uit wensvervullingen bestond, of waarin de tegenslagen in elk geval pijnloos waren. Vaak gaven ze hem het gevoel dat hij een dokter was bij wie ze hun oude zenuwstelsel kwamen inruilen voor de zoveel pittiger ontwerpen waarin de elektronica voorzag. Maar een echte metamorfose vond natuurlijk nooit plaats. Ook de meest gesofisticeerde software veranderde uiteindelijk niets aan de natuur van zijn gebruikers. Marino's vroegere obsessie met computerspelletjes was allang overgegaan in een meer gereserveerde houding ten aanzien van een antropomorfe technologie die zo niet naar het beeld dan toch volkomen naar het verlangen van de klant was gevormd. In plaats van minder bracht deze technologie welbeschouwd alleen nog meer pretentie voort, in plaats van minder alleen nog meer illusies van actie, avontuur, meesterschap.

Zijn beslissing om de winkel te sluiten maakte het opnieuw wat makkelijker om ten overstaan van zijn weinige klanten een zekere schijn van gedienstigheid op te houden. In het vooruitzicht dat het met deze komedie spoedig zou zijn afgelopen, kon hij hun onbenul tot op zekere hoogte zelfs vermakelijk vinden. Zijn moeder zou dat ongetwijfeld hebben afgekeurd als een verkeerde instelling en een gebrek aan beroepsernst. Maar zij was nu dood. Over een maand ongeveer, op de eerste verjaardag van haar sterfdag, zou Marino definitief de deur sluiten achter de rug van zijn allerlaatste klant. Hij dacht trouwens niet dat hij haar nagedachtenis daarmee oneer aandeed. Natuurlijk was deze winkel haar idee geweest, maar niet omdat ze zelf zo graag een winkel had gehad. Ze had hem alleen maar ingezet als een middel waarmee ze hoopte haar zoon het huis uit te krijgen. En nu ze dood was, dat zou ze niet kunnen tegenspreken, hoefde dat voor haar niet meer.

De verkoper onderbrak mijn verhaal met de vraag naar bepaalde technische gegevens die ik, verstandig genoeg, op voorhand genoteerd had. Ik overhandigde hem het notitieblaadje dat hij met een verwonderde frons bekeek.

'U werkt wel met heel oud spul,' zei hij vriendelijk lachend.

'Ik weet het. Ik loop een beetje achter,' gaf ik goedmoedig toe. Natuurlijk voelde alleen ik hoe zwaar deze luchtig uitgesproken woorden wogen.

Daarop begon hij me vrij omstandig, heel voorkomend, uit te leggen wat voor producten de hedendaagse amateurfilmer zich allemaal niet kon aanschaffen om quasi professionele resultaten te behalen. Ik volgde zijn praatje niet al te nauwlettend. Voortdurend bleef mijn aandacht haken aan een of ander detail van zijn eigenaardige uiterlijk, wat overigens niet wilde zeggen dat ik hem geweldig aantrekkelijk vond. Zijn lichtjes bolle bovenrug en slungelige bouw bijvoorbeeld oogden niet bijster appetijtelijk. Ook was ik nooit zo dol geweest op beharing die uit de hemdsmouwen kwam gespoten en doorliep tot aan de vingerkootjes, of van borsthaar dat uit de halsopening van een hemd omhoogwoekerde tot waar de raspende zone van de baardgroei begon. Qua fysiek had ik ze destijds graag nog een beetje onrijp gehad, mijn mannetjes. Enige levenservaring kon zeker geen kwaad, maar ik hield van jeugdige trekjes die de belofte leken in te houden dat hun dragers nog in staat waren om verder te rijpen onder de zon van mijn retorica.

Het halfduister van dit onooglijke winkeltje wierp over Marino's voorkomen de schaduw van een oneindige saaiheid. Het moet vooral die twinkelende blik zijn geweest die me op het eerste gezicht een beetje charmeerde, en de nog bijna kinderlijke uitsloverij van een jongmens dat indruk probeerde te maken op een volwassene. Een dergelijke uitsloverij, meende ik, was zelf niet helemaal meer van deze tijd. Ik was niet de enige hier die een beetje achterliep.

Toen hij klaar was met zijn uitleg, knikte ik alsof ik het allemaal aandachtig had gevolgd. Ik merkte een zekere gelijkenis op met een of andere examensituatie uit het verleden, al was de examinandus in dit geval natuurlijk veel beter thuis in de leerstof dan ikzelf.

'Misschien moet u er nog eens over nadenken,' zei hij.

'Mmm...' deed ik peinzend, terwijl ik mezelf erop betrapte dat ik onwillekeurig broedde op de mogelijkheid dat deze man in een bepaald licht, onder een bepaalde hoek, in een bepaalde houding misschien toch aantrekkelijk genoeg zou kunnen zijn om...

'Of anders...' – en hij vertelde dat hij me, als ik er niet veel geld aan wilde spenderen, een verouderd programma kon bezorgen dat nog op die verouderde computer van mij zou werken, en dat me in elk geval meer te bieden had dan de beperkte mogelijkheden waar ik het nu mee moest stellen.

'Maar dan zult u wel tot morgen moeten wachten.'

'Ah, waarom?'

'Ik heb het hier niet in de winkel. Niemand vraagt er nog naar. Maar thuis heb ik, denk ik, nog een doos liggen.'

Ik knikte, besluiteloos. Of waarom, hoorde ik mezelf ineens op een wat onvaste toon vragen, zou ik die doos vanavond niet bij hem thuis kunnen komen afhalen. Dan kon ik tenminste vandaag nog verder werken aan 'mijn project'.

'Misschien kan ik me dan later nog altijd hier iets aanschaffen voor gevorderden,' voegde ik eraan toe.

'Later... Over een maand gaat de winkel dicht,' zei de man.

'Voorgoed?' vroeg ik.

Hij haalde onwillekeurig de schouders op.

'Voor mij hoeft het niet meer... En een ander is er niet,' antwoordde hij.

Hij keek op zijn polshorloge.

'U kunt nu meerijden, als u wilt,' stelde hij toen voor. 'Voor vandaag is het wel genoeg geweest.'

Ook Marino, zo bleek achteraf, was enigszins geschrokken van zijn eigen spontane aanbod om een klant mee naar huis te nemen, iets wat hij nooit eerder gedaan had. Zijn moeder zou het vast en zeker hoogst onprofessioneel van hem gevonden hebben. Misschien was dat juist de reden waarom hij het deed: om nog eens een bewijs te leveren dat het intussen echt wel de hoogste tijd was om met het uitbaten van deze handel te stoppen.

Ik geef toe dat dit alles nogal zouteloos klinkt. Maar wat voor zin zou het hebben om het te laten voorkomen alsof onze ontmoeting anders dan zuiver toevallig was, en alsof de eerste indrukken die Marino en ik van elkaar hadden, iets noodlottigs aankondigden. De waarheid is dat ze al bij al vrij onbeduidend waren en allang weer zouden zijn vervluchtigd als ze niet spoedig door krachtiger indrukken waren gevolgd.

Maar zover was het nog niet. Eerst moest Marino zijn winkeltje nog afsluiten, daarna bracht hij me naar zijn wagen, een donkerblauw, onooglijk geval van een Japans merk, dat misschien al wel twintig jaar oud moest zijn. Het was niet veel groter dan een hoed. En net zoals Marino, nog voor we dat autootje hadden bereikt, zich al begon af te vragen of hij zijn aanbod niet beter onder een of ander voorwendsel kon intrekken, zo had ik, toen ik was ingestapt, meteen zin om weer uit te stappen.

'Is het eigenlijk ver?' vroeg ik.

'Even buiten de stad,' antwoordde hij kortaf. 'U kunt makkelijk met de metro terug.'

Dat had nogal droog geklonken. Zijn eerdere voorkomendheid als verkoper begon het te laten afweten. Uit zichzelf scheen hij bijvoorbeeld niet langer van plan nog veel te zeggen. Wat was hij dan wel van plan? En wat was ík van plan? Het hele idee leek alleen nog maar gekheid van me, voor een deel ingegeven door mijn eenzaamheid, voor een deel misschien ook door die uitbarsting van vervuild en broeierig licht boven ons hoofd, die ontlading van trage rampspoed die je het gevoel gaf dat het er allemaal niet meer zo op aankwam. Maar in zoverre dat me al een beetje frivool had gestemd, schoot daar intussen maar weinig meer van over. De man naast mij was gewoon de saaiheid in persoon. Saai waren zijn kleren, saai was zijn wagentje, en niet minder saai was zijn uiterst voorzichtige, belachelijk reglementaire rijstijl. Hij reed zo stroef als een dametje van zeventig dat pas op haar zestigste een rijbewijs had gehaald. En nu was ik met hem op weg naar een ongetwijfeld al even saaie woonst, waar ik na het afronden van een saaie aankoop de saaie metro naar mijn eigen saaie appartement zou nemen. Dat ik bovendien niets beters te doen had, maakte me er ook niet meteen vrolijker op.

'Jij rijdt anders ook rond in wel heel oud spul,' probeerde ik bij wijze van grapje, wat hem alleen maar een flets lachje ontlokte. De verkeersdrukte leek al zijn aandacht op te eisen. Hij hing met zijn hoofd boven het stuur, de bestuurdersruimte vullend als een reusachtige sprinkhaan met half toegevouwen ledematen.

We schoven slechts langzaam op in een file die op dit uur van de middag heel normaal was op de uitvalswegen uit de hoofdstad. Maar onder de zonnegloed versmolten de wagens tot stromen van trillend chroom, nog trager en stroperiger dan gewoonlijk. Het zweet brak me uit. Ik werd plots een beetje misselijk van de honger en kreeg krampen in mijn maag. Net toen ik te kennen wilde geven dat ik maar beter kon uitstappen, loste de file op en gleden we onder een volkomen stilzwijgen een tunnel in die ons uit het centrum voerde.

Kort daarop reden we door een mooie laan waar het licht op een minder kleverige, meer onstoffelijke manier door het nog prille gebladerte van de hoge beuken aan weerszijden speelde. Links en rechts lagen villa's te fonkelen in de zon: volumineuze kasten in diverse stijlen, meestal omgeven door een stralend groen gazon zo groot als een sportveld. Vaak kon je wel twijfelen aan hun architecturale maar in elk geval nooit aan hun nominale waarde. Zou ik hier ooit hebben willen wonen? Ik had altijd gedacht van niet.

In de geestelijke gemeenschap waartoe ik mezelf rekende, waren alle constructies van werkelijk belang alleen maar uit woorden opgetrokken. Misschien zou de meesterlijke beschrijving van zo'n villa me nog hebben kunnen aanspreken, maar de villa zelf zou me tamelijk koud hebben gelaten. Natuurlijk kwam ik wel eens een huis tegen dat ik op een oppervlakkige manier oogstrelend vond, maar ook dat was in mijn ogen uiteindelijk toch maar een decorstuk. Het is prettig in een rijk land te wonen, zei ik dan, maar persoonlijk hoef ik niet zo nodig rijk te zijn. Net als zovele andere verstandige concepten uit de denkwereld der volwassenen, had ook het concept wonen me nooit erg beziggehouden. Mijn thuis is waar ik een boek kan lezen, nog zo'n typische eigenwijsheid uit de mond van Bruno Klaus. Het bezit van een huis scheen me een vorm van zwaarlijvigheid toe, materiële ballast die afbreuk deed aan de mentale lenigheid en onverschrokkenheid die vereist waren voor het alpinisme, de acrobatiek, de speleologie der letteren...

Maar tegenwoordig was de idee van een geestelijke gemeenschap wel heel ver weg. Terwijl we door deze wijk reden, begreep ik dat het wellicht geen geringe troost moest zijn om je persoonlijke nietigheid achter het indrukwekkende postuur van deze gevels te kunnen verbergen, de onneembare hekken, de koninklijke oprijlanen, het wagenpark van topmerken. Je behoorde tot een gemeenschap van mensen die hun bezit voor zich konden laten spreken zonder dat ze daar persoonlijk veel origineels aan hoefden toe te voegen. Neen, origineel was het niet, geld, maar ik had nog nooit iemand tegen de universele zeggingskracht ervan iets ernstigs horen inbrengen, op wat afgunstig gezeur na.

Toch voelde ik niet de minste jaloezie. Nu de hele omgeving eropuit leek me jaloers te maken, bleek ik tot mijn kalme genoegen veeleer iets als trots te voelen. Dat ik het luchtkasteel waarvan ik de eigenaar was geweest, met niemand meer kon delen, en dat ik niemand, ook mezelf niet, nog kon overtuigen van de waarde ervan, stemde me niet tot zelfbeklag. Integendeel: voor het eerst sinds lang kreeg ik een gevoel van zelfbewuste aanvaarding, van lotsbestemming. Ik was mislukt zoals alleen ik had kunnen mislukken. En ik was bereid om daarvan alle gevolgen te dragen. Valse troost zou ik versmaden.

Ook was ik de man naast me nu dankbaar dat hij me zo volmaakt met rust liet en me niet verplichtte tot het voeren van een banale conversatie. Hij hield zich op deze kaarsrechte laan, waar verder nauwelijks verkeer was, strikt aan de opgelegde snelheidsbeperking. En waarschijnlijk lag het aan dit nodeloos trage tempo dat ik moest denken aan een begrafenisstoet van auto's waarin ik ooit was meegereden. Het wilde me niet meteen te binnen schieten wiens kist we toen volgden, maar nu kreeg ik, niet zonder een siddering van droefgeestige vervoering, ineens het idee dat het de resten van mijn eigen bestaan waren die door deze man naar hun eindbestemming werden gevoerd. Ook zijn zwijgen had, al kon het zo niet bedoeld zijn, het plechtige en respectvolle karakter dat bij een begrafenis paste.

Wat mij betrof mocht deze rit nog even blijven duren, en mocht hij minstens tot na zonsondergang rondjes met me maken door deze wijk. Zou het werkelijk de wrijving met dit protserige sfeertje zijn geweest die mijn intellectuele trots als een meteoor deed opgloeien – een flitsend saluut uit mijn verleden? Maar natuurlijk moesten we ooit ergens aankomen, en ik begon al te vrezen dat we spoedig deze buurt achter ons zouden laten om ergens in een heel andere buurt halt te houden voor een of ander onooglijk rijtjeshuis dat zou passen bij het formaat van dit wagentje. Het was dan ook een verrassing toen we plots een zijstraat insloegen en dieper in de verkaveling doordrongen in plaats van eruit weg te rijden. Even later stopten we zelfs, in een bocht van de weg, voor een huis, aanzienlijk kleiner dan zijn buurhuizen, dat langs alle zijden werd bestormd door woest golvende klimop. Het voegwerk, voor zover zichtbaar, was diep uitgesleten; de pistachegroene verf die ooit de muren had bedekt, was grotendeels afgebladderd. Een verticale barst leek de schoorsteen bijna in tweeën te splijten. Rond dit charmante bouwsel lag een al jarenlang aan zichzelf overgelaten wildgroei van bomen en struiken.

'Hier is het,' zei de man.

'Mooi,' zei ik.

We stapten uit, liepen door de poort van een roestig hek en volgden een paadje, hij voorop, dat ons door de warrige begroeiing om het huis heen via een gazonnetje naar een smal terras aan de achterzijde leidde. Vele van de kleine keramische tegels zaten los of waren gebroken.

Hij bood me een houten, krakkemikkig stoeltje aan dat daar stond en daar al jarenlang in weer en wind leek te hebben gestaan, en ging naar binnen om de doos te zoeken waarvoor ik gekomen was. Ik hoorde deze grote, hoekige man een trap op stampen, en het leek een eeuwigheid te duren voor hij weer verscheen.

Waarom, zo zou de later nog vaak gestelde vraag luiden, waarom had ik uitgerekend Marino uitgekozen als de uitvoerder van mijn laatste wil? En waarom, trouwens, had ik er gewoon niet zelf een eind aan kunnen maken? Waarom moest ik daar zo nodig een ander bij betrekken?

Wat daarover ook allemaal gezegd is en wat niet, ik wil hier uitdrukkelijk stellen dat het aanvankelijk nog eerder Marino's huis dan Marino zelf was dat me deed geloven mijn bestemming te hebben bereikt. Als hij me naar een locatie had gebracht van dezelfde kleurloosheid als zijn wagen of zijn kleren, was er niet veel gebeurd. Dan zou ik na die stupide doos in ontvangst te hebben genomen, meteen vertrokken zijn, vanbinnen onaangenaam leeg als een kind dat eigenlijk helemaal niet blij was met het speeltuig waar het zo lang om had gezeurd. Maar nu was er die grote rode beuk achteraan in de tuin, waarvan de blaadjes in de alsmaar verzadigder tinten van de avond stuk voor stuk opflakkerden als lekkende vlammetjes. Er was het machinale geraas van de ringweg in de verte, dat door de klimop werd beantwoord of tegengesproken met zacht geruis. Het zal ook wel gelegen hebben aan de funeraire stemming waarin de autorit me had gebracht, dat het leek of het rood van een bed papavers op het punt stond me in te wijden in de ultieme betekenis van zijn zinderende felheid, maar alleen op voorwaarde dat ik bereid was onmiddellijk daarna te sterven – en anders niet. De bakstenen achtermuur van het huis, waarlangs een oranje gloed omhoogkroop, oefende een zuigkracht op me uit, en wel in die mate dat ik me al met gespreide armen naar dit warme, ruwe, poreuze vlak zag toe stappen terwijl ik erin slaagde elk verzet te laten varen, elk greintje weerstand dat het bezit van een lichaam me ingaf, om ten slotte als een spook, nee, niet door de muur heen te lopen, maar erin op te lossen, niets achterlatend dan een schaduw, een vochtvlek, een donkere afdruk met gestrekte vleugels...

De man trof me aan waar hij me gelaten had, gezeten op dat stoeltje, de ellebogen leunend op mijn dijen, het gezicht begraven in mijn handen. Ik had hem niet horen aankomen.

'Is alles in orde?' vroeg hij lichtjes bezorgd.

'Ja hoor,' antwoordde ik, met een uitdrukking op mijn gelaat die dat wellicht niet helemaal kon bevestigen.

Hij aarzelde even. Daarna begon hij op gespannen toon zijn excuses aan te bieden voor het feit dat hij zich blijkbaar had vergist, dat hij dat bepaalde programma niet meer in voorraad had, dat ik dus helemaal voor niets was meegekomen, dat hij het mogelijk nog wel kon nabestellen maar dat deze handel hem eigenlijk totaal niet meer interesseerde. Na die laatste mededeling viel hij stil. Het was of hij de moed moest verzamelen om me vervolgens te vertellen dat het hem allemaal ijskoud liet, de verkoop, de producten die hij verkocht of de klanten die ze kochten, al was dat, voegde hij er schuldbewust aan toe, mijn zaak niet en nog minder mijn fout, en hij drukte nog eens zijn spijt uit dat ik ten gevolge van zijn desinteresse en nonchalance zoveel tijd had verspild. Hij zou me meteen terugrijden naar de stad, en mogelijk was er nog ergens een winkel open waar ik me het benodigde alsnog kon aanschaffen.

'Het is niets,' zei ik zachtjes.

'Hoe stom van me,' sprak hij geërgerd.

'Ik vind het echt niet zo erg,' fluisterde ik bijna.

Hij keek me, dacht ik, dankbaar aan.

'Dat is vriendelijk van u... Goed dan... Ik heb er trouwens dorst van gekregen. We zullen dadelijk gaan... Kan ik u anders misschien eerst iets te drinken aanbieden?' vroeg hij.

Een glas water, ja, dat zou welkom zijn, antwoordde ik.

Hij verdween weer in het huis. Ik hoorde gerinkel van glazen en een kastdeur die werd dichtgesmeten. Ik hoorde de niesstoot van een fles spuitwater die openging. Ik kon zelfs de belletjes in het glas horen springen, zo scherp was mijn gehoor. Het viel me te binnen dat ik al in eeuwigheden geen huiselijk geluid meer bewust had waargenomen. De geluiden die ik in mijn eigen woning maakte, merkte ik natuurlijk niet op, en hoe lang was het niet geleden dat ik nog in de huiselijke omgeving van een ander had vertoefd.

Daar verscheen hij weer op het terras, overhandigde me een glas, dat ik leegdronk en op de grond zette.

Ik stond op. We moesten gaan. Maar ik wilde helemaal niet gaan.

'Het is hier prachtig,' zei ik.

'Ja... Onder zo'n boom,' en hij wees naar de beuk, 'voel je je net een klein kind.'

Ik keek hem verwonderd aan en meteen sloop er een zekere gêne in zijn blik.

'Ik bedoel maar...' zei hij.

'Ja, ik begrijp het,' zei ik. 'Het is hier werkelijk prachtig.'

Dat scheen hem weer wat gerust te stellen.

'Soms lig ik daar in het gras,' sprak hij na een korte stilte en wees naar het gazonnetje, 'en dan...'

Toen aarzelde hij weer en leek een beetje geïntimideerd door iets al te gretigs in mijn houding.

'En dan lig ik daar...' besloot hij zwakjes.

'Ik zou hier wel voor altijd kunnen blijven,' zei ik.

Hij glimlachte breeduit.

'Ik meen het,' zei ik. 'Ik meen het echt.' Ik meende het ook echt. En al mag de uitdrukking op mijn gezicht er dan misschien wat scheef en smartelijk en ongemakkelijk hebben uitgezien, en lang niet zo koket of zelfingenomen hebben aangevoeld als ik ooit had gedroomd, toch moet het die geluidloze lach zijn geweest die nu eindelijk een fysieke uitweg vond. Een warme föhn golfde door mijn leden, door mijn buik, en deed de ijzige weerspannigheid van bepaalde vezels smelten. Met een schokje, een tikje, schoot er iets los, waarop een somber verlangen in beweging kwam om voor de allerlaatste keer aan te raken en aangeraakt te worden.

Als Marino een paard was geweest, was ik hem toen misschien evengoed om de hals gevallen. En als hij in velerlei opzichten niet zo onervaren was, zou hij zich misschien meer verbaasd hebben getoond over het verbazingwekkende van mijn gedrag. Nu vond hij het niet eens zo geweldig abnormaal dat ik op hem afliep en mijn armen om hem heen sloeg en mijn wang snikkend tegen zijn sleutelbeen drukte, dat er zelfs een traan uit mijn ogen rolde terwijl ik kermend met mijn lippen de zijne zocht. In Marino's kuise universum was het niet onlogisch dat je al behoorlijk van streek moest zijn om je aan een ander vast te klampen. Het zou pas echt onbegrijpelijk voor hem zijn als je zoiets deed in het bezit van je volle helderheid. Wat het precies was wat me zo van streek bracht, kon hij natuurlijk niet weten. Maar het lag niet in zijn aard om te geloven dat hij dat ooit werkelijk zou kunnen begrijpen, en hij verwachtte ook niet dat ik het hem ging uitleggen. Daarom juist, volgens zijn vage inschatting van de situatie, probeerde ik hem te kussen, daarom wurmde ik mijn hand onder zijn hemd en achter zijn broekband: omdat ik gewoon niets beters wist te verzinnen, omdat ik niets meer te vertellen had maar daar blijkbaar geen genoegen mee kon nemen.

Naar de normen van het damesblad was het zeker geen

fantastische seks. We zijn er niet eens bij gaan liggen. We deden het rechtop, daar op dat terrasje. Zo heel veel deden we trouwens niet. Het ging er nogal stuntelig aan toe, het verliep niet erg geïnspireerd. Niemand had zin om de ander uitgebreid te verwennen. Er waren bovendien ook enige technische problemen. Marino was bijna een hoofd groter dan ik, wat het kussen in een staande houding bemoeilijkte. Onze monden pasten helemaal niet op elkaar. Ik was net een poetsvis die rondhing bij de muil van een groot, lauw en nogal afwezig dier. Maar het was ook weer niet de slechtste seks die zich liet indenken. De keren die hierop zouden volgen, was de seks in elk geval nog slechter. Wanneer de daad zich onaangekondigd en abrupt voltrok in een sfeer van verwarring of ontreddering, kon Marino zich er tot op zekere hoogte nog in vinden. Maar toen gaandeweg bleek dat ik er een vaste gewoonte van wilde maken, toen er iets doelbewusts achter mijn avances scheen te steken, werd zijn optreden steeds onwilliger en, wanneer ik hem dan toch na enkele glazen wijn uit de kleren kreeg, steeds pijnlijker en bruter.

Op een goeie dag zou hij me vast en zeker definitief aan de deur hebben gezet, of niet meer opendoen wanneer ik aanbelde. Alleen door hem op een gegeven moment expliciet in te wijden in mijn duistere bedoeling, kon ik dat voorkomen. Je hebt koppels die experimenteren met de plaatsing en de kleur van de lampen in de slaapkamer tot ze het soort belichting hebben gevonden waarin ze elkaar het lekkerst vinden. Zo zou je kunnen zeggen dat mijn plan de schemertinten creëerde die mijn fysieke aanwezigheid voor Marino zo niet aantrekkelijk dan toch aangrijpend maakten, en er het dramatische karakter aan gaven dat om een ontknoping vroeg.

Waarom ben ik niet voor een trein gesprongen? Waarom me niet uit een raam gestort vanaf een zekerheid biedende hoogte? Waarom geen gebruikgemaakt van strop, kogel of pil? Of me te pletter gereden in mijn wagen? Ik heb sommige van deze scenario's zeker in overweging genomen. Er waren dagen dat ik bijna aan niets anders dacht. Ze vormden een lang, grauw lint van woede en tijd dat voortdurend door mijn hoofd liep. Maar nooit bezaten ze dat kritische gehalte aan springstof dat nodig was om me tot de daad aan te zetten. Pas toen de tijd de gedaante aannam van een mens met zijn eindige geduld, aandacht en begrip, pas toen ik iemand bereid had gevonden om als zandloper te fungeren, had ik een concrete deadline. Marino's begrensde vermogens stelden de grens. Zijn betrokkenheid was het die ik niet mocht overleven.

20

Voor de wetenschap heb ik altijd de minimale belangstelling opgebracht die ik haar vanuit een zekere intellectuele oprechtheid verschuldigd was. Ik was op de hoogte van de rudimentaire feiten. Ik las de krant. Ik wist alles wat een leek moest weten om bij te zijn. Wanneer een wetenschapper op vrome toon verklaarde dat het menselijke brein het meest complexe stuk materie was van het ganse heelal, dan wilde ik dat best aannemen. Ik had respect voor het materiële wonder van het leven, en erkende dat er op de keper beschouwd geen andere wonderen dan materiële bestonden. Ik kon zelfs smakelijk lachen om het sarcasme van een eminent bioloog die er in een kranteninterview fijntjes op wees dat je om bijvoorbeeld naar Amerika te gaan altijd het vliegtuig zou nemen en nooit een vliegend tapijt, hoe antiwetenschappelijk je ook was ingesteld. De man had gelijk. Maar hij vergiste zich als hij dacht dat ik continu in zijn gelijk was geïnteresseerd.

Ook al kon je op een tapijt niet vliegen en raakte je geen meter vooruit, laat staan tot in Amerika, niets kon je beletten om erop te gaan zitten en je in te beelden dat je een zelfstandige geest was die boven het lichaam stond. Waarom ook niet? De wetenschap zou voor jouw hoogst individuele geval toch nooit een sluitende verklaring kunnen geven. Waarom zou jijzelf over dat geval dan niet iets mogen beweren wat niet zo wetenschappelijk was?

Nu leek de in principe waardevrije wetenschap me als gids voor zelfinterpretatie nog altijd te verkiezen boven de moraliserende kolder van de religie, dat wel. Maar niets haalde het naar mijn smaak bij de literatuur. De grote auteurs, dat waren nog eens mannen. Die hadden geen biologie of theologie nodig om hun verzinsels te rechtvaardigen. Onverschrokken kwamen ze op voor de waarheid en het bestaansrecht van hun personages met geen ander wapen in handen dan de hypnotische vermogens van de taal. Als je daar niet vatbaar voor was, lieten ze je verder met rust. Was je er wel vatbaar voor, dan raakte je in trance. Ze benevelden je, deze magiërs, maar ze bedrogen je niet. Ze spiegelden je geen werkelijkheid voor die buiten hun woorden zou bestaan. Ze schortten alleen je behoefte op aan een andere werkelijkheid dan die van hun woorden.

Was ik maar een groot auteur geweest – helaas kon ik hooguit een groot lezer worden genoemd. Maar er sijpelde wel iets van de trance van het lezen door in mijn leven. Zo hield ik er mijn onwankelbare minachting aan over voor mensen die zich, wanneer ze overgaan tot paring, inbeelden een rolletje te spelen in het evolutieverhaal of in een goddelijk ontwerp. De lectuur van mijn geliefde meesters had mijn brein te complex en te eigenzinnig gemaakt, te zeer vervuld van tegenstrijdigheden, om me nog verwant te kunnen voelen met apen, kippen, honden, varkens of religioten. Eenduidigheid vond ik iets vies. Zelfs die o zo intelligente chimpansee was maar een primitief geval vergeleken met de gecultiveerde ziel die uit zijn verliefdheid een boom van woorden liet oprijzen, hard van verlangen, wortelend in wanhoop, reikend naar gelukzaligheid, waarvan de fijnste twijgjes een sap bevatten dat – nee, daar zal ik het maar bij laten. De waarheid is dat er aan mijn eigen verliefdheden nooit een erg geloofwaardige regel is ontsproten. Ik vrees eerlijk gezegd dat ik me vaak nogal hopeloos heb zitten aanstellen. Bombastische Bruno en zijn ellendige alliteraties, zijn melige metaforen, zijn dolgedraaide papegaaien.

Marino had met de wetenschap een meer doorvoelde band dan ik. Hij beleefde een zeker oprecht plezier aan wat ze te melden had over de staat van het universum, aan de dimensies die ze onthulde, de getallen met hun groteske staart van nullen. Niet dat hij veel concrete details onthield. Maar het ging hem ook niet om parate feitenkennis. Het was eerder een algemene indruk die hij aan zijn lectuur overhield en die hij door deze lectuur liet voeden, het gevoel voor een complexiteit die ons individuele rekenvermogen en taalgebruik oneindig ver te boven ging. En al zocht hij in de wetenschap niet naar zelfinterpretatie, ze bevestigde hem wel in zijn eigen bijzondere werkelijkheidszin.

Niet zozeer de levende materie als wel de patronen van het levenloze droegen zijn interesse weg: het ontstaan van wolken, het lot van sterren en planeten, de oorsprong van het heelal, kortom, allemaal dingen die onder mensen ouder dan twaalf zelden of nooit een onderwerp van gesprek vormden. Wie praatte er nu over elementaire deeltjes, tenzij hij daar zijn beroep van had gemaakt? Marino heeft het een keertje geprobeerd.

Het was een van die mooie avonden waar het laatste seizoen van mijn leven zo gul mee was. We zaten aan een tuintafel op zijn terrasje. Anders dan bij onze eerste kennismaking liet de pracht van deze avond me onberoerd. Ja ja, hoor de blaadjes waaien. Maar wat schoot ik daarmee op? Ik had het gevoel dat alles weer vastzat, en niet alleen mijn rug, mijn schouder of mijn ingewanden. Mijn verbeeldingskracht had me in de steek gelaten. Mijn plan, waar Marino op dat moment nog niets van wist, leek me futiel en zinledig. Ik had geen bestemming meer te bereiken, want ik had mijn bestemming al achter de rug. Sterven zou weinig uitmaken, want in zeker opzicht was ik al dood. Ik beleefde, kortom, een terugval in wat sommigen later mijn depressie zouden noemen, en wat ikzelf gewoon voor het hedendaagse levensgevoel hield.

Ik had weer de hele dag aan porno besteed en was 's avonds om toch íets te doen bij Marino langsgereden. We kenden elkaar nu drie maanden, en onze relatie had overduidelijk een dieptepunt bereikt. Aanvankelijk was het bevrijdend geweest om mijn verhaal kwijt te kunnen aan iemand die, anders dan in mijn kennissenkring gebruikelijk was, niet alles wat ik ter sprake bracht, meteen allang – en ook veel beter dan ik – beweerde te hebben begrepen. Maar intussen had ik het vermoeden gekregen dat ik Marino om het even wat zou kunnen vertellen. Zijn ogenschijnlijke luisterbereidheid drukte geen wezenlijke interesse uit, geen echt verlangen om me te begrijpen. Keer op keer bleek hij de romans die ik bij een vorig bezoek voor hem had meegebracht en met iets van mijn oude docentenvuur verdedigd, niet te hebben gelezen. Deze aantekeningen mogen nu dan wel aantonen dat hij, zonder het te willen, ongetwijfeld de beste luisteraar is geweest die ik ooit heb gehad, maar aantekeningen als deze waren toen nog volstrekt ondenkbaar.

Ook zijn eigen levensverhaal, dat ik maar met veel aandringen en in moeizame flarden uit hem had gekregen, en waarvan de onwaarschijnlijke leegte en passiviteit me in het begin nog hadden geboeid, zei me intussen niet veel meer. Ik had die avond niet bepaald het gevoel dat ik me daarover voor de rest van mijn dagen zou blijven verbazen. Het zag er sterk naar uit dat we definitief waren uitgepraat. We hadden weinig of niets gemeenschappelijks en ons seksleven, om die miserabele steek- en duwpartijen zo te noemen, vormde daar alleen maar een alsmaar pijnlijker illustratie bij. Het enige wat we die avond leken te kunnen delen, was de fles wijn, het spectrum van de hemel en een sfeer van intens wederzijds onbehagen.

Waarschijnlijk lag het aan die fles, in combinatie met zijn nervositeit, dat hij me plots iets over kwantumfysica begon te vertellen.

Het was me bekend dat een elementair deeltje volgens de kwantumtheorie een veelheid aan mogelijke paden volgde. Ik las de krant, ik kende de rudimentaire feiten. Nog gekker werd het wanneer je zo'n deeltje probeerde waar te nemen. Want dan bleek het plots toch maar één bepaalde route te nemen, net als jij en ik en andere macro-objecten zouden doen. De waarneming pinde met andere woorden zijn gedrag eenduidig vast. Nieuw voor mij was dat volgens bepaalde gesofisticeerde experimenten de waarneming in het heden ook zijn gedrag in het verleden kon vastpinnen. En sommige kwantumfysici, vertelde Marino, concludeerden daaruit dat niet alleen het verleden van een quark maar ook dat van het hele heelal door waarneming zou kunnen worden bepaald. Toenemend waarnemingsvermogen zou dan leiden tot een toenemende unieke bepaaldheid van de kosmische geschiedenis. Het verleden had nog niet echt plaatsgevonden, tenzij op een vage manier. We leefden maar in een voorlopige wereld. Wat nu nog in een kwantummist van mogelijkheden gehuld ging, zou pas in het oog van de toekomst eenduidige werkelijkheid worden. De uiterste consequentie van deze opvatting was dat ook de oerknal nog moest worden wat een toekomstig bewustzijn ervan gemaakt ging hebben.

'Hmmm,' humde ik. Dat mocht dan nieuwe informatie voor me zijn, ik zou er niet van wakker liggen. Niet dáárvan. Maar ik zag aan Marino's zenuwachtige glimlach dat hij op het punt stond me iets te vertellen wat hij nooit eerder tegen iemand had gezegd.

En inderdaad kwam hij toen, aarzelend en haperend, met de nogal eigenaardige mededeling dat er *nu al*, voor zover je dat mocht zeggen, ergens in de tijdruimte, een toekomstig bewustzijn zou kunnen bestaan waarvoor ons heden reeds tot het verleden behoorde. Dat de onbepaaldheid van het heden vanuit die toekomst werd veranderd in een eenduidig bepaalde werkelijkheid. Dat die werkelijkheid nog niet volledig was, en bijgevolg ook niet samenhangend, laat staan doorgrondelijk. Maar dat hij zelf bij momenten wel eens dacht in staat te zijn om te ervaren hoe een verre en ongekende toekomst zich mengde in wat wij het heden noemden.

'Pfff!' blies ik laatdunkend. 'Is dat alles? Wat een onzin!'

'Natuurlijk,' gaf hij meteen toe. 'Ik praatte alleen maar...'

Maar het was hem overduidelijk aan te zien dat hij zich gekrenkt voelde. Net nu hij zoveel moeite had gedaan om iets te zeggen – en dat ook alleen maar vanwege mijn norse, zwijgzame aanwezigheid.

'Heb je dat zelf in elkaar geflanst? Wat heb je dáár in godsnaam aan?'

'Niets...' zei hij. 'Niet veel. Het kwam eens een keer in me op. Meer niet. Ik geloof dat ik het een prettige gedachte vond. Maar ik weet niet waarom.'

'Prettig? Ik zou ook niet weten waarom. Ik begrijp er geen woord van.'

'Dat hoeft ook niet. Het zijn maar woorden,' antwoordde hij. 'Het is in de eerste plaats de ervaring die telt.'

'Ach wat,' zei ik en ik moest daarbij denken aan mijn eigen ervaringen van die dag, aan mijn eigen opgehoopte weerzin. 'Die ervaringen van jou, weet je, eerlijk gezegd, ik geloof niet dat ik of wie dan ook daar veel boodschap aan heeft.'

'Ik heb ook geen boodschap.'

'Nee, maar je probeert wel iets te zeggen, of niet soms?'

'Ik wilde alleen maar zeggen dat ik het soms anders ervaar dan anders.'

'Ja, dat wisten we intussen al. En ik kan alleen maar zeggen dat ik het nogal pretentieus vind klinken. Ik vraag me af wat eigenlijk het verschil is met de onzin die je moeder ineens begon uit te kramen en waaraan je zelf toch altijd zo'n hekel had.'

'Mijn moeder...' zei hij en hij stond op. Zijn gezicht was verwrongen op een manier die ik niet eerder bij hem had gezien. Zo lang kenden we elkaar nu ook nog niet.

'Mijn moeder...' herhaalde hij. 'Dat was háár onzin niet, dat was die van een ander.'

‘Rustig maar, Marino,’ sprak ik op een toontje waarvan de neerbuigendheid onmogelijk kalmerend kon uitpakken. ‘Ga zitten, je hoeft je niet zo op te winden. We praten toch alleen maar wat.’

‘Wat kom je hier eigenlijk doen? We praten maar we praten niet. Voor mij hoeft er ook niet gepraat te worden. Maar wat wil je dan van mij? Waarom laat je me niet met rust? Waarom ga je niet weg?’

‘Dat zijn wel veel vragen in één keer, Marino. Als je nu eerst even gaat zitten...’

‘Nee, ik ga niet zitten. Ga weg, zeg ik. En je hoeft niet meer terug te komen,’ brieste mijn doorgaans zo zachtjes murmelende Marino. En toen was het niet ik maar hij die wegging. Eén meter vierennegentig blozende en trillende verontwaardiging draaide zich om en verliet het toneel langs de achterdeur.

Ik bleef ogenschijnlijk rustig zitten, leunde ogenschijnlijk ontspannen achterover op mijn stoel. Ik vulde mijn glas bij en nam een slok. De wijn had me een branderig gevoel bezorgd.

‘Mooi,’ zei ik ogenschijnlijk kalm. ‘Heel mooi.’

De hele scène, hoe bespottelijk en zelfs beschamend ook, had natuurlijk geen spatje of spoortje achtergelaten op het kreukvrije uitspansel. Dat hing daar nog altijd als een strak gespannen kleurenboog vlekkeloos mooi te schitteren.

‘Je weet niet alles, Marino,’ sprak ik hoofdschuddend. ‘Het belangrijkste weet je nog niet.’

Een boomkruin maakte een vurig teken in de richting van de wind.

‘Ik ga dit alles geen honderd keer meer zien. Ik kan dit alles geen honderd keer meer zien. Nog tien of twintig keren, meer niet, en dan moet het afgelopen zijn,' ging ik verder, waarbij mijn stem iets van zijn ogenschijnlijke vastheid verloor.

'Geloof me, Marino, ik kan dit echt geen honderd keer meer verdragen... Je moet me helpen om het voor de allerlaatste keer te zien...'

Er verstreken nog een paar minuten van bladergeruis en strijklicht. Toen had ik mezelf weer in bedwang, stond op en ging naar binnen.

Zoals verwacht trof ik Marino in zijn slaapkamer aan. Hij lag op bed en staarde naar het plafond. Ik ging op het bed zitten en legde een hand op zijn dij, die hij zonder me aan te kijken boos wegsloeg.

'Dat hebben we gehad,' zei hij met een kille beslistheid die ook nieuw voor me was, maar die niet helemaal onverwacht kwam.

'Je hebt gelijk. Dat hebben we gehad... Je weet toch wat ze zeggen? De herinnering eraan is vaak veel mooier dan de daad zelf,' zei ik, al besefte ik heel goed dat zelfs die schamele waarheid niet op ons van toepassing was.

'Nee, ik weet niet wat ze zeggen. En nieuwe herinneringen moet je maar ergens anders gaan opdoen. Mij zegt het niets en heeft het nooit veel gezegd.'

'Het was voor mij ook niet zo belangrijk als het leek. Ik deed het alleen maar... Ik zou je iets moeten vertellen, Marino. Ik had dat eigenlijk al eerder moeten doen, maar ik durfde niet... omdat het zo'n onzin is. Naar welke maatstaf je het ook beoordeelt, het is je reinste onzin.'

'Pfff,' blies hij en hij haalde zijn schouders op. Maar zijn nieuwsgierigheid leek tenminste een beetje geprikkeld. Hij keek me afwachtend aan.

‘Onzin,’ sprak hij tegemoetkomend. ‘Alsof dat de eerste keer zou zijn.’

‘Tenzij je het ervaart. Dat was toch wat je bedoelde, niet? Als je het werkelijk helemaal van kop tot teen ervaart, is het niet alleen maar onzin.’

Hij zweeg.

‘Het is moeilijk uit te leggen, Marino. Ik ga het proberen. Maar dan moet je wel naar me luisteren. Wil je dat doen, Marino?’

En hij heeft geluisterd. Dit had het moment kunnen zijn waarop hij me definitief de deur uit gooide en niets meer met mij te maken had willen hebben. Zou iemand het hem kwalijk hebben genomen? Zelfs ik zou dat niet hebben gedaan. Maar het verraste me hoe verstandig hij het uiteindelijk opnam. Hij schreeuwde het niet uit van ongeloof, walg of verbijstering. Ik hoefde mezelf niet eens heel uitgebreid te verantwoorden. Hij vond het minder vergezocht dan sommige andere ideeën van me. Het creëerde een zeker toekomstperspectief. Natuurlijk kon hij zich, net zomin als ik, mijn plan nu reeds in alle details voorstellen. Wat ik hem voorspiegelde, klonk niet zo samenhangend als ik had gewild. Maar er kondigde zich tenminste iets in aan wat aan de onbepaaldheid van onze relatie eindelijk een wat reëler karakter zou geven.

Na dit gesprek had ik het gevoel dat mijn lot in veilige handen was. Ik stond er niet langer alleen voor. Marino begreep dat ik min of meer aan het eind van mijn verhaal was gekomen. Ik zou mezelf, net als zovele anderen, nog eindeloos kunnen herhalen, maar veel zou dat allemaal niet meer te betekenen hebben, en had het wellicht ook nooit gehad. Voor Marino was deze stand van zaken vanzelfsprekend genoeg, maar hij was wel de eerste die begrip kon opbrengen voor het feit dat ik mij daar onmogelijk mee kon verzoenen. Ik verstond nu eenmaal de kunst niet om zwijgend in te stemmen met de natuur der dingen. Als ik wilde zwijgen, zou ik mezelf dat zwijgen moeten opleggen op de meest radicale manier. Niet alleen mijn tong maar al mijn levensmoleculen, van kop tot teen, moesten worden stilgelegd. En Marino bleek bereid om me in mijn ongeneeslijke onvrede bij te staan en te volgen tot aan de laatste stamelende, stokkende, stervende zin.

21

Algemeen gesproken kan ik zeggen dat mijn levensgevoel nu een mooie wending nam. Ik zat niet meer de hele dag naar porno te kijken. Ik begon weer aandacht aan mijn uiterlijk te besteden. Ik nam weer regelmatig een douche, niet alleen wanneer ik Marino ging bezoeken, en poetste minstens twee keer per dag mijn tanden. Ik was eigenlijk lang geen onknappe man, vond ik wanneer ik in de spiegel keek, en net als in mijn jongere dagen kon ik genieten van deze vaststelling. Ik stond op een gegeven moment zelfs op het punt om Moulangua, mijn gewezen schoonmaakster, te bellen met de vraag of ze nog eens wilde langskomen. Maar ik zag daar bijtijds van af, wel voorvoelend dat ik haar verbale tics en waanwijze gelijk niet zou kunnen verdragen. Ik kon trouwens maar beter helemaal niemand meer aanhoren.

Ik begon ook weer te bladeren in mijn favoriete romans, met een instelling die nieuw voor me was. Vroeger las en herlas ik steeds bepaalde zinnen en passages zonder ooit echt de vinger te kunnen leggen op het geheim van hun verbale chemie. Daardoor klonk in de veelstemmige verrukking die ze in me achterlieten, ook altijd een vals melodielijntje van frustratie door. Mijn bewogenheid was altijd dubbelhartig geweest: naast de grote hartenklop van bewondering viel ook een kleiner hartje te horen, roffelend van afgunst en minderwaardigheidsgevoel. Nu scheen ik een andere houding tegenover mijn geliefde meesters te kunnen aannemen. Ik zag in dat de kracht waarmee ze me zo vaak hadden weten te verbluffen gewoonweg de mijne was. Hun meesterschap was het die deze sluimerende kracht had weten op te spannen tot een boog van woorden. Maar zonder mijn geesteskracht zouden hun woorden niets te betekenen hebben gehad. Dat was niet pretentieus bedoeld. Het hield veeleer de erkenning in van het feit dat mijn literaire potentie op haar beurt niets te betekenen had zonder hun meesterschap. Wat voor kracht of gevoeligheid ik ook bezat, alleen in de handen van een ander kwam die tot haar recht. Ik las bepaalde alinea's die ik in de loop der jaren misschien wel al duizend keer gelezen had, en kuste hun gebeitelde zinnen. Tegelijk moest ik erom lachen dat ik al die tijd haast ondanks mezelf op een heimelijke voet van rivaliteit met ze had gestaan. Nu pas scheen ik definitief in te zien dat ik er zelfs geen komma aan had toe te voegen. In het licht van dat besef verschaften ze me het meest zuivere en belangeloze genot dat ze me te bieden hadden – en daarmee kwam er tevens een eind aan onze verhouding. Zuiver en belangeloos genot heeft niet zo'n benevelend effect. Bovendien had ik nu een ander. En het laatste beetje kracht dat ik nog overhad, zou ik in de handen van die ander leggen; het laatste beetje geest, dat zijn bestemming niet zou vinden in een boek uit de boekhandel, maar in een leeggelopen lijk op de vloer van een nagenoeg ongeletterde wereld.

Niet alleen over de pagina's van de meesterwerken uit mijn huisbibliotheek maar ook door mijn wijdere omgeving waaide ik als een vederlichte, onthechte geest. De gejaagde massa's, het drukke verkeer, de veelheid aan norse gezichten en genetische slordigheden die het straatbeeld beheersten, ze bezorgden me niet langer dat bedrukkende gevoel. Ze leken hun gewicht te hebben verloren, of hun gewicht oefende op mij geen uitwerking meer uit. Mijn tred was soepel, mijn passen licht, ik voelde me net tien jaar jonger. Zelfs de architectuur van de totaal verprutste stad Brussel had niet langer een deprimerend effect op me. Ik bleef bijvoorbeeld staan voor een fantasieloos torengebouw en genoot minutenlang van de rechthoekig gebroken wolkenlucht die over de spiegelramen voorbijzeilde. Of ik was in staat om van de gevel van een herenhuis, dat welbeschouwd niet veel zaaks was, tenminste toch de goede bedoelingen te appreciëren. Ook als ik vanaf het plein voor het Justitiepaleis een vergezicht had over de halve stad, kon ik vertederd raken door de karakterloosheid van dit grillige, slechts door toeval en niet door visie getekende gezwel. Het arme monster had er niet om gevraagd om zo te zijn. Ik beeldde me in dat het liefst van al in de grond zou willen wegzinken maar dat het daar nu eenmaal niet toe in staat was. Ik voelde me opgetild worden door een golf van medelijden met al die dingen en mensen die te taai, te traag, te gewichtig of bestiaal waren om van de aardbodem te verdwijnen, die waren gekomen om te blijven zonder te weten waarom.

Op een avond zag ik een jongen op straat lopen, schriel, sjofel, puistig, met een bierblikje in de hand en een petje achterstevoren op het hoofd. Vochtige lippen, half open mond. Het melkwitte lobbige gezicht, de zware oogleden, het goedkope bier dat hij dronk, het wekte allemaal een indruk van voortijdige afstomping die nog eens werd onderstreept door een snorretje van dons en schuim. Hij sjokte enkele meters achter een makker aan die er al even verlopen uitzag, maar een veel wakkerder en verbetener indruk maakte. Terwijl dit tweetal mijn pad kruiste, hoorde ik het achterblijvertje voortdurend dezelfde opmerking maken, een klaaglijk gewauwel dat door de andere analfabeet volkomen werd genegeerd. Hij was misschien nog maar een jaar of twintig, maar het grondpatroon van zijn verdere bestaan leek nu al vast te liggen: niemand begreep hem, niemand luisterde naar hem, niemand zou hem ooit antwoord geven. Ook ik verstond niet wat hij zei. Maar ineens werd ik door zijn beklagenswaardige voorkomen net zo hevig getroffen als me vroeger wel eens overkwam wanneer ik in de gangen van het universiteitsgebouw op een figuur van een werkelijk verbijsterende schoonheid botste. Dezelfde ontregeling van de hartkleppen, diezelfde plotse drukverandering in de bloedsomloop. Dezelfde krachtige beschermingsreflex – en ook die zweem van droefheid omdat je met iets te maken had wat in deze wereld niet echt leek thuis te horen. Geen geilheid, nee, dat niet. Niet echt. En toch had ik die jongen naar huis kunnen meenemen om hem een nacht lang te overstelpen met alle liefde en aandacht waarnaar hij de rest van zijn leven vergeefs zou hunkeren. Zijn schrale, onaantrekkelijke lijf in de armen nemen, het dommige gezicht kneden en vertroetelen, luisteren naar zijn dronken prietpraat, niet uit verlangen, maar alleen omdat niemand anders dat ooit zou verlangen te doen. Omdat het nooit zou gebeuren als ik het niet deed. Ik zou zelfs zijn schaamluizen voor lief hebben genomen. Als een heilige bijna, die zich uitkleedt en naast de leproos gaat liggen. Ik was natuurlijk geen heilige en liep gewoon door. Zo verstandig was ik wel. Maar het was een nieuwigheid voor me, deze opstoot van een welhaast pervers medelijden. Het leek een terrein te ontsluiten dat nog onontgonnen was, en weids vergeleken met de kleine arena van onze gebruikelijke ambities. Maar ik had andere plannen.

Regelmatig kwam de vraag in me op of het niet mogelijk was om mijn dromerige manier van kijken te handhaven zonder te moeten sterven. Of ik voortaan niet zou kunnen functioneren, sociaal en professioneel, zonder daarom te moeten hervallen in een kramp van nijd en verzet. Waarom kon ik niet altijd zo toegeeflijk en sereen de zaken voor lief nemen? Waarom niet voor de rest van mijn dagen in bescheiden opgewektheid door het leven gaan – in de gelijkmoedige aanvaarding van mijn beperkte formaat?

Het moet een zekere angst zijn geweest die me deze verraderlijke vragen ingaf, angst die me wilde doen afzien van mijn voornemen. Daarom vulde hij mijn laatste dagen met een hooggestemd gevoel dat me moest doen verlangen naar een eeuwige herhaling of een eindeloos vervolg. Maar daar mocht ik me niet door laten misleiden. Het zou geen zin hebben gehad. Zodra ik de mogelijkheid overwoog van uitstel of afstel van mijn plan, zodra ik me een verder leven probeerde voor te stellen, begon de sluier van engelachtige welwillendheid voor mijn ogen op te lossen. Meteen werd ik weer tien jaar ouder en dreigde ik alles opnieuw in een ondraaglijk mismoedig licht te zien. Ik moest negeren wat mijn angst me wilde suggereren. Aan de andere kant mocht ik hem ook weer niet helemaal onderdrukken. Ik moest hem tot op zekere hoogte zijn werk laten doen, aangezien ik ook juist aan die angst mijn betoverde gemoed te danken had. Het waren de scherpe vlammen van deze angst die me deden dansen in de lucht. Daarom moest ik hem laten spreken zonder mij erdoor te laten ompraten. Een delicaat evenwicht dat ik natuurlijk geen eeuwigheid kon volhouden. Je kunt geen leven lang afscheid nemen van het leven. Je moet een datum vastleggen. Je moet een laatste afspraak maken en je daaraan houden.

'Je zet er wel vaart achter,' merkte Marino op. In zijn handen hield hij de dichtgeplakte enveloppe waarin de brief zat die ik de avond ervoor had geschreven. Ik had me daarin naar mijn oordeel bijzonder lucide en wendbaar getoond, geleid door een uiterst fijngevoelige sonar – als een vleermuis die trefzeker de ene pointe na de andere uit het nachtelijke duister plukt. Ik was eigenlijk wel een beetje trots op dit werkstuk. Het leek me het beste wat ik ooit had geschreven. Ik vroeg me zelfs af wat een ander ervan zou vinden. Maar het was natuurlijk niet de bedoeling dat een ander het zou lezen.

'We kunnen nog wel wachten, als je dat wil. Nog even.'

'Maar je kijkt er al naar uit.'

'Het is eerder de bril waardoor ik kijk,' zei ik.

'En wat je ziet...'

'Wat ik zie, stemt me... Maar dat heb ik toch al gezegd.'

Hij knikte.

'Ja... En het is tenslotte de ervaring die telt...' moest hij beamen.

We waren er ons toen nog niet zo uitgesproken van bewust dat Marino een beetje jaloers op me was. Op mijn opgeruimde stemming, op het gemak waarmee ik mijn einde tegemoet ging. Als iemand van ons tweeën tot in de puntjes van zijn haar straalde van het gevoel dat zijn leven werkelijk was, dan was ik het wel. Marino zou, als hij eerlijk was, alleen maar kunnen toegeven dat hij sinds de dood van zijn moeder een dergelijk gevoel niet meer had gekend. Onrust, verstrooidheid stonden de concentratie of overgave die daarvoor nodig waren, in de weg.

Er waren bijvoorbeeld de vele haperingen in de routineuze gang van zaken, dode momenten waarop Marino niet wist wat hij moest doen en er niemand was om het hem te vertellen. Vooral dan kwamen de herinneringen aan zijn moeder naar boven, aan scènes, woorden, gebaren of gezichten uit het verleden. Maar sommige van die herinneringen waren hem dierbaar en leidden hem tenminste nog een beetje af van een veel hinderlijker probleem: dikwijls werd het heden niet in beslag genomen door gedachten aan haar voorbije leven maar door de illusie van haar voortbestaan. Zelfs toen ze zich koppig had ingebeeld katholiek te zijn, was zijn moeder nog niet half zo spookachtig geweest als ze na haar dood was geworden. Het was een spook dat zich altijd in een andere ruimte bevond dan waar Marino was, en het verplaatste zich voortdurend. Wanneer hij zijn moeder niet in de keuken voor het aanrecht aantrof, kreeg hij het onprettige waanidee dat ze in de woonkamer op de sofa zat. Bleek ook dat niet het geval te zijn, dan kon hij zich vaak niet inhouden om boven in de slaapkamers of in de badkamer een kijkje te gaan nemen. Als hij zichzelf dan in alle redelijkheid voorhield dat er werkelijk niemand anders dan hijzelf in huis kon zijn, duurde het niet lang of hij kreeg de onbedwingbare aandrang om ook nog de tuin te inspecteren.

Het was soms zo moeilijk te bevatten dat er niemand in huis was, dat je de neiging had om te geloven dat er wel iemand was. Dat baarde een hersenschim, net zo rusteloos als diegene die haar probeerde te verjagen. Een fantoom dat het heden net zo onwerkelijk en ongrijpbaar maakte als het zelf was.

Marino was niet gek en wist dat het om inbeelding ging. Maar daarmee werd het heden nog niet wat het vroeger wel eens was geweest. Als hij in de tuin achter de taxushaag op het gras ging liggen, in het hoekje waar niemand hem kon zien, kon hij het besef niet van zich afzetten dat hij om niet gezien te worden tegenwoordig niet langer achter de taxushaag hoefde te gaan liggen. Dan stond hij maar weer op. Als hij het dan elders probeerde, kon hij niet vergeten dat hij op een ander plekje dan het gebruikelijke lag. En als hij dan toch achter de taxushaag bleef liggen, voelde hij zich na een poosje weer belaagd door de illusie van een aanwezigheid in huis.

Een verstandige dokter had hem misschien een nuttig advies kunnen geven of een therapie aanbevelen. Maar de enige verstandige mens met wie Marino contact had en die hem vertelde wat hij moest doen, was ik, en ik was geen arts.

'Wat staat er nu in die brief?' vroeg Marino, terwijl hij ietwat zenuwachtig de vouwen van de enveloppe door zijn vingers liet gaan.

'Dat weet je toch.'

'Je hebt de enveloppe dichtgeplakt.'

'Je mag hem gerust lezen als je dat nodig vindt. Maar waarom zou je? Vertrouw je me niet?'

'Nee, natuurlijk wel... Alleen, het zijn je laatste woorden.'

'Het zijn mijn laatste woorden niet. Ik praat toch nog. Het zijn... Het is een praktische richtlijn, meer niet. Het is eigenlijk de bedoeling dat niemand hem ooit zal hoeven lezen.'

'Woorden aan niemand gericht.'

'Of hooguit aan een ongewenste lezer. Er staat alleen maar in dat niemand jou iets kwalijk hoeft te nemen. Voor het geval iemand op dat idee zou komen. Ik verklaar je volmaakt onschuldig... Kom, steek hem nu maar weg. Bewaar hem voor als het nodig is. Laten we nu niet aan anderen denken.'

Later zouden pers en publiek zich nog hogelijk verbazen over de lichtzinnigheid waarmee Marino en ik meenden de buitenwereld te kunnen veronachtzamen. Maar op dat moment, terwijl ik in Marino's woonkamer op de sofa zat en hij naar boven was gegaan om de brief ergens weg te bergen, maakte ik me vooral zorgen over het interieur. Dit kon toch niet het decor worden van mijn dood? Marino had er na het overlijden van zijn moeder niets aan veranderd. Alleen een paar iconen en een crucifix had hij in een lade van haar kleerkast gestopt. Voor de rest getuigde de ruimte nog altijd van de wansmaak of onverschilligheid waarmee de oude vrouw haar huis had ingericht. Alles – de zware buffetkast, de opwindbare staande klok, de bijzettafeltjes beladen met beeldjes van faunen en herderinnetjes, de gedroogde bloemstukjes, de ietwat versleten, eikenhouten zitstoelen met bruine namaakleren kussens bekleed – alles ademde een sfeer van ouwelijkheid die me eerder al bijna een astmatische aanval van afgrijzen had doen krijgen. Marino zelf scheen van dit overvolle interieur geen last te hebben. Maar wat mij betrof moest deze rommel er wel degelijk uit. Ik wilde in mijn laatste uur niet worden aangestaard door een blozend engeltje of een gitaarspelend jongetje van gips.

Dat gold ook voor de zogeheten boekenkast naast de deur. In het onderste gedeelte, afgesloten door vitrinedeurtjes, was een onbruikbaar porseleinen miniservies uitgestald. Het bovenste gedeelte, bestaande uit drie boekenplanken, bevatte de intellectuele schatten van dit huis. Een katholieke bijbeluitgave en enkele bundels stichtelijke beschouwingen, die door Marino over het hoofd waren gezien of in elk geval niet verwijderd. Een paar onuitroeibare klassiekers: een *Karenina*, een Homerus, een Dostojevski en – wie schetst mijn verbazing – een *Lolita*. Een eenentwintigdelige, allang verouderde encyclopedie. Een beduimeld en welhaast volledig uit elkaar gelezen boekje, getiteld *Rijker dan je denkt*. 'Om rijk te worden moet je in de eerste plaats beseffen dat je al rijk bent!' luidde de boodschap. 'Elke cent die je bezit, is er in feite honderd waard!' Marino's vader scheen een obsessie te hebben gehad met deze gids voor de kleine belegger. Pas jaren later realiseerde Marino zich dat dit boekje, na de migraine, wel eens de belangrijkste oorzaak kon zijn geweest van het aanhoudend gekwelde gemoed van de man en wie weet zelfs van zijn voortijdige dood. Verder trof ik een reeks mij totaal onbekende romannetjes aan van buitenlandse oorsprong, smachtende, broeierige liefdesfictie die sprak van lang vervlogen – of veeleer onbestaande – tijden en zeden. Ten slotte ook een rijtje veelbekroonde, Nederlandstalige beststellers van recentere datum: stuk voor stuk, zoals ik bij een eerdere inspectie van deze zogeheten boekenkast had vastgesteld, lichtzinnig geprezen oefeningen in imitatieletterkunde waaraan ik in mijn college met compromisloze verachting voorbij was gegaan.

'Ik kan niet geloven... Waarom in godsnaam... Hoe komt ze erbij? Je gaat me toch niet vertellen dat ze dit werkelijk heeft gelezen?' had ik Marino gevraagd.

'Ik weet het niet. We hebben er nooit over gepraat. Ze zal er wel in begonnen zijn. Maar ik denk niet dat ze ze allemaal ook heeft uitgelezen.'

'Nee, dat begrijp ik.'

'Maar dat was, geloof ik, ook haar bedoeling niet. Ze las niet om te lezen. Ze kon moeilijk de slaap vatten. Ze las eigenlijk vooral om in slaap te vallen.'

'En boeken die haar wakker hielden...?'

'Ik geloof niet dat hier boeken staan waarvan ze wakker lag.'

Misschien was het geen slecht idee om vandaag al te beginnen met de ontruiming van de woonkamer. Maar waar bleef Marino? Heel veel uitstel konden we ons, dacht ik, niet meer veroorloven. Wie weet zou ook Marino zich anders nog bedenken. Toen ik hem de brief had gegeven, had hij in elk geval nogal zorgelijk gekeken.

Ik stond op en ging naar boven. Het was al vaker gebeurd dat ik Marino na een of andere woordenwisseling van zijn kamer moest halen. Maar nu hadden we helemaal geen woorden gehad.

Ik klopte zachtjes op de deur, die op een kier stond. Ik ging naar binnen en zag Marino op de rand van het bed zitten. De gordijnen waren dichtgetrokken en de ruimte was in een blauwige schemer gehuld. Uit zijn houding viel op het eerste gezicht niets af te leiden, geen stemming, geen gedachte, geen plan. Gewoon iemand die rimpelloos voor zich uit kijkend opging in een rimpelloze leegte tot, misschien, ooit een of andere toevallige rimpel hem uit zijn roerloosheid kwam halen – een toestand die me in het verleden wel eens kon doen rimpelen van ergernis, maar die me nu eerder ongerust stemde.

'Scheelt er wat?' vroeg ik.

Hij knikte van niet, maar keek me niet aan.

'Heb je de brief gelezen?'

Ook dat was blijkbaar niet het geval, wat me slechts licht en vluchtig ontgoochelde.

'Wat is er dan?'

Toen draaide hij zijn hoofd, en in zijn ogenschijnlijk zo afwezige uitdrukking flitste plots een signaal op, een teken van – wat was het? Intelligentie, verbondenheid, droefheid, verlangen of verwachting?

'Kom hier,' zei hij. Het was meer een soort fluisteren of hijgen. 'Kom naast me zitten.'

Ik deed wat me gevraagd werd, enigszins overrompeld door het feit dat hij voor een keer degene was die het initiatief nam. Hij legde een trillende hand op mijn dij. Ik kuchte en zuchtte en wachtte af. We hadden al weken geen seks meer gehad en ik had ook niet gedacht dat dat nog zou gebeuren.

Niet echt heftig maar wel nogal onhandig begon hij mijn hemd los te knopen, mijn broek, mijn schoenen. Omdat het hem niet goed lukte, hielp ik hem bij het uitkleden van een lichaam dat hij nu plots met heel andere ogen bekeek dan voorheen. En dat waren niet de ogen van de liefde of de porno.

Traag, gefascineerd liet hij een hand door mijn warrige borsthaar dwalen, volgde de begroeiing tot hij uitkwam bij het volle, donkere mos rond een kloek geslacht in rust. Hij streelde de goed ontwikkelde dijen en kuiten, die geschapen leken voor het afleggen van lange afstanden en het beklimmen van steile hellingen. Toen hij dit lichaam omdraaide, toonde het hem de blanke weerloosheid van de welgevormde billen en de zinloos brede vlakte van de rug.

Zoals me de laatste tijd wel vaker overkwam, beving me een tedere ontroering – deels ingegeven door schuldgevoel – voor deze volgzame tweevoeter, dat stevige lijf van me, mijn animale amigo en zijn jaren van trouwhartige dienst. Het was het enige wat een mens werkelijk bezat, en het enige wat hij werkelijk kon geven. Deze erkenning vervulde mijn lichaam van een warm welbehagen dat een kat aan het spinnen zou hebben gebracht. Hoe volstrekt ingebeeld en gratuit leken me al die cadeaus die ik vroeger aan anderen dacht te hebben geschonken.

Ook voor Marino was dit lichaam geen lichaam als een ander. Het leefde, het ademde, en was niet eens ziek, en toch was het alleen nog maar een kwestie van vlees. Het was bereid tot een overgave aan de werkelijkheid zoals Marino dat zelf hooguit in een paar flitsen van gewichtloosheid had beleefd – in wat nooit meer was geweest dan een droom bij daglicht. Nu hield hij een lichaam in handen, zoveel duurzamer dan een flits, zoveel tastbaarder dan een droom, een onwaarschijnlijk ding dat alles wat hij zelf al aan onwaarschijnlijks had ervaren, in echtheid overtrof. Je zou je dat lichaam eigen moeten kunnen maken. Je zou een manier moeten vinden om te voorkomen dat het weer een lichaam werd als miljarden andere.

Nu Marino en ik dit proberen op te schrijven, blijkt nog eens hoe moeilijk de sfeer in deze schemerige slaapkamer zich laat overbrengen naar andere ruimtes. Ook toen zouden we niet precies hebben kunnen uitspreken, laat staan neerschrijven, wat er zich afspeelde tussen onze lichamen, waarvan het ene meer wilde geven dan seks, waarvan het andere meer wilde hebben dan seks, en waartussen de spanning meer dan seks wilde zijn.

Maar de seks zelf kwam tussenbeide, en verhinderde dat we verder gingen.

Ik lag op mijn buik en was eigenlijk nog te zeer verrast door Marino's initiatief om er zichtbaar opgewonden van te raken. Maar Marino, die nog goeddeels aangekleed op mijn rug lag, liet onverwacht niet zo heel ver van mijn oor een langgerekt gereutel horen. Misschien zou me dat in een eerdere fase van onze verhouding nog een zeker triomfgevoel hebben bezorgd. Misschien – want ik bleek dat wellustige geluid uit zijn mond, dat ik nu voor de eerste keer hoorde, niet zo heel aangenaam te vinden. Het klonk me te diep en te voldaan. Het klonk te veel naar de darkroom of naar het pornonet. Hij, die meestal slechts in verbeten stilte klaarkwam of hooguit een zucht liet ontsnappen wanneer het karwei achter de rug was. Hij was toch niet begonnen met zich het genot in te beelden, of erger nog, met het uit te beelden?

Hij was intussen van me afgegleden en lag stil op zijn rug. Zijn lome houding straalde zelfs iets als verzadiging uit. Even dacht ik dat Marino eindelijk zijn persoonlijke toegang tot het seksuele genot had gevonden en dat ik plots zat opgescheept met een seksueel verliefde partner.

Hij ging op zijn zij liggen, legde een hand in mijn nek en trok zachtjes aan mijn haar. Ook dat was een gebaar dat ik van hem niet kende en daarom niet meteen juist begreep.

'Wat denk je?' vroeg hij.

'O... niets bepaalds... Ik weet het niet... Van alles...' antwoordde ik, bijna net zo onzeker en ontwijkend als Marino vroeger zelf op een dergelijke vraag in dergelijke omstandigheden zou hebben geantwoord. Zijn vingertoppen voelden ijzig aan.

Wilde hij me misschien voorstellen om bij hem te blijven slapen? Dat was nog nooit gebeurd. En nadat we ons pact hadden gesloten, leek het ons gepast om dat ook in de toekomst niet te doen. De enige nacht die ik hier zou doorbrengen, was de eeuwige nacht. Hoe eenvoudig kunnen de dingen klinken, hoe sober en elementair en toch volstrekt waarachtig, wanneer je eenmaal hebt besloten niet langer te leven. En nu dacht ik dat hij daarop wilde terugkomen. Blijf vannacht bij mij, schat, ik hoorde het hem al vragen...

'Ik bedoel...' zei hij. 'Je weet toch wat ik bedoel.'

'Nee, zeg het maar. Wat bedoel je?'

'Ik bedoel: wanneer?'

'O... Je bedoelt...'

'Wanneer.'

22

De onderneming had het zuiver speculatieve stadium nu definitief achter zich gelaten. Wat zich in de slaapkamer had afgespeeld, deed ons plan concreet in werking treden. Ook Marino was er nu klaar voor. We hielden op met om elkaar heen te cirkelen. We begonnen op elkaar af te koersen. We zouden elkaar niet kunnen ontwijken. De een moest door de ander heen.

Wanneer ik bij Marino langsging, was onze conversatie doorgaans van een welhaast opzettelijke banaliteit. Over wat ons werkelijk bezighield, spraken we nog amper. Maar we wisten van elkaar dat ieder zich in stilte bezon op zijn eigen bijdrage aan de realisatie van ons gemeenschappelijk plan. Af en toe moesten we deze stilte verbreken om een praktische beslissing te nemen.

Op een gegeven moment deed Marino me een voorstel waarvan later zou worden beweerd dat het van mij kwam. Hooguit is het waar dat ik er vooraf mee instemde, en me er gaandeweg steeds beter bij voelde. Het had een kalmerende uitwerking op me. De ijdeltuit in mij voelde zich gevleid bij de gedachte dat mijn mooie, harde billen, die ik een leven lang tot mijn trots had gerekend, blijkbaar zo onweerstaanbaar waren dat een ander ze letterlijk wilde opeten. En na de barre aanblik van wat mijn eigen graf zou worden, werd ik nog meer aangesproken door het vooruitzicht dat althans een deel van mijn lichaam een andere bestemming zou krijgen. Dat niet alleen de geest maar ook het vlees zo'n ongebruikelijke afslag zou nemen, hield een bevredigende vorm van symmetrie in.

De dag die we uitkozen, was niet geheel toevallig ook de dag waarop ik tweeënveertig jaar zou worden. Maar ik wilde geen overdreven belang hechten aan de betekenis van die datum. En als het die dag heel slecht weer zou zijn, zouden we de afspraak gewoon verzetten. Ik wilde niet sterven op een grijze dag. Het is uiteindelijk ook geen grijze dag geworden, maar een schitterende nazomerdag in september.

Dat we niet meer met elkaar naar bed gingen, was voor ons allebei geheel vanzelfsprekend. Daarover hoefden we het zelfs niet meer te hebben. We waren de seks voorbij. De symboliek ervan was nooit toereikend geweest, en van de herhalingsdwang waren we verlost. We waren ons aan het voorbereiden op iets onherhaalbaars.

Soms deed mijn gezelschap Marino denken aan dat van zijn moeder. De stilte, de futiliteit van de gesprekken, de geslachtelijke onverschilligheid. En daaronder een kwestie die maar zelden en uiterst voorzichtig werd aangeroerd: de vibrerende grond, het vlees, het thema dat ons bond.

Er kon geen sprake zijn van een kalme, geleidelijke overgang, een rustig proces van kwijnen en doven. Dat zou hetzelfde zijn als verder leven, alleen op beknoptere wijze. Evenmin werd ik aangesproken door de idee van een al te abrupte omslag van iets naar niets. Ik wilde het zelf meemaken. Ik wilde ondergaan wat een gezond mens niet eens zou durven overwegen.

Aanvankelijk kon ik me wel vinden in Marino's opvatting dat pijn niet zo nodig pijn moest zijn. Het was de angst die aan pijn een bepaalde betekenis gaf en hem deed klinken als een schreeuw. Maar als je de angst werkelijk achter je had gelaten, werd je doof voor de pijn. Zo niet voor zijn pure sensatie dan toch voor zijn betekenis. En had ik intussen niet genoeg ervaring opgedaan met sensaties zonder betekenis? Wist ik niet maar al te goed hoe onverschillig me die konden laten?

Maar dat was theorie. En hoe logisch die ook klonk, toch kwam na verloop van tijd een zekere twijfel bovendrijven. Ik vroeg me af of ik werkelijk tot het allerlaatste moment ongevoelig zou kunnen blijven voor het alarmeffect van de pijn. Op een gegeven moment, in een flitsende ingeving die me van schrik uit mijn stoel deed schieten, begreep ik dat de pijn, als ik ook maar een fractie van een seconde mijn geestelijke overwicht verloor, me ogenblikkelijk en onherroepelijk zou verslinden – me van kop tot teen vervullen van zijn oorverdovende geschreeuw. Dat zou mijn sterfscène volledig bederven zonder dat ik er nog iets aan kon doen. Ik zou alleen nog janken en krimpen als een hond verteerd door de brandende, priemende triomf van de pijn.

Ik kon me niet de minste zwakte veroorloven. Daarom leek het me geen slecht idee om mijn mentale krachten voor alle zekerheid aan te sterken met enige geestverruimende chemie. En dat was de reden waarom ik in de week voor mijn dood nog eens naar de AnyBody ben gegaan.

Ik was er al bijna een jaar niet meer geweest, maar alles zag er nog hetzelfde uit. Op de benedenverdieping de schemerige bar, waar zich een troep beschaduwde types had verzameld. Keuvelende, loerende lederhuidigen van middelbare leeftijd in een staat van sadomasochistische afwachting of bevrediging, enkelen met ontblote bast. Ik keek om me heen maar vond niet wie ik zocht. Ik was er anders vrij zeker van dat hij er zou zijn, want op donderdagavond was het hier Live or Leather. En Live or Leather was een feestje waarop Bruno Stringer, de man die ik hier even moet opvoeren, nooit ontbrak.

Ik noem zijn naam alleen omdat Marino weet over wie ik het heb. Bruno Stringer was als getuige op het proces geen onopgemerkte verschijning. Het was om te beginnen al een opvallend toeval dat hij zijn voornaam deelde met het slachtoffer. Ook Bruno zelf vond dat opvallend, maar voor hem was het geen toeval.

'Dat kan toch niet zomaar toeval zijn?' heeft hij me destijds wel honderden keren flirtend toegekird. Maar dat was het wel. Het was zuiver toevallig. En wat mij betrof was het niet eens zo'n gelukkig toeval. Maar volgens Bruno had het te maken met karma of chakra of tantra of salsa.

Maar goed, het was een echte fan. Bruno Stringer was een echte Bruno Klaus-fan. De enige, eigenlijk. Voormalige collega's die op het proces zijn komen getuigen, hingen een weinig vleiend beeld van me op. Het was weliswaar een schok voor ze maar blijkbaar toch geen complete verrassing dat mijn jarenlang gecultiveerde onwil om andermans argumenten ernstig te nemen me uiteindelijk had gedreven tot een handeling die zich aan iedere redelijke argumentatie onttrok. Volgens Rik moest ik beschouwd worden als een zeldzaam anachronisme, een eenentwintigste-eeuwse westerling die zich als een ware don quichot door het lezen van boeken het hoofd op hol had laten brengen. Ik had er een onleefbaar hoog verwachtingspatroon aan overgehouden, aan die literaire canon van me. Ik was, verklaarde hij zowel in de rechtszaal als daarbuiten, een diep tragisch geval: iemand die misschien wel het temperament en de onverbiddelijke smaak van een geniale schrijver had bezeten, maar helaas niet het nodige genie om deze kwaliteiten ook daadwerkelijk tot hun recht te laten komen. Bovendien leefde ik ook niet in een tijd die een temperament als het mijne gunstig gezind was. *Omne rarum carum.* Slimme Rik. Ik kan me voorstellen dat zijn zeer indirecte betrokkenheid bij deze zaak hem nog een paar glansrijke televisiemomenten heeft opgeleverd.

Bruno Stringer daarentegen liet een heel ander geluid horen. Hij sprak van mijn positieve energie en stralende aura, van mijn warmte en begripvolle intelligentie. Als hij had geweten wat ik met die drugs van plan was, had hij me ze natuurlijk nooit gegeven. Was hij op die noodlottige avond maar niet zo blij geweest om me te zien! Dan zou hij beter hebben ingeschat hoe ik eraantoe was. Dan had hij me misschien kunnen ontrukken aan de klauwen van 'die monsterlijke trut', zoals hij Marino op schrille toon omschreef. Na door de voorzitter te zijn terechtgewezen, barstte hij in snikken uit. Hij is, dat moet gezegd, de enige geweest die op het proces een traan heeft gelaten.

Ik liep verder en nam de trap naar beneden, naar de kelder vol losgeslagen ingewanden. Ik doolde door de gangen, baande me een weg door het schimmenspel, de handen, de lippen, de langsglijdende wangen, tot ik in het zwarte licht de gestalte van Bruno Stringer herkende. Als je op een donderdagavond in de darkroom van de AnyBody tot je verbijstering vaststelt dat er een vrouw rondloopt, is dat geen vrouw, dan is dat Bruno Stringer. Hij was zo te zien niet erg in vorm die avond. Of hij had zich voorgenomen het wat kalmer aan te doen. Of het zat hem gewoon niet mee. Hij lag in elk geval niet op een sling te kronkelen als gewillige prooi van een roedel verkrachters. Hij zat braafjes op zijn knieën heen en weer te schokken van orale vlijt. Nu ja, hij was er dus. Vroeg of laat zou hij wel naar boven komen.

Ik liet me verder niet afleiden en ging weer naar de bar. Ik nam plaats aan een tafeltje en probeerde de blikken van toenemend verwijt te negeren die op mij werden gericht. Live or Leather, dat was het thema van de avond, terwijl ik er onmiskenbaar bij zat als iemand die voor geen van beide te vinden was.

Het duurde gelukkig niet lang of daar was hij. De afhangende schouders, de borsten, de omvangrijke heupen, de volumineuze kont. Hobbel wobbel onder het bobbelende leder. Moeilijk te zeggen hoe oud hij was. Hijzelf wilde het aan niemand vertellen.

'Dag schat,' zei hij. 'Je wilde toch niet weglopen. Ik had je wel gezien, hoor.'

'Met je rug,' glimlachte ik flauwtjes.

Bruno Stringer was iemand die geloofde dat hij, niet figuurlijk maar letterlijk, ogen in zijn rug had zitten. Dat hij werkelijk in staat was tot ruggelingse visuele waarneming. Als wij in het universum van de liefde sterren waren, zonnen of planeten, grijze asteroïden of een eenzame komeet, dan was Bruno een zwart gat. Een compacte massa, zeer metaforisch gesproken, van onverbruikte, ingestorte liefde.

En zwarte gaten, dat is bekend, kunnen zeer vreemde eigenschappen hebben. Bruno Stringer schreef zichzelf een paar zeer vreemde eigenschappen toe.

'Goed dat je weer meedoet,' zei hij. 'We kwamen net een man tekort.'

'Jij komt altijd een man tekort.'

'Als je dat maar weet, schat.'

Ik had gedacht aan cocaïne. Ik had gedacht aan ketamine. Of waarom geen combinatie van beide? Voor mijn gezondheid hoefde ik het in elk geval niet te laten, ha ha.

'Waar heb je al die tijd toch gezéten?' vroeg hij. 'Ben je tegenwoordig soms getrouwd?'

Een vette snuif ego-energie zou waarschijnlijk wel van pas komen, dacht ik zo, uitgaande van mijn eerdere ervaringen met cocaïne. Een aanscherping en verheviging van het eigen gezichtspunt, de monopolisering van de waarheid, dat was precies wat ik nodig had in de omstandigheden die me te wachten stonden.

'Oeoeoeoe,' deed Bruno Stringer nichterig nasaal. 'En nu denken jullie zeker aan kindjes maken?'

Met ketamine moest je dan weer oppassen, had ik intussen begrepen. Ik herinnerde me de metafysische kermis en bizarre zielsexpansies die het gebruik van dat goedje me al had bezorgd, maar ik herinnerde me die niet meer al te helder. Het was een product dat je geest ontvankelijk maakte voor belevenissen die je niet meer kon navertellen. En daarom leek het me heel goed te passen bij de belevenis die ik zelf ging meemaken. Maar je moest het heel nauw afgewogen doseren, of je wíst gewoon niet meer wat je meemaakte en gleed weerloos weg langs een spekglad delirium van zuiver abstracte spiralen.

'Je ziet er anders goed uit,' zei Bruno, een opmerking waarvan de plotse ernst deed denken aan een plotse windstilte.

Wat de verlevendiging van het mentale aspect betrof, twijfelde ik dus niet aan het nut van drugs. En ook wat de beheersing van het fysieke aspect betrof, had ik goede redenen om aan te nemen dat drugs nuttig konden zijn. Zelf had ik niet veel ervaring met pijn, en zeker niet met opzettelijk toegebrachte pijn, maar ik had bij anderen gezien hoe onverschillig ze voor pijn waren geworden onder invloed van coke of ketamine. Je stak er een hele onderarm langs achteren in, en ze ondergingen het als pure extase. Handpoppen die jodelden van lust en leven rond de vuist van een grimmig kijkende poppenspeler. Ja, het was wel duidelijk dat die drugs konden helpen om aan pijn een heel aparte draai te geven.

'Alleen je aura lijkt er wat slapjes bij te hangen,' stelde hij vervolgens vast.

'Zolang het alleen mijn aura is...' antwoordde ik.

Ik heb in mijn leven niet veel mensen gekend die me zo onweerstaanbaar grappig vonden als Bruno Stringer. Daar hoefde ik helemaal niet veel moeite voor te doen.

Behendig manoeuvreerde ik het gesprek in de gewenste richting. Ten slotte verliet ik de AnyBody met een halve gram van het ene en een halve gram van het andere op zak. De ketamine om me makkelijker te laten meeslepen door de dynamiek van het gebeuren. De coke om ervoor te zorgen dat ik me niet in om het even wat liet gaan, dat het wel degelijk de kelk was van mijn keuze die ik tot de allerlaatste druppel zou ledigen.

'Ik hoop dat je vriendje er veel plezier aan beleeft,' reutelde Bruno smartelijk. 'Anders krijgt hij met mij te maken.'

23

Het is een letterlijk uniek gevoel om voor de laatste keer uit je bed te stappen in het besef dat je nooit meer zult gaan slapen. Om bewust voor de laatste keer onder de douche te staan en je tanden te poetsen. Je lichaam nog een allerlaatste keer inzepen en schoon schrobben en afspoelen.

Weer voelde ik een zeker schuldgevoel opkomen tegenover deze warme kameraad die me immers nooit wat had misdaan. Daarom bracht ik veel meer tijd voor de spiegel door dan gewoonlijk. Ik koos met zorg de kleren uit waarin mijn figuur zoveel mogelijk tot zijn recht kwam. Dit eenvoudige trucje scheen mijn lichaam de nodige genoegdoening of afleiding te verschaffen. Uiteindelijk was het net een groot kind, zo makkelijk als het zich steeds weer liet sussen. In elk geval bleven verdere schuldgevoelens me voor de rest van de dag bespaard.

Het verwonderde me hoe licht ik het vooruitzicht opnam. Iedereen doet altijd zo moeilijk over sterven. Ook door de meest intieme verstandhoudingen loopt het als een klein fijn barstje dat de fundamentele zwakte van de constructie verraadt, dat aangeeft dat we elkaar wanneer het er werkelijk op aankomt, niet zullen kunnen helpen.

Voor mij was het die ochtend een wonderlijk eenvoudige kwestie, waarschijnlijk ook omdat ik er met geen mens over hoefde te praten. Misschien dat ik het nog vaag betreurde dat er niemand was om afscheid van te nemen. Mijn moeder, die ik enkele maanden eerder nog had bezocht in het rusthuis, herkende me al geruime tijd niet meer. En verder? Ik zou niet weten wie. Niet dat ik dat op zich zo zielig vond. Alleen was ik in de stemming om te worden uitgewuifd. Ik had geen behoefte aan medelijden of geweeklaag, dat niet. Maar zoals ze in andere tijden of streken klaagvrouwen inhuurden voor een begrafenis, zo had ik die dag graag een paar uitwuifmensen om me heen gehad. Dat hoefden niet eens vrienden te zijn. Gewoon een paar stervelingen die me gezelschap hielden en wat grapjes maakten, die me gelukwensten en stiekem misschien zelfs een beetje jaloers op me waren, op mijn montere bereidheid, op het superieure gemak waarmee ik ze achterliet. Bij het verlaten van mijn appartement bleef mijn hand nog even op de deurknop rusten. Het was de eerste en de laatste keer dat ik de vorm en het metaal van dat ding zo bewust waarnam. Mijn brievenbus, die was leeg.

Ik had minder het gevoel dat mijn tijd erop zat dan wel dat er een ander soort tijd ging beginnen. Ik dacht niet aan een klassiek paradijs, aan het gezelschap van engelen, laat staan van maagden. Eerder aan een vliegende schotel, bijvoorbeeld, die me zou komen ophalen. Ik stond op het punt te worden weggevoerd over de puinvlaktes van tijd en ruimte, door de eindeloze dimensies van kosmisch gruis, waarin de ziel zich zozeer kan ontspannen dat ze niet meer wordt gevoeld.

Je zou mijn stemming kunnen omschrijven als toeristisch, door en door toeristisch. Mijn aanwezigheid hier was tijdelijk en toevallig, mijn betrokkenheid hoogst oppervlakkig. Ik voelde me een soort supertoerist en tijdens mijn wandelingetje door de stad groeide mijn stemming spontaan uit tot een ectoplasma van onverschilligheid dat veel hoger reikte dan om het even welk gebouw in de omgeving. Hier werd gerekend in veel te kleine getallen en volumes, hier werd de ziel in veel te nauwe ruimtes geperst. Maar ik liet het niet aan mijn hart komen. Ik was hier maar voor een dagje. Wat was nu een dag in het licht van wat me wachtte?

's Middags ging ik eten in een restaurant met een goede reputatie. Ik vond de Belgische keuken om eerlijk te zijn toch maar zo zo. Niet zo slecht dat je zou gaan protesteren, maar ook weer niet je dat. Niet dat je zou durven weigeren te betalen, maar op uitgebreide complimenten hoefden ze zeker niet te rekenen. Nu goed, misschien was ik wat al te kritisch ingesteld. Misschien deed ik, zomaar voor de lol, overdreven kieskeurig. En ach, waarom ook niet? Het ging tenslotte maar om een keuken. Dat dit mijn laatste maaltijd was, kwam slechts terloops in me op.

Op straat zag je veel bedelaars. Links en rechts deelde ik biljetten uit. Verder bezocht ik een Nederlandstalige boekhandel met een goede reputatie. Toevallig was het mijn verjaardag. En al las ik dan niet meer, ik kon geen ander cadeau voor mezelf verzinnen dan een boek. Ik had in mijn hele leven, naast het strikt noodzakelijke, nooit wat anders gekocht dan een boek.

In het midden van de winkelruimte stond een tafel waarop een torenwijk was gebouwd uit allemaal exemplaren van één bepaalde roman. In het midden van deze stapels rees een driekantige zuil op van bordkarton, waarop het betreffende boek met veel uitroeptekens werd aangeprezen als dé Vlaamse roman van het jaar, of van het decennium, of van de eeuw, dat weet ik niet meer. De schepper van het uiterst gewichtige meesterwerk staarde ons vanaf de gevouwen pancarte aan in al zijn pafferige glorie. Hoewel, staren is het juiste woord niet. Het was een kwetsbare, dichterlijke inborst waarvan deze mistige blik ons wilde overtuigen. Maar in feite bestond zijn handeltje alleen maar uit een ridicule uitstoot van bombast. Echt iets voor mensen die in de nacht van hun schedelholte nooit ook maar het zwakste weerlicht van waarachtige poëzie hadden opgevangen. Als dit een hoogtepunt mocht heten, dan was de Vlaamse literatuur zelfs nog minder dan de Belgische keuken. En dat oordeel was beslist niet al te kritisch. Het vloeide niet voort uit opzettelijk overdreven kieskeurigheid, maar uit een nog steeds intacte smaak. Echt, ik kon er niets aan doen; het was nog steeds sterker dan mezelf.

Ik liep met een exemplaar naar de toonbank en kwakte het daar neer.

'Wat moet ik daarmee?' vroeg ik op verongelijkte toon.

'Pardon?' zei het boekenmannetje geschrokken.

'U verwacht toch niet dat ik dat ga lezen?'

'U bent vrij... Niemand is verplicht...' antwoordde hij.

'Waarom verkoopt u zulke rommel? Uitgerekend aan mensen die graag iets zouden willen lezen?'

'Ik begrijp niet...'

Ik oogstte wat achterdochtig gefrons en afgewende blikken toen ik met een ruime armzwaai de andere klanten uitnodigde tot deelname aan het debat.

'Of is iedereen in dit land zo? Zijn jullie misschien een

volkje dat alleen maar leest om in slaap te kunnen vallen?!'

Ineens scheen het tot de verkoper door te dringen waarom ik zo lastig deed. Zijn blik vernauwde, hij rechtte zijn rug en snoof neerbuigend.

'Ach. Is mijnheer soms zelf schrijver?' vroeg hij.

'Ik? Welnee! Hoe komt u daarbij? Zie ik er soms uit als een schrijver?'

'Niet als een schrijver die ik ken. Maar u klinkt wel als een schrijver. Als eentje van het niet bijzonder succesvolle soort.'

Het was een nog jonge vent, een beetje schriel en voortijdig kaal, nogal stoffig en slapjes van postuur en gezicht, maar hij was duidelijk niet van plan om zijn handel door mij belachelijk te laten maken.

'Nee hoor,' probeerde ik nu zo luchtig mogelijk te klinken. 'U vergist zich. Daarnet wond ik me misschien een beetje op, maar al die romannetjes, eerlijk gezegd... Gelooft zo'n schrijver nu echt dat de dingen gebeuren zoals hij ze beschrijft? Natuurlijk niet. Waarom denkt hij dan dat wij dat wel zouden geloven?'

'Hij bereikt er in ieder geval een publiek mee.'

'Ach, ik wil de brave man niet iedere verdienste ontzeggen,' sprak ik plots op verzoenende toon terwijl ik het boekje dat ik op de toonbank had gegooid een vriendelijk klopje gaf. 'Er zal vast een hoop werk in zijn gekropen. Toch blijft het een zielig soort carrière, vind ik. Waarvoor al die moeite eigenlijk? Tegenwoordig kun je om beroemd te worden beter naar een dure kapper gaan dan een boek schrijven. Vindt u niet?'

'Nee, dat vind ik niet. En u mag er natuurlijk over denken zoals u wil, maar wat komt u dan eigenlijk zoeken in een boekhandel als deze?'

‘Noem het beleefdheid. Of vriendschap. Ik zoek een cadeautje. Voor een vriend van me. Een heel oude vriend. Hij is jarig. Weet u wat? Ik koop dit boek. Ik koop het toch. Het is uiteindelijk iets voor hem. Een middeltje voor het slapengaan. Net wat hij nodig heeft.’

‘U koopt het?’

‘Jazeker. Kunt u het als cadeautje verpakken?’

De man zette zich fronsend aan wat ik hem vroeg.

‘Weet u,’ ging ik verder, ‘ik heb vroeger ook veel gelezen. Maar dat veranderde op de dag dat ik me anaal liet nemen. Toen gingen me de ogen open. Toen wist ik: nu leef ik echt. Je doet iets maar je weet niet wat het betekent. Je doet het telkens weer opnieuw. Je denkt dat het iets zou moeten betekenen en toch kom je er maar niet achter wát. Het is een zaak van persoonlijke voorkeur natuurlijk. Maar ik vind het tegenwoordig een beetje kinderachtig, al die romans en hun betekenisvolle wendingen, hun pogingen om het leven in een veelzeggende vorm te gieten. Het leven is niet veelzeggend. Wij kunnen de wereld die bestaat niet vatten. Een bevattelijke wereld zou veel te simpel zijn om te kunnen bestaan. En, goed, er is wel literatuur die juist dat tot uitdrukking wil brengen. Maar uiteindelijk kun je je nog altijd beter eens goed langs achteren laten nemen, vind ik. Dan weet je het ook – en als ervaring gaat dat een flink stuk dieper, als u begrijpt wat ik bedoel. Natuurlijk hoort u die dingen niet graag in een winkel als deze. Dat begrijp ik. Misschien klink ik een beetje grof. Maakt u zich geen zorgen. U verkoopt lucht, maar u dóet tenminste iets, en daar heb ik respect voor. Ik verwacht ook helemaal niet dat u me zou kunnen uitleggen waarom u doet wat u doet. U leeft, daar komt het op neer. Die vriend van me doet niets anders meer dan lezen. Ik zeg hem dat hij een bange man is, en dat is hij ook. Dus koop ik maar een boek voor hem in plaats van een dildo. En zo blijft die winkel van u maar draaien. Hebt u zelf ooit anale seks gehad? Ik wil ook weer niet beweren dat het absoluut een must is. Nee, dank u, er hoeft geen stickertje op...'

Dat ik hem van onderdrukte ergernis had doen blozen, deed me de zaak grinnikend verlaten, maar mijn genoegen was van korte duur. Het was verkeerd van me om het delicate kapitaal van deze dag, mijn laatste dag, te verspillen aan kwesties waar ik definitief mee klaar was – of hoorde te zijn. Ineens verdacht ik mezelf ervan dat mijn optreden op een heimelijke manier misschien bedoeld was om de man een antwoord te ontlokken, een rake terechtwijzing of een overrompelende repliek die me alsnog van mijn voornemen had kunnen afbrengen.

Onderweg naar mijn auto propte ik het boek in een vuilnisbak. Terwijl ik stond te wachten om de straat over te steken, zag ik dat een zwerver het er weer uit haalde. Toen het licht op groen sprong stak ik over. Aan de overkant draaide ik me om en bleef toekijken in afwachting van het moment waarop die verlopen figuur het boek dat hij aan het doorbladeren was, met ongeveinsde onverschilligheid weer in de vuilnisbak zou steken. Maar dat gebeurde niet. Hij hield het bij zich en sjokte ermee weg.

Enigszins versomberd reed ik de stad uit. De rest van de middag bracht ik buiten door, onder het blauwe goud van een verrukkelijke septemberhemel.

Ik parkeerde mijn auto op dezelfde plek, boven op dezelfde heuvel waar ik een goed halfjaar eerder het idee had gekregen voor mijn afreis, en stapte uit om te gaan wandelen in de omliggende velden. Aanvankelijk gingen mijn gedachten onwillekeurig uit naar de weg die ik sindsdien had afgelegd. Gelukkig daalde vrij snel weer de gevleugelde stemming van kalme beslistheid over me neer waarin ik die ochtend was ontwaakt. Dat was beter. Misschien leek mijn toestand inderdaad wel wat op die van een schrijver die de ontknoping van zijn boek nadert, die eindelijk de zinnen kan opschrijven die al vanaf het prille begin op hun uitbotting lagen te wachten. Maar eens en voorgoed: ik was geen schrijver. Wat had dat verkopertje gedacht? Alles wat ik de afgelopen maanden aan leven en geest had geproduceerd, hoefde niet in boekvorm te verschijnen. Het vroeg niet om lezers. De waarde ervan lag in zijn eenmaligheid. De echtheid ervan in zijn onherhaalbaarheid. Het maakte geen deel uit van de literatuurgeschiedenis of van het publieke geheugen, maar rechtstreeks, zonder bemiddeling, van het heelal. Net als de kraaien die hier de akkers afspeurden, of een valk die klapwiekend aan een onzichtbaar touwtje hing, of een wolk meeuwen die in de verte achter een tractor aan golfde, of de veertien dagpauwogen die ik op een gegeven moment tegelijkertijd in mijn blikveld zag dartelen, of de haas die bij mijn naderen opsprong en die tijdens zijn sprint om onnaspeurbare redenen het pad waarop ik liep niet verliet maar steeds bleef volgen tot waar het achter een glooiing uit het zicht verdween.

Toen ik weer in de stad was, deed ik iets wat zeer tegennatuurlijk aanvoelde: ik sloot mijn wagen niet af. Ik had de sleutel al uit het contact getrokken, bedacht me, stak hem er weer in, stapte uit, sloeg het portier dicht en vertrok. Ik hoorde de wagen zachtjes klikken, alsof hij me er discreet op wilde wijzen dat ik iets vergeten was. Stug liep ik verder. Toen was het bijna of ik de verbijsterde o's van zijn ongeloof op mijn rug voelde kringelen. Blijkbaar had ik een iets persoonlijker band met mijn auto dan met mijn appartement, want dat had geen kik gegeven toen ik het verliet – misschien ook omdat de deur ervan automatisch in het slot was gevallen.

Ineens hoorde ik tot mijn ongeloof dat iemand me nariep.

'Monsieur... Hé, monsieur!'

Ik vertraagde even, maar hernam snel mijn pas zonder om te kijken.

'Mais... Vous n'avez pas fermé votre voiture! Hé... Monsieur!'

Ik versnelde mijn pas, dook het metrostation in, kocht een kaartje, maakte een ritje, liep nog een eindje en arriveerde even na achten bij Marino thuis. Aan het uiteinde van de straat stond de zon: een gloeiend muntstuk op het punt van weg te rollen in de gleuf.

Er was zichtbaar ander weer op komst. De hemel was zich gaan toedekken met uit alle windstreken bijeengeharkte flarden en vormen. Op elke etage kwam de wind uit een andere richting. Onderaan, haast binnen handbereik, tuimelden losse plukken cumulus gejaagd de ene kant uit. Hogerop en trager dreven formaties voorbij die eruitzagen als losgeweekte fossielen. De ruggenwervels en ribbenkasten van stratosauriërs en altodonten. En nog hoger, nagenoeg roerloos, de pruiken van ijsdraad, de dichterspluim, de verstijfde enkelvleugelige in zijn prismatische kleed van dons. Schaduwen en lichtfracties klommen langs het wit van de wolken omhoog, het schimmelgrijs tot op de eerste verdieping, het lippenrood tot helemaal bovenaan.

Dat was mijn laatste hemel. Vandaar wellicht mijn gretige blik. Marino kon mijn verrukking niet delen. Volgens hem was er niet veel bijzonders aan. Ik wist wat hem dwarszat.

We hadden het er in de loop van de voorbije week over gehad. Marino had steeds sterkere twijfels gekregen bij het geënsceneerde karakter van de hele onderneming. Het betrof inderdaad een weloverwogen plan en niet een spontaan gebeuren. Het zou hem niet onaangekondigd overvallen, zoals een echt gebeuren naar zijn opvatting wél had moeten doen. Toen we enkele dagen voor de uiteindelijke uitvoering de woonkamer waren beginnen te ontruimen, scheen het ineens ten volle tot hem door te dringen dat hij in een soort toneelstuk ging meespelen. Natuurlijk mochten die oude meubels en de andere rommel eruit. Dat was op zich geen bezwaar. Maar al dat gesleep met materiaal en dat gedoe met dozen hadden bij hem een gevoel van vergeefsheid of kunstmatigheid gewekt. Wat viel er te verwachten van een voorstelling die je zelf helemaal in elkaar had geknutseld, waarvan je op voorhand zelf het uur en de plaats had vastgesteld, waarvoor je het decor had bepaald en de choreografie uitgestippeld? Hoefde die wel nog zo nodig plaats te vinden? Hij kon het nu al allemaal voor zich zien, toch in grote lijnen, dacht hij. Als er nu nog een publiek was geweest om te verrassen. Maar dat zou er uiteraard niet zijn.

Dat ik me voor vanavond drugs had aangeschaft, was voor Marino een bijkomende teleurstelling. De uiterlijke kant van de zaak was al zo toneelmatig. Nu zouden de drugs het gebeuren ook nog eens van binnenuit manipuleren, vreesde hij. In plaats van dat de hoofdrolspeler zich dan tenminste nog oprecht in zijn spel zou verliezen, zou zijn spel er stomweg uit bestaan dat hij zich in de drugs verloor.

'Maak je geen zorgen, Marino,' had ik hem verzekerd, 'het zal aan echtheid niet ontbreken. Je hoeft je niets in te beelden, je hoeft niets uit te beelden. Het zal geen spelletje worden zoals je dat op internet kunt zien.'

'Die spelletjes ken ik niet,' zei hij.

'Des te beter,' antwoordde ik.

'Maar als het voor jou niet echt is, kan het dat voor mij evenmin zijn.'

'Ik ga dat spul niet gebruiken om er mezelf in te verliezen, maar om me beter te kunnen concentreren.'

'Concentreren? Waarop?'

'Op datgene wat echt zal verdwijnen. Niet op wat ik achterlaat. Daar moet jij maar voor zorgen.'

Dat had hem wel de mond gesnoerd, maar niet zijn twijfels weggenomen.

Eerst lieten we de schemering intreden, daarna verlieten we de tuin. Marino bleef achter in de woonkamer, die nu volledig ontruimd was op de eettafel, twee stoelen en de sofa na. Ik ging naar boven om me in Marino's slaapkamer in elke zin van het woord voor te bereiden. Mentaal, fysiek, moreel. Maar ik was de fase van de bespiegelingen voorbij. Ik had honger maar geen eetlust. Ik ging nog een laatste keer naar het toilet. Ik snoof mijn coke, ik snoof mijn ketamine, en wachtte languit op het bed tot ik er helemaal klaar voor dacht te zijn.

24

De eerste dagen vielen niet mee. Alle sporen waren gewist. De woonkamer rook veel frisser dan ze in tijden had gedaan. Marino was niet vergeten de metalen ringen van de muur te verwijderen, maar de meubels had hij niet terug op hun plaats geschoven. Hij vond de leegte van dit vertrek veel aangenamer, merkte hij, dan de volgepropte ruimte van daarvoor. Maar dat was slechts een kleine verlichting van een verder nogal bedrukt gemoed.

Het begraven van het lijk was hem zwaarder gevallen dan hij had verwacht. Aan het opdweilen van het bloed leek maar geen einde te komen. Acht reepjes van elk ongeveer honderd gram had hij uit mijn billen gesneden, ontveld, in plastic zakjes gestoken en in het vriesvak van de koelkast gelegd. De bijna robotachtige hardheid die hij daarvoor had moeten opbrengen, meende hij dagen later nog van zijn gezicht te kunnen aflezen. De spiegel toonde hem een strak, emotieloos masker. De glimlach die hij uitprobeerde, was van elke charme gespeend. Hij bracht het niet verder dan een griezelige kramp om de mond. Zijn ogen zagen er droog en koud uit, en als hij zich naar zijn spiegelbeeld vooroverboog, stelde hij vast dat de pupillen zich amper verwijdden. Deze ogen mochten niet spreken van wat ze hadden gezien, en hadden daardoor alle uitdrukking en glans verloren. Zelfs al kon niemand weten wat er in hem omging, zijn aanblik alleen al maakte een verdachte indruk en zou bij een ander niets dan onbehagen wekken. Nog een geluk dat de winkel intussen was verkocht. Hij zou geen klanten onder ogen hebben durven komen.

De stilte in huis was bij vlagen ondraaglijk, maar hij durfde haar niet te ontvluchten. Hij durfde niet naar buiten. Hij durfde niet eens de tuin in. Als hij de rolluiken 's morgens ophaalde, was dat alleen uit angst om de aandacht te trekken indien hij dat zou nalaten. Liefst zou hij deze dagen in volkomen duister hebben doorgebracht waarin hij niets, ook zichzelf niet, hoefde te zien.

Voor de eerste keer in zijn leven liet hij een baard staan. Het duurde geen week of een compacte vacht bedekte hals, kin en wangen. Maar ook deze forse aanwas kon de bleke starheid van zijn gezicht niet helemaal maskeren.

Hij bracht de uren voornamelijk in bed door. Hij begreep niet waarom hij nu pas in volle helderheid stilstond bij de mogelijke gevolgen van het gebeurde.

Natuurlijk hadden we het daar wel eens over gehad. Ik had hem toen verzekerd dat het maanden zou duren eer mijn verdwijning zou worden opgemerkt. Ik twijfelde er ook niet aan dat de politie in haar eventuele zoektocht geen overdreven enthousiasme aan de dag zou leggen. Bovendien had ik ervoor gezorgd dat er amper sporen waren die naar Marino konden leiden. De korte gesprekken die we bij aanvang van onze affaire via onze mobieltjes hadden gevoerd, zouden indien nodig altijd kunnen worden uitgelegd als de puur zakelijke contacten tussen een klant en zijn informaticadealer. Na een tijdje was ik ermee opgehouden Marino te bellen, lang voor ik hem van mijn plan op de hoogte had gebracht. Ook mailverkeer was er tussen ons nooit geweest. Aanvankelijk was dat er bij toeval niet van gekomen, en vanaf een bepaald moment had ik het uit voorzorg vermeden.

Toch was hij in die eerste dagen soms zo bang dat hij overwoog om zich aan te geven. Maar wat moest hij vertellen? Niemand kon toch verwachten dat hij er zelf als eerste over zou beginnen. Hij kon alleen maar hopen dat ze hem spoedig kwamen oppakken.

Nooit eerder had de buitenwereld hem zo'n drukkende macht geleken. Hij had het gevoel zich op een plek te bevinden die ver beneden de morele zeespiegel lag. Hoe lang zou het duren eer de dijken braken en een vloed van gerechtigde woede zich op hem stortte? Daarom ook was het zo ijzingwekkend stil om hem heen. Niets of niemand wilde deze situatie met hem delen. Alles wat leefde, had zich uit de voeten gemaakt. Alleen hijzelf kon niet vluchten. Zodra hij de deur opendeed, zou de buitenwereld met onverzoenlijk geweld naar binnen donderen.

Op een gegeven ogenblik haalde Marino de vrijbrief tevoorschijn die ik hem had nagelaten. Hij kende de schrijver. Hij was intiem vertrouwd met diens motieven. En toch vormden de zes met de hand aan beide zijden volgeschreven A4'tjes ook voor Marino een niet te ontcijferen hersenkraker. Wel begreep hij tot zijn geruststelling dat het inderdaad een vrijbrief was. Een bepaalde passage stipuleerde ondubbelzinnig dat ik de verantwoordelijkheid voor de hele onderneming op me nam. Maar verder bleven de meeste zinnen Marino volstrekt duister van strekking. Was dit bedoeld als zelfrechtvaardiging? Arme Bruno. Blijkbaar beperkte zijn charisma, zijn overtuigingskracht zich volledig tot het gesprokene. Blijkbaar wisten zijn woorden alleen een schijn van samenhang te wekken als hij ze met blikken en gebaren kon onderstrepen.

Na verloop van tijd bleek het lezen van deze brief niettemin een ommekeer in gang te hebben gezet. Omdat Marino zich door mijn schriftelijke verklaring enigszins beschermd achtte tegen de gevolgen van een eventuele arrestatie, begon hij, terecht of niet, de kans daarop ook lager in te schatten. Het intense gevoel van dreiging van buitenaf ebde geleidelijk aan weg en er braken nu dagen aan waarin hij weer wat vrijer begon te ademen.

Nog steeds kan Marino niet anders dan met afschuw terugdenken aan de karikaturale voorstelling die sommige verslaggevers hebben gegeven van de manier waarop hij zich op het vlees zou hebben gestort. Niet minder afstotelijk waren enkele brieven die hij in de gevangenis ontving en waarin ingebeelde geestesgenoten hun bewondering uitspraken voor het feit dat Marino zich door wetten en praktische bezwaren niet had laten tegenhouden om te doen waar zij alsnog slechts van durfden te dromen. Andere brieven, onschuldiger maar net zomin relevant, probeerden hem dan weer allerlei geestelijke wegen naar genezing aan te reiken. Het hele gekende spectrum aan spiritueel heil, van Jezus tot Boeddha, van Tao via chakra's tot aan het drinken van ochtendurine toe, kwam aan bod in een diversiteit aan pogingen om het verloren schaap de weg te wijzen naar de stal.

Voor een deel had Marino dat aan zichzelf te wijten. Hij heeft immers nooit iets willen loslaten over de kwestie van het vlees. Hij heeft, in samenspraak met zijn advocate, altijd volgehouden dat hij zich alleen maar onweerstaanbaar gedwongen voelde om aan de laatste wensen van Bruno Klaus te voldoen. Dat leek in eerste instantie zonder meer een goedkoop excuus. Maar gaandeweg vond een meerderheid van de juryleden het al bij al geloofwaardiger dat je je tot een dergelijke gruwel laat dwingen dan dat je die uit eigen beweging zou begaan. Marino's jongensachtige uiterlijk, de lang niet onintelligente indruk die hij maakte, en het feit dat hij onder invloed van zijn advocate zelf bijna in deze versie ging geloven, hebben zeker ook bijgedragen tot de aannemelijkheid ervan. Doorslaggevend was ten slotte de brief die ik had achtergelaten. Van de geest die daaruit sprak – de irritante betweterij, de levenswalg, de obscure wijdlopigheid – kon je werkelijk alles verwachten. Uiteindelijk klonk de schrijver van deze brief zelf nog veel meer als een kannibaal dan Marino.

Ook nu ziet Marino nog altijd niet in hoe hij een bepaalde wending in zijn geestestoestand tegenover zijn rechters had kunnen rechtvaardigen. Maar dat neemt niet weg dat ze zich heeft voorgedaan: hij heeft haar zelf ervaren.

Dat gebeurde niet meteen de eerste keer dat hij een pakje vlees uit het vriesvak haalde en het klaarmaakte voor consumptie. Toen begreep hij niet welke verwachtingen hij daarbij zou kunnen hebben gehad. Wat op zijn bord lag, zag eruit als een lapje lamsvlees en daar smaakte het ook enigszins naar. De huiver van het taboe maakte van dit hapje nog iets ongewoons, maar verder was de buitenissige oorsprong ervan alleen maar absurd. Toen hij het de volgende dag nog eens probeerde, was zijn ervaring niet anders. Het leek aanvankelijk of ook deze maaltijden tot een toneelstuk behoorden waarvan de opvoering uiteindelijk alleen voor het slachtoffer betekenis had gehad.

Tot zover kon de jury zijn verhaal nog wel volgen. Maar wat zou er zijn gebeurd als hij verteld had dat er geleidelijk een band groeide tussen hem en het vlees? Dat er heel schuchter iets begon te vibreren tussen hem en datgene wat zich liet gelden als een aanwezigheid in huis – een reële aanwezigheid, niet die van een spook.

En hoe zou Eveline Tits hebben gereageerd op de mededeling dat hij, toen hij voor de derde keer van het vlees at, plots, geheel onaangekondigd, zo ontroerd raakte dat hij haast geen hap meer door zijn keel kreeg? Voor het eerst sinds lang voelde hij opnieuw iets als een intens en onpersoonlijk samenzijn. Dit was een verhouding in vlees en bloed, veel oorspronkelijker dan een uitwisseling van woorden, veel intiemer dan geslachtelijke betrekkingen konden zijn. Deze ontmoeting voltrok zich in alle stilte, en voerde naar een stilte voorafgaand aan elk ik of jij. Naar de cellulaire diepten, het labyrint van membranen, waar de illusie van leven ontstond uit de chemie en de geometrie der moleculen. Wie zou daar begrip voor hebben kunnen opbrengen?

Ik. Jawel, ik. Maar tijdens het proces had hij aan mijn begrip natuurlijk geen boodschap. Het lijdt geen twijfel dat de zinnen die ik hem hier laat noteren hem toen van weinig nut zouden zijn geweest.

In de laatste twee weken voor zijn arrestatie verlangde hij van mij niets anders dan dat ik er was, op mijn eigen stille manier, in de zeer bescheiden proporties waartoe ik me had laten herleiden. Hij vond het niet prettig om terug te denken aan de wijze waarop dat in zijn werk was gegaan, maar dat ik het uit vrije wil had laten gebeuren, dat het eindresultaat mijn volledige instemming had, maakte dat ik er nog steeds in aanwezig was. Om deze aanwezigheid tot zich te laten doordringen hoefde Marino me niet eens op zijn bord te hebben. Ook door de blauwe wand van de koelkast heen kon hij voelen dat ik er was, niet in wat je spontaan een ik-vorm zou noemen, maar wel in de vorm waarin ik had gekozen me aan hem te geven.

Dat, nuchter beschouwd, alleen Marino deze relatie kon ervaren, maakte niet veel verschil. Wat zou het delen van de ervaring eraan hebben kunnen toevoegen? Om zijn ervaringen voor werkelijk te houden had Marino geen deelneming nodig. Marino, het enige kind, het eerste en het laatste, het jongste en het oudste: hij had de vlam van de ervaring altijd alleen maar aan zichzelf doorgegeven.

Hij was er zich nog altijd scherp van bewust hoe de buitenwereld zijn nieuwe relatie zou beoordelen. Maar dat hield hem niet langer in een ijzige kramp van angst. Het begon er zelfs op te lijken dat een tikkeltje schuldbesef juist een stimulerende prikkel was voor een dieper, wezenlijker gevoel van onschuld. Nu en dan scheen de kracht waar hij zich vroeger zo vaak mee vereenzelvigde, zich opnieuw in zijn bestaan te willen laten gelden. Een macht die hem liet voelen dat zijn leven werkelijk was en waaraan mijn totale onderwerping door Marino als een totale erkenning werd ervaren. Ik had het opgegeven om deze macht kritisch te keuren of zelfs te tarten met de voelsprieten van mijn taal, alsof ze iets was waar ik buiten stond. Niet langer probeerde ik haar te laten vastlopen in de doolhof van de seksualiteit. Nu was het een macht waarmee ik wilde versmelten, waardoor ik verbrand wilde worden; een macht die ik met alles wat ik nog aan aardse middelen bezat, alleen maar wilde voeden.

Op een gegeven moment leek de tijd rijp om het contact met de buitenwereld te herstellen. Marino kreeg er vertrouwen in dat zijn betrekkingen met de buitenwereld weer net zo losjes en oppervlakkig konden worden als ze altijd waren geweest. Louter een evenwichtsoefening van uiterlijkheden, geen bron van innerlijke spanning of radeloosheid. Het geheim dat hij diende te bewaren, woog niet langer als een kwelling. Was zijn werkelijke leven niet altijd een geheim leven geweest? Zijn talent om dat geheim ook als een geheim te dragen was uit een lange sluimer ontwaakt.

25

Beschouw het als een test, zei een gladgeschoren Marino bij zichzelf toen hij, ietwat nerveus, de supermarkt binnenliep waar hij al jaren klant was. De afgelopen week had hij verschillende autoritjes gemaakt. Hij was een paar keer inkopen gaan doen in Brussel. Hij was ook eens voorbij zijn voormalige winkeltje gelopen, dat ze grondig aan het verbouwen waren. Maar hier durfde hij zich nu pas te vertonen. Het was vroeg in de avond op een ongewoon zachte dag in oktober.

Een halfuurtje later al mocht hij zichzelf feliciteren met de vaststelling dat hij het er heel goed van afbracht. Verschillende personeelsleden, wier gezichten hem niet onbekend waren, was hij uiterlijk volkomen kalm voorbijgelopen zonder opvallende moeite te doen om hun blikken te mijden. Een enkeling had hem gegroet, en ook dat had hij met glans doorstaan.

Nu duwde hij zijn volgeladen winkelkarretje in de richting van de kassa. Plots werd de muzak onderbroken door een reclameboodschap, een dialoogje tussen een man en een vrouw, verenigd in onschuldig consumptiegenot.

'Dat was werkelijk verrukkelijk, Sara!' klonk de mannenstem verzaligd.

'Dank je wel, Tom.'

'Ik zou wel eens willen weten wat het recept is.'

'Dat ga ik je niet verklappen, hoor!' antwoordde Sara ondeugend.

'Waarom doe je zo geheimzinnig? Ik vind het trouwens al bijzonder eigenaardig dat je er zoveel werk van hebt gemaakt. Is het vanavond soms een bijzondere avond?'

'Een bijzondere avond? Dat moeten we nog zien, Tom... Maar het eten zelf was in een wip klaar.'

'In een wip? Dat kan ik moeilijk geloven, Sara. Koken kost tijd.'

'Ach, ik kan het je net zo goed meteen vertellen...' zei Sara, die blijkbaar niet erg goed was in het bewaren van geheimen.

En tot Toms geanimeerde verbazing bleek het een kant-en-klaarmaaltijd te zijn geweest die Sara hem had voorgeschoteld, en die in de versafdeling van deze supermarkt tegen een uiterst scherpe prijs werd aangeboden.

Marino vond dit stel vermakelijk, het geheimpje van de een, de verbazing van de ander. Meer nog dan hij had gehoopt, vond hij het prettig om weer eens onder de mensen te komen en zich onder hen een vreemde te voelen.

Aan de kassa die Marino had uitgekozen, zat zijn favoriete kassière. Hij kende haar al jaren van gezicht. Dat schiep een band. Ze moest intussen een eind in de veertig zijn. Hij had de lagen make-up in de loop der tijd zien aandikken. Haar huid was door de cosmetica nagenoeg gefossiliseerd, maar haar ogen waren nog steeds even fris en blauw en aardig als twintig jaar geleden. Ook haar kapsel, een rijke, golvende vacht van grote, blonde krullen, was tijdsbestendig qua vorm en kleur. Een corona van witgouden pluis laaide op in het lage zonlicht dat achter haar rug door het raam naar binnen schoot. Hoewel bij sommige kassa's helemaal niemand stond, reed hij met zijn wagentje speciaal tot bij de hare, waar hij een andere klant moest laten voorgaan.

In al die jaren hadden ze nooit een woord gewisseld dat verder ging dan het zakelijke karakter van de transactie vereiste. Altijd had ze genoegen genomen met de charme van Marino's glimlach. En dat deed ze ook nu weer. Een vriendelijk knikje als blijk van herkenning wist Marino geheel spontaan te beantwoorden met diezelfde innemende twinkeling in de ogen als voorheen. Wie weet dacht zijn favoriete kassière gewoon dat hij op reis was geweest. Of wie weet dacht ze wat ze altijd dacht wanneer ze hem zag. En wat dat ook mocht zijn, het was niet veranderd. Nadat hij had betaald, volgde er nog een subtiele uitwisseling van signalen, en daarna kon Marino zijn karretje met een gerust hart naar de parkeerplaats duwen. Test geslaagd, zei hij bij zichzelf. Er viel werkelijk niets bijzonders meer aan hem te merken. Hij zag eruit zoals hij er altijd had uitgezien.

Thuis, dacht Marino toen hij zijn wagen voor de deur parkeerde. Zijn ogen gleden over de verweerde ramen, de gespleten schoorsteen, de afgebladderde verf. Vergeleken met de andere huizen uit de straat was het zijne bijna een krot, gekromd en gekneed door de elementen. Blijkbaar rekenden zijn onbekende buren het tot de doelstellingen van hun onbekende levens om de strakke geometrie van hun woning tot elke prijs tegen tijd en zwaartekracht te beschermen. Maar dat maakte hun villa's in Marino's ogen niet robuuster. Het leek hem of ze eerder in de idee van een huis dan in een echt huis woonden, in een glasachtig broze illusie van orde en veiligheid.

Ooit moest ook Marino's huis zich in onaangetaste conditie hebben bevonden. Maar pas in het verval toonde het zijn ware aard. En zoals Marino de afgelopen weken al vaker had ervaren – zonder het als zodanig bij zichzelf te formuleren – waren het juist de dingen die zich in hun onverhulde materiële staat aan hem presenteerden waarop zijn verbeelding het levendigst reageerde.

Misschien kwam het doordat een briesje als een rilling door de glanzende klimop rimpelde, dat het huis hem ineens deed denken aan een dier. Een zeer oud en taai dier, uniek in zijn soort en daarom geen dier in de zuiver biologische zin van het woord. Het was voor zijn overleving niet aangewezen op voortplanting of communicatie. Het overleefde juist door het gesloten en passieve karakter van iets doods aan te nemen. En toch leefde daarbinnen iets. Alleen Marino kon voelen wat het was. Dit huis was weer zijn thuis.

Het was in elk geval geen spookhuis meer. De herinneringen aan zijn moeder waren nog slechts herinneringen. Ze kwamen niet zo vaak meer in hem op en wekten niet langer dat scherpe gevoel van gemis. Hij scheen geen last meer te hebben van de dwingende neiging om het onbevattelijke vacuüm dat haar overlijden had nagelaten op te vullen met het fantoom van haar voortbestaan.

Hij stapte uit en haalde twee plastic zakken vol aankopen uit de kofferbak. Hij nam het paadje dat om het huis heen naar de achtertuin voerde. Sommige dingen zou hij anders hebben aangepakt, dacht hij, niet voor de eerste keer, bij het passeren van het graf. Hij zou bijvoorbeeld het lijk niet in de tuin hebben begraven. Het graf creëerde een tweede, weliswaar zwakkere maar soms niet helemaal te negeren aanwezigheid die een beetje wrong met zijn gevoel voor die andere aanwezigheid.

Maar dat was niet meer dan een korte valse noot die geen afbreuk deed aan de melodie van een dag als deze, tintelend aan al zijn zenuwuiteinden als de aanzet tot meer dan alleen maar een mooie dag. Bepaalde verwachtingen werden gewekt door de geur van potloodslijpsel die opsteeg van de bodem. Er kondigde zich iets bijzonders aan in de herfstdraden die her en der tussen de stammen en de struiken glinsterden. De hemel was een melkblauw gaas waarin dubbele cirrusstrepen door de warmte waren uitgezet tot brede, ribbelige bandensporen. Een gezwollen lucht golfde langs alle kanten tegen zijn huid. En wie weet wat er verder nog zou zijn gebeurd, wat voor choreografieën van vervoering zich in de nabije toekomst zouden hebben ontplooid, als daar niet die man op het terras had gestaan, die door het raam van de achterdeur naar binnen tuurde. Kennelijk had hij in de weerspiegeling van dat raam een beweging opgemerkt, waarna hij zich omdraaide, Marino over het gazon zag naderen en vervolgens verstijven.

Marino zelf had het gevoel ineens te zijn weggeflitst naar een andere dag, een ander seizoen, een andere plaats. De bodem onder zijn voeten was een moeras, de lucht boven zijn hoofd een zonloze dampkring. Zijn zenuwstelsel leek dit plotse teletransport niet goed te hebben doorstaan. Zijn nekharen knetterden van spanning. Zijn gehoor was er abrupt op achteruitgegaan – of waren de vogels als op een teken gestopt met zingen? Zijn sluitspier deed het nog, maar niet zonder voelbare moeite.

De onbekende man stapte rustig op hem af. Een vriendelijk, open gezicht, sportief maar degelijk gekleed, ontspannen van houding. Hij gaf in het geheel niet de indruk zich betrapt te voelen.

'Het spijt me dat ik u zo moet overvallen,' zei hij op een toon waarin ook niet de minste spijt doorklonk.

Marino staarde de man zwijgend aan. Tot veel meer was hij overigens niet in staat. Alleen in een volstrekt roerloze houding leek hij een schijn van uiterlijke kalmte te kunnen bewaren. Niettemin voelde hij een blos opkomen, en een weerzinwekkende rubberachtigheid veroverde zijn skelet.

'Ik ben de voorbije dagen al een paar keren langs geweest, maar er was nooit iemand thuis... Neem ik aan.'

'En dus komt u maar langs achteren... Wie bent u?' Dat had verontwaardigd moeten klinken, maar in zijn van bloed gonzende oren klonk het alleen maar hol en schor.

De man scheen niets bijzonders op te merken en stelde zich beleefd voor als een rechercheur van de politie die Marino graag een paar vragen wilde stellen.

'U woont hier toch?'

Marino knikte bevestigend. Slap van gebeente en houterig van gewricht zette hij de plastic zakken neer. Liefst had hij ook nog aan het knikken van zijn knieën gevolg gegeven door zich naast de zakken op het gras te laten vallen.

'En u woont hier alleen?'

'Tegenwoordig ben ik vaak weg.'

Om een of andere reden moest de man glimlachen.

Zijn bezoek, bleek vervolgens, betrof de verdwijning van de persoon waarvan hij uit de binnenzak van zijn vest een foto opdiepte en aan Marino overhandigde.

'Neemt u rustig de tijd,' zei hij.

De ergernis die in Marino opkwam terwijl hij mijn gezicht op de uitvergrote pasfoto bestudeerde, was heel oprecht. Dit was geenszins de manier waarop hij mij in zijn leven wilde hebben. Om dat niet te laten merken, zou hij nu waarschijnlijk moeten liegen. Maar dat had hij, voor zover hij wist, nog nooit gedaan. Altijd een brave jongen geweest. Altijd maagd gebleven. Nooit iemand wat wijsgemaakt.

'Ik weet het niet... Ik ben niet zo goed in het herkennen van gezichten. En zeker op een foto vind ik dat nogal moeilijk,' zei Marino.

'Wat denkt u? Hebt u deze man al eens eerder gezien?'

'Het zou kunnen. Ik weet het niet. Tot voor kort had ik een winkel. Een computerwinkel. Misschien is hij daar ooit als klant geweest. Dat kan. Maar ik zei het al, ik ben niet zo goed in gezichten.'

'We hebben enkele dagen geleden deze foto via een opsporingsbericht op de televisie verspreid. Misschien hebt u dat bericht ook gezien?'

'Nee, ik kijk geen... nauwelijks... televisie.'

'Een paar van uw buren hebben na de uitzending contact met ons opgenomen.'

'De buren... Wat heb ik met de buren te maken? Of de buren met ons?'

'Met óns?'

'Ik bedoel mijn moeder en ik...'

'U zei dat u hier alleen woonde.'

'Mijn moeder is... nog niet zo lang geleden... overleden...'

'In elk geval hebben sommigen van uw buren verklaard dat ze deze man hier verschillende keren hebben zien langskomen.'

Ah, dacht Marino. Ja. Zo eenvoudig is het. De buren. Dat we daar geen rekening mee hebben gehouden. Maar wie denkt er nu aan de buren? Hij had amper het gevoel dat ze echt bestonden. Dit was toch helemaal geen buurt van buren. En nu waren ze ineens daar. En hij was hier. Niet op een andere plaats. Niet onder een andere hemel. Hier. In hetzelfde huis, dezelfde tuin als altijd. Hier, waar alles zich had afgespeeld. Zijn blik viel op de rode beuk achteraan in de tuin. De wiegende top had al wat bladeren verloren, maar de rest van de kruin zwaaide met overvolle trossen avondzon. Deze meervoudige eeuweling en zijn robuuste massa. Alleen door traag en stil te groeien was hij zo oud en groot geworden. Door nog trager en stiller te zijn kon je nog ouder en groter worden. En als je het punt van absolute stilstand bereikte, vulde je alle ruimte en tijd.

Helaas had dat alles nog maar weinig te maken met de acute situatie waarin Marino zich bevond. De trillende puntjes van het gebladerte leken al tot een ander universum te behoren. In Marino's universum was de ruimte gekrompen tot een stekelige, borrelende brij in zijn bekken, en de tijd stuiterde chaotisch in het rond – losse, ongrijpbare seconden die zich niet lieten samenvoegen tot een redelijke gedachte, een aannemelijk antwoord, een plausibel verzinsel.

'Krijgt u vaak bezoek?' vroeg de man.

Marino wierp nog eens een blik op de foto en gaf hem toen terug aan de rechercheur.

'Ik moet u iets laten zien,' zuchtte hij verslagen. Hij kon zichzelf amper nog horen.

26

Behalve ik is er nooit iemand geweest die Marino's talent een talent heeft genoemd. Het valt te betwijfelen of ik hem daarmee een dienst heb bewezen, maar het hield tenminste een erkenning in van zijn bijzondere werkelijkheidszin. En ik hád ook het oprechte gevoel dat het een talent was, al was er dan niemand bij gebaat. In ieder geval heb ik erop gereageerd zoals ik altijd deed wanneer ik werd geconfronteerd met wat ik als talent beschouwde. Ik deed een poging het aan te vullen, te evenaren, of als het kon te overtreffen. Ik moet nog altijd glimlachen om die ene brief, gericht aan Marino, waarvan de schrijver Bruno verweet dat hij zich aan een even radicale als smakeloze Christusimitatie te buiten was gegaan. Welnee. In zoverre ik iemand heb geimiteerd, was dat niemand anders dan Marino. Natuurlijk op een theatrale, groteske, overdreven manier, zoals altijd wanneer talent slechts wordt gesimuleerd.

Ik beweer nu wel dat ik glimlach, maar deze glimlach verschijnt niet op Marino's gezicht. Daarop valt momenteel geen glimlach te bespeuren.

Straks komt zijn nieuwe advocaat op bezoek, de opvolger

van Eveline. We hebben de man al aan de lijn gehad. Zijn mededelingen klonken helder, rustig, overwogen. Het zal wellicht een verademing inhouden om enkele woorden te kunnen wisselen met deze beschaafde man. Zijn komst houdt verband met de verkoop van het huis. Omdat het in zijn huidige staat niet kan worden verhuurd, en het evenmin verstandig is om het nog verder te laten verloederen, kan het maar beter worden verkocht. Marino is het daarmee eens. Ik ben verbaasd over hoe weinig het hem blijkt te kunnen schelen. Ik vrees dat het niet zo goed is gesteld met zijn moreel.

Het zal overigens nog niet eenvoudig zijn om een koper te vinden voor een huis met een dergelijke geschiedenis. Maar vroeg of laat zal er wel iemand opdagen die pas na de verkoop eventueel verneemt wat er zich in dat huis heeft afgespeeld.

Waarschijnlijk zal Marino het dus nooit meer terugzien. Maar het zal hem genoeg opleveren om zich na zijn vrijlating te vestigen waar hij maar wil. Op dit moment maakt hij zich daar nog geen voorstelling van. Hij heeft geen flauw idee van wat het vrije leven hem nog te bieden heeft. Zijn talent? Ik heb het hopeloos besmeurd. Ik heb Marino op meer dan één manier ontmaagd.

O, ik voel zijn grieven jegens mij weer toenemen, zijn bittere verlangen om een toestand te bereiken waarin het zal zijn alsof ik er nooit ben geweest. Hem om vergiffenis vragen, dat zou pas smakeloos zijn, en nogal gratuit in mijn omstandigheden. Maar ik beloof dat ik me zal terugtrekken. Vandaag nog als het moet. Vroeg of laat moest het er toch van komen. En het moment lijkt nu wel aangebroken.

Vanochtend op de radio hoorde ik een bericht over een minister in Oostenrijk die op het nippertje was ontsnapt aan een lynchpartij toen hij weer eens een rampgebied in de Alpen bezocht. Spaanse boeren waden wanhopig en wraakbelust rond door een hel van vloeibaar oker. De Maas, de Rijn, de Schelde hebben zich angstaanjagend breed gemaakt. Er is blijkbaar werkelijk wat aan de hand. Nederland siddert en beeft. De Donau is een binnenzee geworden, niet langer mooi en blauw.

Nog niet zó lang geleden zouden dergelijke berichten me hebben ontroerd. Niet omdat ik me over de rampspoed verheugde, maar omdat mijn ongerustheid een gevoel was waarin ik niet alleen stond. Omdat er toch nog zorgen bleken te bestaan die ik met de rest van de mensheid kon delen. Maar het doet me allemaal niks meer. Laat het maar regenen. Na mij de zondvloed. Ik heb nog maar één zorg en die deel ik wellicht met niemand – tenzij met jou, Marino. Hooguit, en hopelijk, met jou.

Je zult je herstellen. Je zult me vergeten. Je mág me ook vergeten. Dat is je volste recht en ik wens het je zelfs toe. Maar ik vraag je, ik sméék je: geef niet toe aan de aanvechting om deze pagina's te wissen. Ik ben meer gesteld op deze Bruno dan op de Bruno die ik speelde toen ik zelf nog Bruno was. Hij zeurt wel, maar lang niet zo erg als die andere Bruno. Hij is scherper omlijnd en doelgerichter, hij is in al zijn verwerpelijke nutteloosheid veelzeggender dan ik ooit ben geweest. Hij is het beste wat er van mij te maken viel. Alsjeblieft, vernietig hem niet. Laat deze aantekeningen zien aan de advocaat die je straks komt bezoeken. Vraag hem of hij ze wil bewaren op zijn laptop. Zeg hem dat hij ze mag lezen. Wie weet vindt hij het geen slecht idee om ze vroeg of laat te publiceren. Ook dat is een manier om je ervan te ontdoen. En dáár zou ik zeker geen bezwaar tegen hebben.

Toegegeven, het gaat hier niet alleen om mij. Maar je moet niet bang zijn dat je op deze woorden zult worden vastgepind. Het zijn toch maar woorden, dat ziet iedereen. Ze zullen niet worden opgevat als een bekentenis, als een poging tot verklaring of rechtvaardiging. Niemand zal het in zijn hoofd halen om ze voor waar te houden. Ze zullen geen afbreuk doen aan jouw zwijgen, jouw werkelijkheid. Heb ik niet uitdrukkelijk aangegeven dat ik degene ben die dit alles heeft gedicteerd? Alleen daarom al zal geen mens geloven wat er staat.